억남

Million Dollar Man

억남

億男

가와무라 겐키 지음
양윤옥 옮김

소미미디어
Somy Media

한국 독자들에게

한 남자가 전차에 오른다.

그는 다급하게 코트 호주머니를 뒤적인다. 아무래도 휴대전화가 없는 모양이다. 가방과 재킷 호주머니까지 찾고 있다. 하지만 어디에도 없다. 가방에서 수첩이며 안경 케이스를 꺼내고 구석구석 살펴본다. 어디에서도 눈에 띄지 않는다. 아마도 휴대전화를 잃어버린 것 같다.

"어쩌지?"

오늘 회의 일정을 모두 휴대전화 캘린더에 넣어두었다. 우선은 회사에 전화부터 해야지. 남자는 전차에서 내려 역 계단을 뛰어오른다. 바깥은 비가 내리고 있다. 그 비를 맞으며 공중전화를 찾아봤지만 좀체 눈에 들어오지 않는다. 역에서 한참 떨어진 커피점에서 가까스로 공중전화를 찾아 다이얼을 돌린다.

하지만 그 손이 멈춰버린다.

직장 전화번호를 알지 못했다. 그렇다면 회사 동료에게. 아니, 역시 가족에게. 아니, 친구에게.

하지만 생각나지 않는다. 그렇다, 그중 어느 누구의 전화번호도 외우지 못했다.

남자는 깨닫는다. 휴대전화를 사용한 지 겨우 십여 년 만에 '전화번호의 기억'은 모조리 휴대전화에 먹혀버렸다는 것을. 더럭 겁이 나서 다시 전차에 오른다. 일단 직장 데스크로 돌아가 명함을 찾아보기로 했다.

전차 문에 몸을 기댄다. 무심코 코트 주머니를 더듬는다. 퍼뜩 깨닫고 보니 휴대전화를 찾고 있었다. 하지만 당연히 그곳에 휴대전화는 없다. 어쩐지 손이 허전해져서 밖을 내다본다. 비가 그치고 눈부신 햇빛이 비쳐든다. 그러자 큼직한 무지개가 고층빌딩 위에 출현했다. 도쿄 도심 상공에서 무지개를 만난 건 난생처음이다. 신비한 광경에 남자는 숨을 헉 삼킨다. 모두들 저 무지개를 홀린 듯 바라볼 것이라고 생각하며 전차 안에 시선을 던진다. 남자는 흠칫 놀란다. 자신 이외의 모든 승객이 휴대전화를 들여다보고 있다. 아무도 무지개를 깨닫지 못했다. 단 한 사람도 창밖에 눈길을 주는 사람은 거기에 없었다. 그 순간 남자의 마음속에 한 가지 말이 떠오른다.

"뭔가를 얻기 위해서는 뭔가를 잃지 않으면 안 된다."

그것은 뇌종양으로 사망한 친구가 죽기 직전에 몇 번이고 중얼거린 말이었다.

이것은 5년 전에 제가 실제로 체험한 풍경입니다.

이 체험을 바탕으로 첫 소설 《세상에서 고양이가 사라진다면》이 태어났습니다. 다행히 그 소설이 베스트셀러가 되고, 한국에서도 출간되었습니다. 올해는 일본에서 영화로 제작되어 한국에도 공개될 예정입니다.

《세상에서 고양이가 사라진다면》은 여명이 얼마 남지 않은 우편배달부가 자신의 목숨과 맞바꿔 세상에서 전화나 영화, 시계 등을 차례차례 사라지게 하는 이야기입니다. 사라져가는 것들에 대해 생각해보는 것을 통해 역설적으로 그 자체의 의미를 잘 알 수 있다는 생각이었습니다. 이 소설에서 〈세상에서 '돈'이 사라진다면〉이라는 장을 쓸 계획이었습니다. 하지만 돈에 대해 생각하면 할수록 그 의미가 매우 깊고 넓어서 그것만으로 따로 한 편의 소설을 쓸 수 있겠다는 확신이 들었습니다.

돈에 대해 어떤 책들이 나와 있는지, 서점에 나가봤습니다. 그곳에는 '억만장자가 되기 위한 책'들이 넘쳐났습니다.

저는 생각했습니다. 이런 책을 읽고 정말로 부자가 되는 사람이 과연 몇 명이나 될까(분명 거의 대부분의 사람이 마음먹은 대로 뜻을 이루지 못한다). 설령 부자가 된다고 해도 그 사람은 행복해질 수 있을까(이 세상에는 큰돈을 손에 넣은 탓에 불행해진 사람들의 뉴스가 넘쳐나고 있다). 내가 알고 싶었던 것은 '부자가 되는 방법'이 아니었습니다.

'돈과 행복의 정답'을 알고 싶었던 것이지요.

그로부터 2년 동안, 지폐며 동전의 크기와 무게를 측정하는 것에서부터 시작해 철학자와 대부호들의 돈에 관한 말들을 수집하고, 120명이 넘는 억만장자를 찾아가 취재하고, 실제로 억만장자 세미나에 다니면서 돈에 대해 조사하고 궁리해왔습니다.

　　그리고 '돈과 행복'에 대해 몇 가지 '정답'을 얻을 수 있었습니다. 소설을 통해 그것을 이야기하고 싶었습니다. 그렇게 태어난 것이 이 《억남》이라는 소설입니다.

　　저는 2년 전, 돈에 관한 신기한 모험을 다녀왔습니다. 그 모험과 발견의 과정을 한국의 독자 여러분께서도 함께 체험해주셨으면 합니다.

2016년 7월

가와무라 겐키

목   차

이제는 한물간 코미디언이 병든 발레리나를 격려한다.

"인생에 필요한 것은 용기와 상상력, 그리고 약간의 돈이야."

그는 뒤를 이어 말한다.

"싸우자, 인생 그 자체를 위해. 살고 괴로워하고 즐기는 거야. 살아간다는 것은 아름답고 멋진 일이야. 죽음과 마찬가지로 삶 또한 피할 수 없는 것이니까."

금요일 한밤중. 차디찬 두 평 반짜리 방에서 가즈오(一男)는 붙박이장 안의 묵직한 여행 가방을 꺼내며 채플린의 영화 《라임라이트》의 한 장면을 떠올렸다.

인생에 지치고 절망하여 자살하려던 발레리나에게 주인공 코미디언(채플린 연기)은 끊임없이 용기와 상상력을 불어넣는다. 덕분에 그녀는 재기에 성공한다. 마지막 장면, 무대 위에서 화려하게 춤추는 발레리나를 지그시 응시하는 채플린의 표정이 오래오래 기억에 남는 영화였다.

단지 여기에는 한 가지 감춰진 사실이 있었다. 채플린은 이 시나리오를 쓰기 전에 연간 67만 달러(요즘 시세로 환산하면 약 9억 엔)를, 즉 도저히 '약간의 돈'이라고 할 수 없는 계약금을 받았다. 계약 직후 그는 뉴욕 타임스스퀘어 한복판에 우두커니 서서 전광게시판에 흐르는 자신의 계약금 뉴스를 멍하니 바라보았다고 한다.

그때의 채플린은 과연 행복했을까.

가즈오는 조심조심 여행 가방을 열면서 지난 3주일 동안 자신에게 일어난 일들을 머릿속에서 정리해보려고 했다. 하지만 그때마다 마음이 뒤흔들려서 기억은 엉터리로 편집한 영화처럼 뒤죽박죽이 되었다. 아직도 깨지 않은 꿈속에 있는 것만 같았다.

여행 가방이 열렸다. 그 안에는 엄청난 양의 만 엔짜리 지폐 다발이 은행 묶음 띠지도 풀지 않은 채 가득 채워져 있다. 가즈오는 돈 다발을 하나하나 꺼내 방바닥에 펼쳤다. 백만 엔이 3백 개. 3억 엔의 후쿠자와 유키치의 얼굴이 온 방바닥을 메웠다. 그의 눈빛은 차가워서 가즈오가 위에서 내려다보는데도 어쩐지 아래로 내려다보이는 듯한 기분이 들었다. 이 사람이 정말 '하늘은 사람 위에 사람을 만들지 않고 사람 아래 사람을 만들지 않느니'라는 말을 남긴 인물일까.

돈이 많으면 행복하다, 라는 말은 이제 어느 누구도 믿지 않는다.

큰 부자에 호화로운 저택에 사치스러운 식사 같은 건 이제 누구나가 추구하는 행복이 아니게 되었다. 주위에는 가정이 붕괴된 억만장자, 교도소에 들어간 졸부에 대한 뉴스가 넘쳐난다.

하지만 돈이 없어도 행복하다, 라는 말이 사기라는 것 또한 누구나 알고 있다.

중요한 것은 부(富)가 아니라 마음의 풍요로움, 이라는 건 거짓말이 틀림없다. 만일 그게 정말이라면 '돈으로는 살 수 없는 행복의 실체'를 발견했다는 사람이 좀 더 많이 눈에 띄어야 맞을 것이다.

가즈오는 방바닥에 펼쳐진 3억 엔 위에 책상다리를 하고 앉아 돈과 행복의 관계에 대해 생각해봤다. 하지만 그 답은 도무지 나올 것 같지 않았다.

그렇다면 이제 어떻게 해야 할까.

"돈과 행복의 정답을 알려주세요."

가즈오는 저도 모르게 후쿠자와 유키치를 향해 물었다.

방바닥에 빼곡히 들어찬 유키치들이 일제히 생각에 잠겼다. 모두가 그야말로 깊은 생각에 잠긴 표정이었다. 뭔가 답이 나올까 하고 가즈오는 지그시 그들을 지켜보았다.

"흠, 그건 말이지, 내 생각에는 이런 것이 아닌가 하네만……."

장고 끝에 유키치가 엄숙하게 입을 열었다.

"돈과 행복의 정답이라는 것은 다시 말하자면, 흠, 그러니까 그게…… 나도 꽤 오래 고민해봤는데 전혀 모르겠어. 미안하네."

얼빠진 망상이 끝나고 가즈오는 맥이 빠져 3억 엔 위에 벌렁 누워버렸다. 문득 아래로 시선을 돌리자 무수한 유키치들이 가즈오를 빤히 보고 있었다.

그 얼굴은 아직도 답을 찾고 있는 것처럼 보였다.

간조(二男)의 세계

1천 엔의 노구치 히데요도 5천 엔의 히구치 이치요도 그야말로 가난뱅이였다고 한다.

찢어지게 가난한 집에서 태어났지만 의학자로서 큰 성공을 거두었다는 미담을 가진 노구치 히데요는 인생 후반에 그간에 벌어들인 재산을 잃었다. 히구치 이치요는 《키 대보기》라는 소설로 일류 작가가 된 뒤에도 빚에 시달렸고 스물네 살 나이로 세상을 떠나는 그 순간까지 빈궁했다.

그토록 가난에 시달렸는데 죽고 난 뒤에 지폐의 초상화로 올라앉은 것에 대해 그들 자신은 과연 어떻게 생각할까.

"가난한 자에게는 재미있는 일이 아주 많은 게 틀림없다. 그러지 않고서야 이토록 많은 사람들이 가난뱅이가 될 리 없다."

예전에 돈에 관한 책을 읽었을 때 발견한 문장이다. 이 문장이 가르쳐준 것은 가난을 즐기는 방법이 아니라 **이 세계**

는 돈에 대한 풍자가 넘친다는 것이었다.

가즈오가 3억 엔을 손에 쥐게 된 것도 그런 풍자와도 같은 어느 날의 사건 때문이었다.

정확히 3주 전 금요일의 일이다.

그날 가즈오는 도서관 카운터에서 반납된 책을 정리하고 있었다.

매일 아침 8시 30분에 출근해 관내의 전등을 켜고 컴퓨터를 가동해 개관 준비를 한다. 9시에 도서관 문이 열리면 카운터 안에 앉아 대출 수속을 해주고 반납된 책을 정리하거나 책장에 다시 꽂는 일을 거듭하다 보면 하루가 끝난다. 도서관 안은 세속의 시끄러움과는 다른 조용한 시간이 흐른다. 가즈오는 그런 점이 특히 마음에 들었다.

"잠깐 뭐 좀 물어봐도 돼요?"

비쩍 마른 청년이 카운터 너머로 말을 건네왔다. 부스스한 머리에 덥수룩한 수염. 입고 있는 트레이너의 목 부분은 헐렁하게 늘어졌다. 재수생, 아니면 프리터인가. 청년은 하품을 씹어가며 물었다.

"부자가 되는 방법 같은 책은 어디 있어요?"

너무도 엉성한 질문이었다.

가즈오는 난처한 기분이었지만 일단 대답했다.

"부자가 되기 위한 실용서 말이지요?"

"그렇죠, 그 비슷한 거."

"네……. 우선 부자와 가난한 사람을 비교한 베스트셀러, 혹은 유대인 대부호의 교훈을 모아놓은 책 등이 대표적이겠군요. 그리고 약간 분야가 다른 것으로는 장지갑을 갖고 다닌다든가 풍수에 따라 황금색 물건을 모은다든가 애초에 부자와 결혼해버리는 방법, 같은 것도 있습니다." 가즈오는 사서답게 침착한 목소리로 대답했다. "2층 비즈니스 코너의 B 책장에 그 분야의 책이 많으니까 거기서 찾아보세요."

비쩍 마른 청년은 눈을 마주치지 않은 채 고개 숙여 인사하고 천천히 계단을 올라갔다.

가즈오는 그 등을 지켜보며 생각했다. 저 청년은 '비즈니스서 코너의 B 책장'에 있는 책을 읽고 부자가 될 수 있을까. 세상에 차고 넘치는 이른바 '부자가 되는 책'. 무수한 베스트셀러. 그런 책을 읽고 정말 부자가 된 사람이 과연 몇 명이나 될까.

그래도 날마다 수많은 사람들이 '부자가 되는 책'을 빌려간다. 마치 보물섬의 지도를 찾듯이. 하지만 그 섬에 보물 따위는 없다(혹은 이미 모두 파내 갔다)는 것을 아무도 알지 못한다.

오후 5시. 얼빠진 소리로 도서관의 차임벨이 울렸다.

가즈오는 더플코트를 걸치고 작은 백팩에 짐을 챙겨 도서관을 나섰다. 집에 가는 게 아니다. 전차를 타고 30여 분, 조용한 역에 내려서 역 앞 싸구려 덮밥 체인점에서 간단히 식사를 한다. 그러고는 어두운 강변길을 15분 동안 걸어 마침내 도착한 곳은 거대한 빵 공장이다.

세로로 길쭉한 로커가 일렬로 늘어선 좁은 탈의실에서 가즈오는 흰 작업복으로 갈아입고 마스크를 쓰고 머리에 비닐 캡을 둘러쓴다. 그리고 벨트컨베이어 앞에 서서 차례차례 밀려오는 빵 반죽을 주물러 빵 모양을 만들어간다. 중간에 한 시간의 휴식 시간을 끼고 밤새 벨트컨베이어 위의 빵 반죽과 격투한다. 끝없이 이어지는 단순 작업. 숨이 막힐 듯한 효모 냄새. 강렬한 졸음이 덮쳐 머릿속이 몽롱해진다. 점점 자신이 빵이고 빵이 자신인 것 같은 착각에 빠진다.

가즈오의 남동생이 실종된 것은 2년 전의 일이었다.

남동생은 아내와 두 아이(무척 건강한 형제다)를 남겨두고 돌연 사라졌다. 나쁜 뉴스에는 더욱더 나쁜 뉴스가 따라오는 법이다. 동생에게는 3천만 엔의 빚까지 있었다. 그것을 알게 된 가즈오는 그 빚을 대신 떠안았다. 부모님은 경제적으로 여유가 없고 딱히 기댈 만한 친척도 없었다.

가즈오의 아내, 그리고 처가에서는 도움을 주겠다고 했다. "여보, 걱정 마. 우리 부모님은 당신 부모님이기도 하잖아. 힘들 때는 의지해도 돼"라고 아내는 말했다. 하지만 가즈오는 거절했다. 아내에게도, 처가에도 폐를 끼치고 싶지 않았다. 무엇보다 동생이 저지른 짓이 창피했다. 그래서 다른 어느 누구에게도 기댈 수 없다고 생각했다.

그 뒤 2년 동안의 일은 다시 떠올리고 싶지도 않다.

집에서는 아내와 말다툼이 끊이지 않았다. 충돌의 계기는 딸아이와 집안일에 대한 극히 사소한 것들이었다. 하지만 지금 생각해보면 문제는 모두 '돈'에 그 원인이 있었다. 둘 다 그 얘기는 끝까지 입밖에 내지 않았지만, 문제의 원인은 명백했다. 그리고 반 년 뒤, 아내는 하나뿐인 딸아이를 데리고 집을 나갔다(아내는 백화점 직원이라서 어느 정도 수입이 있다). 그 뒤로 1년 6개월 넘게 별거 생활을 하고 있다.

빚을 갚기 위해 가즈오는 낮에는 도서관 사서로 일하고 밤에는 빵 공장 벨트컨베이어 앞에 섰다. 두 군데를 합쳐서 한 달 40만 엔의 수입. 아내와 딸, 그리고 자신의 생활비를 빼고 나머지 20만 엔은 빚을 갚는 데 쓰고 있다. 이자까지 더하면 완전히 갚을 때까지 30년 넘게 걸릴 것이다.

좀 더 효율적으로 돈을 버는 방법이 있을 거라고 친구들은 가즈오에게 충고를 해주었다. 가즈오도 그건 알고 있다. 하지만 밤낮없이 일하는 이 생활이 스스로 뒤집어쓴 비극의 아픔을 달래주는 것 같았다. 눈앞에 닥치는 시간을 모조리 노동으로 채워가며 그는 스스로를 들볶았다. 그걸로 돈이 몰고 온 현실을 잊어버릴 수 있었다.

"지폐는 새로운 형태의 노예제도다."

대작가이면서도 평생 청빈을 관철한 톨스토이는 돈과의 결별을 선언했다. 하지만 여기에도 감춰진 사실이 있었다. 그의 아내는 극도의 낭비벽이 있어서 부부 생활은 끊임없는 싸움이었다. 만년에 81세의 톨스토이는 집을 나와 한겨울

러시아 거리를 사흘 밤낮 동안 헤매고 다닌 끝에 작은 역에서 쓰러져 숨을 거두었다. 결국 그는 돈의 노예 상태에서 도망칠 수 없었다.

가즈오도 톨스토이와 똑같았다. 아무리 눈을 돌리려 해도 돈의 현실에서 도망칠 수 없었다. 빈곤이라는 게 이토록 비참하고 괴로운 것인가. 가즈오는 이제 새삼 깨달았던 것이다.

새벽 3시. 일을 마친 가즈오는 컴컴한 뒷문으로 빵 공장을 나섰다. 졸음과 피로로 몸이 천근만근이어서 내 몸이 내 몸 같지 않았다. 모래주머니를 끌고 가는 것처럼 무거운 걸음으로 공장 옆 기숙사로 돌아왔다.

둔한 금속음을 내며 계단을 올라가 얇은 나무 문짝을 열자 검정과 흰색과 회색의 마블 문양이 아름다운 새끼 고양이(지난달 강변에 버려진 것을 데려오고 말았다)가 눈을 뜨고 야옹야옹 다가와 가즈오의 발에 몸을 비벼댔다.

"잠깐만 기다려, 마크 저커버그."

젊은 나이에 억만장자가 된 남자의 이름을 붙인 그 새끼 고양이에게 가즈오는 캣 푸드와 물을 챙겨주었다. 상당히 귀엽게 생긴 저커버그가 허겁지겁 밥을 먹는 틈에 방을 나와 공유 스페이스의 욕실에서 샤워를 했다. 바깥 복도를 지나 방으로 돌아오기까지 기껏 수십여 초 만에 몸이 완전히 식어버린다. 가즈오는 커피를 내려 미리 사다둔 바나나와 공장에서 지급해준 식빵으로 아침을 때웠다. 텔레비전 뉴스 방송을 보며 저커버그와 놀다 보니 건전지가 뚝 떨어진 것처럼 순식간에 잠 속으로 굴러떨어졌다.

눈을 뜨자 벌써 오전 11시가 지난 시각이었다.

"큰일이다. 서둘러야겠어." 가즈오는 저커버그의 머리를 쓰다듬으며 자리에서 일어나 웬만해서는 입지 않는 정장(할인 매장에서 구입한 차콜 그레이의 무난한 것)을 옷장에서 급히 꺼내 입었다. 익숙하지 않은 손놀림으로 네이비색 넥타이를 매고 가죽 구두를 꺼내 신고 기숙사 방을 나섰다.

"엇, 웬일이야?" 옆방에 사는 나이 든 동료가 마주친 참에 말을 건넸다. "데이트라도 하러 가나?"

"글쎄요." 가즈오는 겸연쩍어하면서 대답했다. "뭐, 그 비슷한 거예요."

"잘 다녀와. 마음껏 즐기라고."

동료의 말에 손을 흔들어 응하고 가즈오는 역을 향해 달렸다.

전차에 흔들리기를 45분. 그린과 블루로 보이던 경치가 회색으로 변하고 빌딩이 점점 높아져갔다. 세련된 거리 분위기로 인기를 끄는 도심의 역에 내려서 마치 외국 같은 길을 빠져나가자 프랑스 저택 분위기의 고급 레스토랑이 모습을 드러냈다. 칠흑의 대형 문과 잘 닦인 대리석 바닥. 내심 긴장하면서 예약한 이름을 알리고 안으로 들어갔다. 아담하면서도 감각이 뛰어난 내부 인테리어에 테이블이 열다섯 개 정도. 잘 차려입은 유복해 보이는 남녀가 식사를 즐기고 있었다.

그 안에서 명백히 자리에 어울리지 않는 초등학생 소녀가 눈에 들어왔다. 빨간 배낭을 등에 메고 의자에 앉아 따분한 듯 다리를 건들건들 흔들고 있었다.

"마도카, 미안해. 오래 기다렸지?" 가즈오는 급한 걸음으로 테이블에 다가가 의자에 앉았다.

"아빠, 왜 이렇게 늦었어? 3분만 더 기다려보고 그래도 안 오면 가버리려고 했어."

가즈오의 딸이다. 이름은 마도카. 많은 아빠들이 그렇듯이 꽤 미인인 딸, 이라고 가즈오는 생각하고 있다. 오늘은 그런 딸의 아홉 살 생일. 가즈오는 분발해서 고급 프렌치 레스토랑에서 런치를 함께하기로 했다. 코스는 4천 엔. 둘이 8천 엔이다. 가즈오가 반죽하는 빵이 한 개에 100엔이니까 80개분의 가격이다. 가즈오가 밤낮없이 온종일 일해서 이 한 끼, 이 한 시간을 위해 돈을 지불한다. 예전에 마리 앙투아네트는 빈곤에 허덕이는 민중에게 '빵이 없으면 케이크를 먹으면 된다'고 말했다지만, 분명 식사 가격만큼 이해하기 어려운 것도 없다.

"음료는 어떻게 하시겠습니까?"

검은 정장으로 몸을 감싼 키 큰 점원이 다가와 물었다.

"저기……." 마도카는 메뉴를 지그시 바라본 뒤에 점원에게 말했다. "밥 주세요."

"마도카, 갑작스럽게 밥을 달라는 건 이상하지. 그보다 밥은 메뉴 어디에도 적혀 있지 않은데?"

가즈오는 난처해져서 말했다.

하지만 마도카는 여전히 다리를 건들건들 흔들며 기죽지 않은 표정이었다.

"알겠습니다. 잠깐 셰프와 상의해보겠습니다."

점원은 그리 난감해하는 기색도 없이 신사적으로 대답해주고 웃는 얼굴로 물러났다.

몇 분 뒤, 오르되브르로 나온 루콜라 샐러드와 함께 밥이 담긴 접시가 마도카 앞에 놓였다. 점원은 마도카에게 살짝 윙크를 하며 웃었고 마도카도 그에게 웃음으로 답했다. 오늘 처음 보는 딸의 웃는 얼굴이 자신이 아니라 핸섬한 점원에게 향해졌다는 것에 약간 충격을 받으면서도 가즈오는 냅킨을 무릎 위에 펼쳤다.

그러자 마도카는 빨간 배낭 안에서 도라에몽이 그려진 후리카케를 꺼냈다. 그리고 그 '도라에몽 후리카케'를 밥에 뿌려 먹기 시작했다. 오독오독 오독오독. 조용한 레스토랑에 후리카케 밥을 씹는 소리가 울렸다. 주위의 잘 차려입은 커플이 쓴웃음을 짓는 가운데 시간이 흘러갔다.

"요즘 어땠어?" 분위기를 바꿔보려고 가즈오는 마도카에게 물었다.

"뭐가?"

"학교라든가. 재미있어?"

"보통이야."

"엄마는 어때?"

"어떠냐니?"

"잘 지내?"

"잘 지내."

대화가 이어지지 않는다. 어렸을 때는 항상 손을 맞잡고 돌아다니고, 함께 목욕도 하고 침대에서 나란히 자곤 했던 마도카. 하지만 이제는 대화를 이어가는 것조차 제대로 못 하고 있다. 이렇게 전형적인 '딸과의 대화를 힘들어하는 아버지'가 바로 자신이 될 줄은 꿈에도 생각하지 못했다.

암벽 등반가가 다음에 잡아야 할 돌덩이의 소재를 찾듯이 가즈오는 화제를 더듬더듬 찾아봤지만 어떻게도 말이 이어지지 않았다. 미끄러져 떨어지기 직전의 가즈오는 도움을 청하는 심정으로 마도카에게 물었다.

"그러고 보니 발표회, 이제 슬슬 시작인가?"

"응, 한 달 뒤야."

"연습 힘들어?"

"힘들어." 마도카는 후리카케 밥을 다 먹고 입가를 냅킨으로 닦으며 말했다. "그래도 재미있어, 발레."

작년 발표회에 가즈오는 가지 못했다. 아내가 싫은 기색을 보였기 때문이다. 발레 교실에는 그녀가 아는 친구도 많고, 별거한다는 소문도 이미 파다하게 퍼져 있다. 사이좋은 가족인 척하며 참가할 수도 있겠지만(그리고 실제로 그런 가족도 많은 게 아닌가 싶지만), 아내는 옛날부터 거짓말을 하는 게 서툴렀다.

"올해도 엄마는 발표회에 가겠지?"

"아마도. 하지만 일이 바쁜 거 같아. 못 올 수도 있어."

"그렇게 바빠? 집에서 너 혼자 심심하지 않아?"

"아니, 별로."

부모 사정 때문에 딸을 외롭게 했다. 가즈오는 견딜 수 없는 기분이었다. 돈만 있다면 일이 이렇게 되지는 않았을 텐데. 때로는 그런 생각이 들지 않는 것도 아니다. 그때 아내가 건네준 빚 탕감 얘기를 순수한 마음으로 받아들였더라면 좋지 않았을까, 하고.

하지만 거의 대부분의 정답은 돌이킬 수 없을 때가 되어서야 비로소 깨닫는 법이다.

점원이 감자 냉수프를 내왔다. 마도카는 후리카케 밥을 먹으면서 그 수프를 떠먹었다. 그다음은 도미 푸알레, 소 안심 스테이크 등이 나왔지만 마도카는 거의 먹지 않았다. 비밀로 하고 준비한 케이크에도 전혀 놀라지 않아서 깜짝 파티는 실패로 끝났다.

"생일 선물, 뭐 사줄까?"

가즈오는 케이크를 먹으면서 물었다.

"음, 아직 정하지 않았는데?"

마도카는 'Happy Birthday'라고 적힌 초콜릿 플레이트를 깨물면서 대답했다.

"사양할 거 없어. 아빠, 돈 있어."

"그래도 갚아야 하잖아, 빚진 거."

"그야 그렇지만 그건 마도카가 걱정할 일이 아니야."

"……별로 갖고 싶은 거 없어."

"그래? 그럼 나중에 생각나면 그때 사자."

레스토랑을 나와 가즈오는 마도카와 나란히 걸었다.

휴일의 거리는 가족끼리 놀러 나온 행인들로 북적였다. 조그만 남자애가 아빠를 뒤쫓아가며 큰 소리로 웃었다. 울음이 터진 아기를 엄마가 품에 안고 얼러주고 있었다. 도심의 고급 주택가에서 살고 있을 터인 행복한 가족들. 역시 돈만 있으면 행복한 가족으로 살 수 있는 건가. 옆에서 고개를 숙인 채 타박타박 걷는 딸을 보고 있으려니 눈물이 핑 돌았다.

아무 말 없이 가즈오는 걸었다. 마도카도 고개를 숙인 채 걷고 있었다. 주위의 풍경이 두 사람만 뒤에 남겨놓고 가버리듯이 빠르게 흘러갔다. 문득 깨닫고 보니 역에 도착해 있었다.

이별의 시간이 다가왔다. 그걸 잘 알면서도 서로 말이 나오지 않았다. 역 빌딩에 들어선 쇼핑몰 안에 즉석 추첨 코너가 설치되어 그 앞에 가족 일행이 줄을 서 있었다. 3천 엔

상당의 쇼핑을 하면 추첨권을 한 장씩 주는 모양이었다. '초호화 상품'이라고 큼직하게 적힌 보드가 걸려 있었다. 1등은 하와이 여행이다.

마도카가 그 보드를 보고 발을 멈췄다.

"하와이 가고 싶어?"

"아니." 마도카는 고개를 가로저었다.

가즈오가 마도카의 시선을 다시 따라 가보니 그 눈빛은 하와이가 아니라 3등 상품인 자전거를 보고 있었다. 에메랄드그린색의 자전거였다.

"새 자전거, 갖고 싶구나?"

"……아니, 별로."

"우리도 추첨권 받아볼까?"

"됐어. 괜히 쓸데없는 거 사야 하잖아."

마도카에게 첫 자전거를 사준 게 벌써 4년여 전의 일일 것이다. 옹색하게 작은 자전거의 페달을 밟는 마도카의 모습이 머릿속에 떠올랐다. 기껏해야 1, 2만 엔짜리 자전거를 사달라는 말조차 딸은 조심하고 있었던 것이다.

"이봐요, 이거 가질래요?"

옆에서 누군가가 불쑥 말을 건넸다. 추첨권 코너 앞에서 머뭇거리는 가즈오와 마도카가 딱해 보였는지 웬 노부인이 추첨권을 쑥 내밀었다.

"아뇨, 괜찮습니다." 가즈오는 거절했다. "그냥 잠깐 구경하고 있었어요."

"아니, 아니야. 나는 어차피 뽑아봤자 당첨되지도 않아
요." 노부인은 낙첨 경품으로 수북이 쌓여 있는 포켓 티슈
쪽을 쳐다보며 웃었다. "80년을 살았는데 여태까지 한 번도
당첨된 적이 없어."

"그러면 감사히 잘 받겠습니다." 가즈오는 추첨권을 받아
들었다.

"고맙습니다." 마도카도 옆에서 머리를 숙였다.

"굿 럭!" 노부인은 마도카의 머리를 쓰다듬고 에스컬레이
터를 내려갔다.

긴 줄의 맨 끝에 붙어 서서 두 사람은 순서를 기다렸다.
이따금 딸랑딸랑 종소리가 울리고 각각의 상품이 누군가에
게 당첨되었다는 것을 알렸다. 그때마다 가즈오는 자전거가
당첨되어버린 건 아닐까 속이 탔다.

되짚어보니 가즈오도 쇼핑몰 추첨에 도전해서 크게 당첨
된 기억이 없었다. 그 노부인과 마찬가지로 항상 포켓 티슈
나 받아 가고, 당첨된다고 해봤자 100엔 할인권 정도였다.
하와이 여행이니 고급 가전제품이니 하는 것에 당첨되는 인
생과는 전혀 인연이 없다고 언제부턴가 생각하게 되었다.
아니, 그보다 추첨권으로 하와이 여행이 당첨되었다는 사람
이라고는 본 적도 없다. 그런데도 매번 아무 생각 없이 추첨
권에 도전하고 당연한 듯 티슈를 받아 들고 돌아선다. 그건
마치 부자와 가난한 자의 차이 같다. 티슈밖에 당첨되지 않

는다고 생각하는 사람에게는 평생 티슈밖에 주어지지 않는다. 하와이 여행은 그것이 당첨된다는 것을 명확하게 머릿속에 그릴 수 있는 인간에게만 주어지는 것이다. 부자가 될 사람이 부자가 된 이미지를 명확히 갖고 있는 것과 마찬가지로.

그런 생각을 빙글빙글 굴리고 있으려니 이윽고 차례가 돌아왔다. 가즈오는 담당자에게 추첨권을 건네고 손잡이가 달린 팔각형 상자(그건 명칭이 뭐였는지 모르겠다)를 드르륵 돌렸다. 가즈오는 그 순간만은 명확히 '**자전거!**'라고 주문을 외웠다. 그리고 노란 구슬이 데구루루 굴러 나왔다.

"4등! 복권 열 장입니다!" 담당자가 낭랑하게 외치며 딸랑딸랑 종을 흔들었다.

"미안. 자전거는 당첨이 안 됐네."
헤어지는 참에 전차 플랫폼에서 가즈오는 말했다.
"에이, 됐어." 마도카는 대답했다. "아니, 그보다 진짜로 당첨될 거라고 생각했어?"
"일단은 그랬지. 진짜 마음속으로 주문을 외웠어. 하긴 그렇다, 당첨될 리가 없지……."
가즈오는 한숨을 내쉬었다. 그 숨이 하얗게 보랏빛 하늘로 녹아들어갔다.
그때 마도카가 살그머니 가즈오의 손을 잡았다. 보드랍고 따뜻한 손이었다. 완전히 어른스러워졌다고 생각했던 딸아이의 손은 아직 조그매서 날마다 손을 맞잡고 다니던 옛 기억을 다시 불러일으켰다.

가즈오는 놀라서 마도카를 돌아보았다. 딸아이는 겸연쩍은 듯 고개를 떨구고 있었다. 그렇다. 이 아이는 어렸을 때부터 무엇이든 훤히 꿰뚫고 있었다. 아빠가 걱정하는 것도, 무슨 생각을 하는지도. 그리고 기운을 잃었을 때마다 돌연 이렇게 따스함을 건네주는 것이다.

가즈오는 마도카보다 좀 더 강한 힘으로 그 손을 맞잡으며 말했다.

"이다음에 마도카가 마음에 드는 자전거 있으면 꼭 사줄게, 응?"

"그렇게 애쓸 거 없어." 마도카는 고개를 떨군 채 대답했다. "아빠는 그런 캐릭터 아니잖아."

전차가 플랫폼에 미끄러져 들어왔다.

"아빠, 잘 가." 얼른 인사를 건네고 빨간 배낭을 멘 작은 마도카가 종종걸음으로 전차에 뛰어 올랐다.

푸슉 소리를 내며 문이 닫히기 직전에 가즈오는 외쳤다. "생일 축하해!"

닫힌 문 너머에서 마도카는 입 모양으로 "고마워"라고 말하고 살짝 웃어주었다.

사건이 일어난 것은 그로부터 정확히 열흘 뒤였다.

그날 밤, 가즈오는 꽁꽁 얼어붙은 컴컴한 방에서 환하게 빛나는 노트북 화면을 응시하고 있었다. 구멍이 뚫릴 만큼 화면을 들여다보다가 큰 한숨을 내쉬고 노트북 전원을 꺼버린 뒤, 이불 속에 기어들었다. 그 이불 속에는 새끼 고양이 마크 저커버그가 동그랗게 몸을 말고 잠들어 있었다. 가즈오는 눈을 감고 저커버그의 작은 숨소리에 맞춰 호흡을 거듭했다. 하지만 잠이 오지 않았다. 한 시간쯤 뒤척거린 끝에 결국 자리에서 일어나 다시 노트북을 켜고 화면을 뚫어져라 들여다보았다. 오늘만 벌써 열 번 넘게 똑같은 동작을 되풀이했다.

복권이 당첨되어 있었다.

3억 엔.

노트북 화면에서 아홉 자리 숫자가 깜빡거렸다.

가즈오는 손 아래 놓인 복권의 번호와 노트북 화면에 표시된 당첨 번호를 비교해보았다. 몇 번을 다시 봐도 틀림없었다.

가즈오는 "3억 엔, 3억 엔……" 하고 마치 주문처럼 반복해서 중얼거려보았다. 수없이 그 숫자를 곱씹는 것으로 머릿속을 정리해보려고 했다. 하지만 숫자의 나열이 알 수 없는 아라비아 언어로만 보이고 도무지 머릿속에 들어오지 않았다.

만일 그 노부인이 이런 사실을 알게 된다면 땅을 치고 후회할까. 아, 내가 80년을 사는 동안 수없이 추첨권에 도전했어도 기껏해야 티슈만 받았었는데, 마지막에 무심코 남에게 건네준 그 추첨권에 3억 엔의 복권이 기다리고 있었다니. 아아, 어떻게 이런 비극이―. 그런 생각을 할까. 하지만 누군가 낙첨했다는 건 누군가는 당첨되었다는 얘기인 것이다. 가난한 자가 있으니 부자가 존재하는 것과 마찬가지로.

어떻든 침착하게 마음을 가라앉혀야 한다.

가즈오는 비슷한 처지의 사람들을 찾아보려고 톱 사이트 검색 창에 '복권 당첨자'라고 입력하고 클릭했다. 소리도 없이 갑작스럽게 윗줄에 표시된 문자들을 보고 가즈오는 아연실색했다.

복권 당첨자들, 그 후의 비참한 인생

그 안에는, 아수라장, 당첨 사실을 들켰다, 가정 붕괴, 실업, 사기, 실종, 사망 등과 같은 네거티브 단어가 줄줄이 이어졌다. 복권이라는 검색이 이끌고 간 그 끝에는 줄줄이 비극만 늘어서 있었다.

복권으로 엄청난 돈을 손에 쥐는 바람에 일이 제대로 풀리지 않아 아내와 이혼한 끝에 결국 교도소에 들어갈 만큼 영락해버린 터키의 목수. 친척이며 친구들이 몰려오는 통에 계속 돈을 빌려주다가 마침내 행방불명이 되어 백골 사체로 발견된 독일의 우편배달부. 겨우 열다섯 살 나이에 당첨된 뒤 성형수술과 가슴확대수술을 거듭하다가 마지막에는 마약에 빠져 파멸해버린 미국의 여고생…….

"돈을 잘 쓰는 것은 그것을 벌어들이는 것과 똑같은 만큼 어렵다."

세계 최고의 부자가 되었을 때, 빌 게이츠는 말했다.

그 말이 진실이라는 것을 증명하듯이 인터넷에는 전 세계 고액 복권 당첨자의 비극이 넘쳐나고 있었다.

"대부분의 고액 복권 당첨자는 10년 뒤에는 원래의 생활로 되돌아간다."

그런 절망적인 말로 마무리된 그 페이지에는 2백만 건이 넘는 열람 기록이 있고, 이 불행한 사이트를 '즐겨찾기'에 넣어둔 사람이 5백 명이나 되었다. 그렇게 가즈오는 지극히 구체적인 형태로 '타인의 불행은 꿀맛'이라는 말의 의미를 알게 되었다.

일본의 샐러리맨이 평생 동안 벌어들이는 돈이 3억 엔이라는 말을 들은 적이 있다. 그게 단 한 순간에 내 손에 들어와버렸다. 가즈오가 밤낮없이 일해서 받는 임금이 연간 5백만 엔이었다. 그것의 60년분이 이 한 장의 복권 안에 들어 있다.

이건 마치 SF소설 같다. 반세기분의 인생 워프. 당연한 일이지만, 이대로 무사히 넘어갈 리가 없다. 어느 세계에서든 워프나 타임 트래블을 한 인간은 그 대가로 큰 재난을 겪었다.

가즈오는 망상의 세계에서 워프를 거듭했다. 대기권을 뚫고 달을 가로지르고 명왕성을 뛰어넘고 블랙홀에 뛰어들었다가 다시 좁디좁은 방으로 되돌아왔다.

돌연 노트북 화면이 흐늘흐늘 희미해지는가 싶더니 그는 한순간에 깊은 잠 속으로 떨어졌다.

새끼 고양이 마크 주거버그가 야옹야옹 울면서 셔츠 깃을 할퀴는 소리에 눈을 떴다. 시계를 보니 아침 7시가 지났다. 일하러 나가야 할 시간이다. 하지만 기분은 최악이었다. 이렇듯 혼란스러운 상태로는 도저히 제대로 일할 수 없을 것 같았다. 가즈오는 심호흡을 하고 도서관 동료에게 전화를 걸어 자기 대신 근무해달라고 부탁했다.

전화를 마치고 복권을 호주머니에 챙겨 넣은 뒤 방을 나섰다. 발소리가 나지 않게 천천히 계단을 내려와 기숙사 문을 통해 밖으로 나오자마자 냅다 뛰었다. 팔을 휘젓고 발을 성큼성큼 내디디면서 강변길을 내달렸다. 심장이 파르르 떨리고 마구 날뛰면서 오로지 내달리라고 명령하고 있었다. 발바닥이 뜨겁고 숨이 찼다. 그래도 가즈오는 계속 달렸다.

역 근처 은행에 뛰어들어가 숨을 헉헉거리며 접수처 창구에 복권을 내밀었다. 창구의 여자 행원은 조용히 복권을 받아 들더니 작은 상자형 기계에 넣었다. 모니터에 당첨액이 표시되었다. 가즈오가 슬쩍 넘어다보니 액정 화면에 아홉 단위의 숫자가 떠 있었다. 3억 엔. 몇 번을 봐도 실감이 나지 않았다. 그 숫자의 나열을 멍하니 쳐다보고 있는데 여자 행원이 목소리를 낮춰 "잠깐만 기다려주시겠습니까?"라고 말하고 자리를 떴다. 그리고 카운터 안쪽에 나란히 앉은 비쩍 마른 남자 행원과 뚱뚱한 남자 행원에게로 달려갔다.

"축하드립니다!"

별도의 사무실에 들어가자 비쩍 마른 남자 행원이 웃는 얼굴로 명함을 내밀었다. 명함에는 '지점장'이라는 직함이 찍혀 있었다. 이어서 뚱뚱한 남자 행원도 "축하드립니다"라고 말하며 '과장'이라고 찍힌 명함을 내밀었다.

"자아, 앉자마자 이런 말씀을 드려서 죄송합니다만……." 지점장은 갑작스레 진지한 표정을 지으며 말했다. "이번 복권은 당첨액이 백만 엔을 넘는 경우라서 별도의 감정 절차가 필요합니다."

"감정 절차라면, 어떤?" 가즈오가 물었다.

"오늘 가져오신 복권을 본점에 보내 감정을 받는 겁니다. 그 결과는 1주일 안에 저희 쪽에서 직접 연락해드릴 겁니다. 우선은 이 서류에 기입해주시겠습니까."

그렇게 말하더니 지점장은 '고액 당첨권 예치증'이라고 적힌 종이를 내밀었다.

가즈오는 말없이 고개를 끄덕인 뒤 사인을 하고 도장을 찍었다.

"그리고 1천만 엔 이상의 당첨자 분께는 참고용으로 이걸 드리고 있습니다."

지점장은 문고본 크기의 책자를 가즈오에게 건네주었다.

표지에 《바로 그날부터 읽어보는 책》이라는 제목이 적혀 있었다.

환하게 웃는 얼굴로 하늘을 올려다보는 남녀노소의 일러스트가 그려져 있었다. 복권 당첨자가 하늘의 선택을 받은 사람이라는 뜻인가.

표지를 넘겼다.

당첨을 축하드립니다. 지금 당신은 갑작스럽게 찾아온 행운에 놀람과 기쁨을 동시에 느끼고 있을 것입니다. 또한 태어나서 처음 겪는 일을 마주하고 적잖이 불안한 마음이 드실지도 모르겠습니다. 이 책은 그런 불안이나 의문을 해소하는 데 도움이 될 수 있도록 변호사, 임상 심리사, 파이낸셜 플래너 등 각 전문가의 어드바이스를 바탕으로 작성되었습니다. 전체적인 내용으로는, 당첨 직후부터 차례차례 다가올 일들이 순서대로 적혀 있습니다.

단지 이 핸드북에서 다루고 있는 것은 극히 일반적인 내용이므로 당첨자가 지금부터 장래에 걸쳐 직면할 가능성이 있는 모든 불안이나 트러블을 상정한 것은 아닙니다. 또한 당첨금의 사용 방법 등에 관한 최종 결정의 책임은 두말할 것도 없이 당신 자신에게 있습니다. 이 핸드북을 살펴보면서 모든 것을 하나하나 정리해나가시기 바랍니다.

당첨자를 배려해주려는 것인지 아니면 내팽개치려는 것인지 잘 알 수 없는 서문 뒤에 '안전을 위해 당첨금은 은행 등의 계좌에' '반드시 필요하지 않는 한, 현금을 소지하지 않

는다' '잠시 시간을 갖고 마음이 침착해진 다음에 결정해도 늦지 않다' '당첨 직후에는 흥분 상태라는 자각을' '자신의 성격이나 습관을 되돌아보자' '시간은 내 편이라는 것을 명심하자' '지나치게 신경이 예민해진 것은 아닌지 점검을' '흥분 뒤에 찾아오는 불안은 이전의 자신으로 돌아가기 위한 통과의례' '당첨으로 나 자체가 변하는 것은 아니다.' '당첨은 행복해지기 위한 수단의 하나라고 생각하자' '만에 하나의 경우에 대비해 유언장을 작성해둔다' 등등 당첨자가 주의할 사항이 항목별로 나열되었다. 마치 철학서나 자기 계발서를 마주한 듯한 기분이었다.

"당첨금을 어디에 쓸 것인지는 차차 검토해보시는 게 좋겠지요."

가즈오가 한바탕 책을 훑어보자 그때를 기다린 듯이 지점장이 입을 열었다.

"실례되는 말일 수도 있겠습니다만, 고액 복권 당첨자들은 처음에는 대부분 혼란에 빠집니다. 그렇게 혼란스러운 상태로 뭔가를 결정했다가 자칫 당첨금을 낭비하는 일도 많습니다."

"그렇겠죠. 복권 고액 당첨자 대부분이 불행한 인생을 살았다는 정보가 인터넷에 수없이 올라왔더라고요." 가즈오가 대답했다.

"모두 다 그런 것은 아니지만 역시 전혀 거짓이라고 할 수는 없겠지요. 갑작스럽게 생활이 달라지면서 도리어 빚을

지는 분도 있고, 친척이나 친구들의 시샘과 돈을 빌려달라는 부탁에 시달리는 분도 적지 않으니까요. 사기나 강도를 당하는 경우도 있습니다. 그러니 섣불리 이 일을 외부에 발설해서는 안 됩니다."

복권에 당첨되면 갑작스레 지인이 많아진다는 얘기는 자주 들었다. 밀폐된 방 안의 쓰레기통에 유난히 파리가 꾀는 것처럼 그건 피할 수 없는 사태인지도 모른다. 하지만 그 원인은, 상의를 하겠다고 찾아갔던 상대방이 무심코 다른 사람에게 흘리는 식으로 소문이 퍼져버리는 지극히 단순한 것이다. 문제는 밀폐된 방이 아니라 내버린 쓰레기 자체에 있다. 즉 어느 누구에게도 이 일을 상의해서는 안 된다는 얘기다.

"저희 은행에서는 천천히 시간을 갖고 저희와 함께 운용 플랜에 대해 검토해보실 것을 추천합니다."

지점장이 단숨에 설명하자 과장이 팸플릿을 테이블에 펼쳐놓으며 말했다.

"이건 저희 은행의 정기예금 플랜입니다. 이쪽은 투자신탁 플랜이고, 생명보험이나 개인연금 등의 플랜도 다양하게 준비되어 있습니다. 고객님의 요망에 맞춰 저희가 가족처럼 상담에 응해드리겠습니다."

고분고분 그들의 말을 들어야 한다, 라고 가즈오는 생각했다. 돈에 관해서는 전문가인 은행원들이 하는 말인 것이다. 틀린 말을 할 리는 없다.

가즈오는 크게 심호흡을 한 뒤에 대답했다. "알겠습니다. 우선은 예금해두도록 하지요."

은행에서 돌아오는 길. 가즈오는 배가 고파져서 덮밥집에 들어갔다. 아침부터 아무것도 먹지 않은 채, 문득 깨닫고 보니 저녁이 되어 있었다.

카운터 오른쪽 안에서 두 번째 자리에 앉아 메뉴를 들여다보았다. 지갑 안을 보니 소지금은 2,800엔. 평소 같으면 가장 싼 돼지고기 덮밥을 주문했겠지만 오늘은 가장 비싼 소고기 덮밥 곱빼기를 주문해봤다. 된장국과 절임 반찬, 달걀도 주문했다. 샐러드까지 덧붙였다. 그 '호화판 메뉴'를 단숨에 싹 비우고, 계산을 했다. 평소보다 두 배의 가격이었지만 그래도 1천 엔을 넘지 않았다.

덮밥집을 나서자 대각선으로 맞은편의 슈퍼마켓에 들어갔다. 분명 우유가 떨어졌었다. 바구니를 들고 우유 매장으로 갔다. 얌전하게 늘어선 우유팩들. 평소에는 망설임 없이 가장 싼 것을 골랐지만 오늘은 달랐다. 가즈오는 하얀 팩에 파란 문자가 그려진 청결한 디자인의 우유를 꺼내 바구니에 넣었다. 특별 할인 판매 때 몇 번 사 먹어보고 맛있다고 생각했던 우유였다. 플러스 80엔의 사치. 그리고 빵 매장으로 가서, 공장에서 받아 오는 빵이 아니라 잉글리시 머핀을 샀다. 이것도 한 개당 플러스 80엔의 사치였다. 마가린이 아니라 버터를. 표고버섯도 중국산이 아니라 국산을. 바나나도 약간 분발해서 대만 바나나를 샀다.

"돈은 주조(鑄造)된 자유다."

예전에 도스토옙스키는 말했다.

돈으로 행복을 살 수는 없을지도 모른다. 하지만 적어도 자유를 손에 넣을 수는 있다. 좋아하는 것을 할 수 있는 자유. 싫은 것을 하지 않아도 되는 자유.

고층 맨션에서 살고 싶다거나 고급 외제 차를 굴리고 싶다는 생각 따위는 해본 적도 없다. 그것이 행복한 생활이라고 생각하지도 않았다. 막대한 빚을 지고 빈궁한 가운데서도 정말 괜한 오기가 아니라 순수하게 그렇게 생각하며 살아왔다. 하지만 3억 엔의 돈을 손에 넣은 지금, 가즈오는 깨달았다. 자신은 자유를 얻은 것이라고. 가장 싼 우유가 아니라 가장 맛있는 우유를, 가장 싼 빵이 아니라 가장 먹고 싶은 빵을 살 수 있는 자유를.

그와 동시에 아연해지기도 했다. 기껏해야 그 정도의 일이었던가. 도스토옙스키가 설파한 돈에 의해 주어지는 자유라는 것이 나에게는 우유나 빵 이상도 이하도 아니었는가. 가즈오는 슈퍼마켓에 늘어선 수많은 상품들을 바라보며 한참이나 멍하니 서 있었다.

기숙사에 돌아오자 저커버그가 야옹야옹 울면서 가즈오의 발치로 다가왔다.

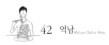

가즈오는 캣 푸드와 방금 사 온 '맛있는' 우유를 각각 접시
에 담아준 뒤 노트북을 켜고 검색 창에 '큰돈의 사용법'을 입
력해 클릭해보았다.

'만약 큰돈이 수중에 들어온다면.'

'부자들은 어떻게 돈을 모으는가.'

'돈을 재미있게 쓰는 방법.'

줄줄이 이어지는 정보들. 그중 하나에 가즈오의 시선이
멈췄다.

억남들의 명언

그런 제목의 블로그였다. 억만장자나 위인들이 언급한 돈
에 관련된 명언들이 마치 토크쇼 개그 문답처럼 펼쳐졌다.

'나에게는 앞으로 평생 먹고살 만큼의 돈이 있다. 아무것
도 사지 않는다면.'

'돈은 착한 심부름꾼이면서 동시에 못된 주인이기도
하다.'

'내 인생에 가장 큰 영향을 준 책은 은행 예금통장이다.'

'돈은 비료와도 같은 것이다. 뿌려주면 도움이 되지만 한
군데 쌓아두면 악취를 풍긴다.'

'젊은 시절에는 돈이 인생에서 가장 중요한 것이라고 생각
했다. 나이를 먹고 돌아보니 그게 맞는 생각이라는 것을 깨
달았다.'

수많은 '억남'들의 말을 보면서 가즈오는 생각했다. 이토록 많은 '명언'이 존재하고, 그것을 모두가 공유하고 있는데도 **대부분의 사람들은 부자가 되지 못한다.** 그 명언의 실제 의미를 거의 이해하지 못한 채 살아간다. 도서관에서 '부자가 되는 책'을 찾던 그 청년처럼.

가즈오도 어제까지는 똑같았다. 하지만 우스꽝스럽게도 3억 엔을 손에 넣은 지금에야 비로소 그러한 명언의 진의가 낱낱이 이해되는 것 같았다. 자신도 '억남'의 동료가 되었다는 마음이 드는 것이다.

그리고 가즈오는 '억남들의 명언' 속에서 아미타불의 말씀 하나를 발견했다.

'돈만 있으면 귀신도 부릴 수 있다.'

저도 모르게 쓴웃음을 지었다. 아미타불의 말씀이 맞다면 나는 아내와 딸과 다시 시작할 수 있을지도 모른다. 잃어버린 행복을 돈으로 다시 사들일 수 있을지도 모른다.

가즈오는 휴대전화를 꺼내 아내의 전화번호를 검색했다. "복권 당첨됐어! 3억 엔이야! 빚 따위, 당장 갚을 수 있어. 집도 살 수 있어. 차도 살 수 있어. 해외여행도 어디든 갈 수 있다고. 아무튼 일단 우리 식구 모두 프렌치 레스토랑에 가자. 그게 싫다면 초밥이든 고기구이든 뭐든 좋아. 모두 함께 축하하자!" 그런 말을 단숨에 아내에게 들려주고 싶었다. 하지만 가즈오는 발신 버튼을 누를 수 없었다. 그 버튼에는 두 사람 사이에 가로놓인 2년 동안의 깊은 골이 있었다. 그

공백을 메우기 위해서는 자신의 마음을 정리하고 할 말을 정리한 뒤에 냉철한 의식으로 아내에게 연락할 필요가 있었다. 가즈오는 휴대전화를 책상에 내려놓고 노트북 화면으로 시선을 돌렸다. 그리고 게시판의 마지막 말을 지그시 바라보았다.

인생에 필요한 것은 용기와 상상력, 그리고 약간의 돈이야.

_찰리 채플린

가즈오는 퍼뜩 생각이 났다. 그 말을 자신에게 알려준 사람이 누구인지.

처음이자 마지막 친우였다. 그 전에도 그 뒤에도 친우라고 부를 만한 사람은 그밖에 없었다. 상의를 한다면 그 친구밖에 없다고 가즈오는 생각했다.

그 대답은 이미 한참 전부터 나와 있었는지도 모른다. 하지만 망설이는 마음이 가즈오를 내내 묶어두고 있었다. 하지만 이제 채플린의 명언에 도움을 받아 가즈오는 낯익은 전화번호를 눌렀다.

그것은 15년 만의 전화였다.

쓰쿠모(九十九)의 돈

"수한무(壽限無) 수한무…… 오겁(五劫)이 마르고 닳도
록……."

　대학 강의실을 빌려 설치한 조그만 무대의 방석 위에 앉
아 곱슬머리의 남자가 두런두런 만담을 하고 있다. 구부정
한 등에 약간 고개를 숙인 그의 자세는 그야말로 자신 없는
모습으로 보였다.

　"바닷가 모래알에 바닷속 물고기처럼 많고 많이…… 물
가고 구름 오고 바람 오가는 길 한없듯이…… 먹고 자고 사
는 곳에 부족함 없이……."

　가즈오는 그 곱슬머리 남자를 지그시 지켜보았다. 검은
정장에 회색 넥타이. 아마 자신과 똑같은 신입생일 터였다.
화복(일본 전통 옷) 차림에 추진력도 강한 만담 연구회 선배에
게 억지로 끌려온 신입생, 그리고 선배 등쌀에 억지로 만담
연기를 하고 있는 신입생. 기묘한 광경이었다. 하지만 그의

모습이 빚어내는 분위기에 왠지 끌리는 점이 있었다.

"자금우 덩굴처럼 쭉쭉 뻗어나가 파이포 파이포, 파이포의 슈린건, 슈린건의 그린다이……."

곱슬머리의 남자는 점점 속도를 높여갔다. 구부정한 등이 차츰 펴지면서 뒤엉킨 실이 풀려나가듯이 말이 명료해졌다. 가즈오는 빨려들듯이 그를 지켜보았다.

"그린다이의 폰포코피의 폰포코나의 오래오래 잘 살아갈 초스케(長助)야, 학교 안 가냐?"

킥킥거리는 작은 웃음이 강의실에 피어났다(강의실에는 화복 차림의 선배들과 정장 차림의 신입생이 반반 정도의 비율로 자리에 앉아 있었다). 곱슬머리의 남자는 그 웃음이 가라앉기를 기다릴 것도 없이 낭랑하게 뒤를 이었다.

"얘, 킨 짱, 학교 가자고 일부러 와줘서 참말로 고맙다. 근데 우리 수한무 수한무 오겁이 마르고 닳도록 바닷가 모래알에 바닷속 물고기처럼 많고 많이, 물 가고 구름 오고 바람 오가는 길 한없듯이 먹고 자고 사는 곳에 부족함 없이, 자금우 덩굴처럼 쭉쭉 뻗어나가, 파이포 파이포 파이포의 슈린건 슈린건의 그린다이 그린다이의 폰포코피의 폰포코나의, 오래오래 잘 살아갈 초스케는 아직도 안 일어났네. 내 얼른 깨울 테니 잠시만 기다려라. 어서 일어나라, 수한무 수한무 오겁이 마르고 닳도록……."

객석의 웃음소리가 점점 커져갔다. 곱슬머리의 남자는 그 웃음을 받아들이고 또한 흘려 넘기면서 마치 노래하듯이 연기를 해냈다. 그렇게 마지막 맺음말에 이르자 교실에 있던 화복 차림의 선배들에게서 떠나갈 듯한 박수갈채가 터졌다. 가즈오도, 가즈오 주위의 신입생들도 저도 모르게 박수를 쳤다.

무대에서 내려온 곱슬머리의 남자는 눈 깜짝할 사이에 다시 고개를 푹 숙이고 등이 구부정한 모습으로 되돌아갔다. "대단하다!" "당장 써먹어도 되겠네!"라면서 주위를 에워싼 화복 차림의 선배들에게 그는 뭔가 웅얼웅얼(거의 들리지 않는 목소리로) 대답하고 있었다.

곱슬머리의 남자는 그 자리에서 반강제로 만담 연구회 입회서를 쓴 다음에야 겨우 화복 차림 선배들의 벽에서 풀려났다. 그 순간을 기다렸다가 가즈오는 그에게 다가가 말을 건넸다. 처음 본 사람에게 말을 건넨 건 그때가 처음이었다. 아마도 흥분했던 것이리라. 자신과 똑같이 내성적인 사람이 수많은 관객 앞에서 멋진 재능을 펼쳐 보인 것에 진심으로 감동했던 것이다.

"네 만담, 진짜 대단했어. 만담이라는 건 처음 들어봤는데, 그래도 엄청 재미있었어."

"고, 고맙다."

구부정하게 고개를 숙이고 있던 곱슬머리 남자는 그 자세 그대로 검은 눈알만 굴려서 가즈오를 쳐다보았다. 주차장에 세워진 차량 밑에서 이쪽을 빤히 응시하는 검은 고양이 같은 눈이었다. 이제부터 네가 믿을 만한 인간인지 아닌지 충분히 검증해보겠다는 듯한 눈빛이다.

"가, 가즈오라고 했던가? 너도 만담 연구회에 들어오려고?"

"응? 아니, 전혀 그럴 생각이 없었는데 어쩌다 보니 이 강의실까지 끌려온 것뿐이야. 만담 같은 건 전혀 알지도 못하고, 게다가 사람들 앞에서 웃기는 얘기를 해야 하다니, 그건 좀……."

"그, 그렇지."

"그래도 너는 진짜 잘했어. 진짜 재미있어서 만담에는 아마추어인 내가 보기에도 대단하게 보이더라."

"고, 고마워. 하, 하지만 그건 그냥 외워서 한 건데……."

"외운 거였어?"

"마, 만담 명인의 테이프를 통째로 암기했어. 애드립까지 포함해서 저, 전부 다."

"그렇게 해도 되는 거야, 만담이라는 게?"

"응, 어설프게 혼자 하는 것보다 저, 전부 통째로 외워서 하는 게 나아. 특히 나 같은 타입은."

"와아, 그런가?"

"그, 그렇다니까. '배운다'의 어원은 '흉내 낸다'는 것이라는 마, 말이 있어. 어떤 것이든 우선 통째로 휴, 흉내 내는 것에서 시작할 수밖에 없어."

"그렇구나. 너 진짜 재미있다. 이름 좀 물어봐도 돼?"

"나는 쓰, 쓰쿠모."

"쓰쿠모?"

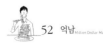

"응. 하, 한자로 구십구(九十九)라고 쓰고, 쓰쿠모라고 읽어."

"그렇구나. 잘 부탁한다, 쓰쿠모."

"나, 나야말로 잘 부탁한다, 가즈오."

그리고 그 자리에서 가즈오는 만담 연구회 입회서를 쓰고 쓰쿠모와 함께 활동하게 되었다. 20여 년 전의 일이다.

가즈오는 문학부, 쓰쿠모는 이공학부였다.

가즈오가 강의도 듣는 둥 마는 둥 만담 연구회 동아리 방에 뛰어가 어영부영 기다리고 있으면, 아침 첫 시간부터 착실히 강의를 들은 쓰쿠모가 저녁 무렵에야 합류했다. 그러고는 둘이서 밤까지 만담 비디오를 보고, 대학 바로 옆에 커피점처럼 꾸민 인테리어의 술집에서 두어 잔 술을 마시고 집에 돌아왔다. 4년 동안 거의 매일 그런 패턴이 반복됐다.

쓰쿠모는 선배들이 기대했던 대로 훌륭한 학생 만담가로서 활약했다. 2학년 때는 만담 연구회 안에서 가장 많은 웃음을 자아내는 만담가가 되었다. 가즈오는 몇 차례 도전은 해봤지만 영 이야기가 잘되지 않아 대부분 '객석 측'을 맡았다. 하지만 쓰쿠모를 따라 만담 극장에 드나드는 사이에 점점 그 매력에 빠져들었다.

두 사람은 거의 매주 만담 극장에 갔다. 고전 만담에서부터 신작 만담까지, 신입에서부터 베테랑까지, 아무튼 마음에 걸리는 만담은 빠짐없이 보러 갔다. 가즈오는 단적이고 알기 쉽게 웃는 상연 종목을 좋아했고, 쓰쿠모는 실컷 웃다가 마지막에 뭉클한 감동이 밀려오는 인정극을 좋아했다. 가미가타 만담(上方落語)*도 연구해보자는 쓰쿠모의 말에 따라 야간 버스를 타고(둘 다 아무튼 돈이 없었다) 오사카까지 공연을 보러 간 적도 있었다. 쓰쿠모는 명인의 무대를 반복해서 듣고 비디오를 되풀이해 보면서 어떻든 흉내를 내가며 자신의 기예를 닦아나갔다.

졸업 공연 때 가즈오는 쓰쿠모에게서 물려받은 〈수한무〉를 연기했고 쓰쿠모는 자신의 특기인 〈시바하마(芝浜)〉로 공연의 대미를 장식했다. 마지막 날에는 후배들이 서로 분담해 관객을 끌어모은 덕분에 무대가 설치된 강의실은 백 명을 훌쩍 넘는 관객으로 가득 채워졌다. 그런 가운데 연기한 쓰쿠모의 〈시바하마〉는 그야말로 집대성이라고 할 만큼 훌륭해서 관객을 폭소로 이끌어 갔고 마지막에는 눈물짓게 했다.

칠칠치 못한 남편을 위해 거짓 연기를 해야 했던 아내의 마지막 고백 장면에서는 관객 대부분이 눈물을 글썽였다. 쓰쿠모가 "다시 꿈이 되면 안 되지"라는 마지막 맺음말 대사를 하고 객석을 향해 고개 숙였을 때, 회장 안의 관객들은 진심 어린 박수를 보냈다.

---

* 가미가타 만담 : 오사카와 교토 지역의 만담.

4년 동안 가즈오와 쓰쿠모는 거의 매일 함께 있었다. 365일, 딱히 하는 일도 없고 대화하는 것도 없이 가즈오와 쓰쿠모는 함께 있었다. 하지만 나중에야 짚이는 게 있었다. 별다른 목적도 이유도 없이 그냥 함께 있을 수 있는 사람이 바로 친우인 것이라고. 가즈오에게 쓰쿠모는 처음이자 마지막 친우였다. 그리고 분명 쓰쿠모에게도 그건 마찬가지일 터였다.

"가즈오(一男)와 쓰쿠모(九十九)를 합치면 백(百)이 되지? 너희는 둘이 합쳐야 백 퍼센트야." 만담 연구회 동료들에게서 자주 그런 놀림을 당했다.

그때마다 가즈오는 "나는 진짜 1밖에 안 돼. 쓰쿠모와 비교하면 말이야"라고 웃으면서 대답하곤 했다. 쓰쿠모는 만담 재능도 학교 성적도 최상급이었다. 프로그래밍 실력은 이공학부 안에서도 특히 뛰어나 여러 곳의 기업에서 서로 데려가려고 한다는 교수님들의 얘기가 들려왔다. 항상 함께 있었지만 쓰쿠모는 모든 면에서 가즈오보다 뛰어났다.

"나는 1이 없으면 100이 안 돼." 놀림을 받을 때마다 쓰쿠모는 가즈오를 불러내 진지한 표정으로 말했다. "나는 혼자 서는 티, 티켓도 못 사고 길을 몰라서 고, 공연장에도 못 가잖아. 오사카 같은 데는 저, 절대로 못 가고, 동아리 방에도 나 혼자는 못 가. 우, 우리는 둘이어야 비로소 백 퍼센트, 퍼펙트가 되는 거야." 그야말로 진지한 얼굴로 그렇게 말했다.

"알았어. 다들 농담으로 하는 얘기야. 불끈할 거 없어. 너는 너무 착실해서 탈이라니까." 가즈오는 웃으면서 대꾸했다.

서로가 서로에 대해 절대적인 믿음을 갖고 있었다. 공중그네를 타는 두 명의 곡예사처럼 가즈오와 쓰쿠모는 단단한 신뢰 관계로 맺어져 있었다. 분명 그 무렵의 가즈오와 쓰쿠모는 둘이 함께여야 백 퍼센트 퍼펙트였다.

가즈오는 도심 지하철역에 내려 석조의 기나긴 지하 통로를 걸었다. 거기서 다시 긴 에스컬레이터를 타고 지상으로 나오자 눈앞에 큰 나무처럼 하늘을 향해 우뚝 솟은 청록색의 거대한 타워 빌딩이 있었다.

간밤에 가즈오가 전화를 건 곳에 쓰쿠모는 있었다(다행히 전화번호를 여태까지 바꾸지 않았다). 다섯 번쯤 콜 소리가 울린 뒤 쓰쿠모의 목소리가 들려왔다. 메마른 목소리였다. 방 안에 혼자 있는지 주위는 놀랄 만큼 조용했다. 15년 만의 전화인데도 오랜만이라든가 잘 지냈느냐는 등의 인사도 없이 가즈오는 그냥 상의할 일이 있다고만 말했고, 쓰쿠모는 "그, 그럼 우리 집으로 와"라고 대답하고 주소를 알려준 뒤에 전화를 끊었다.

그리고 오늘, 그가 알려준 주소대로 찾아왔더니 바로 이 거대한 빌딩이 나타났다. 텔레비전이나 영화에 자주 등장하는 타워 빌딩이었다. 한 층의 임대료가 월 5천만 엔이라느니 6천만 엔이라느니 하는 소문이 들려오는 빌딩이다. 만일 이런 곳에서 살기로 한다면 가즈오의 3억 엔 따위, 단 6개월 만에 날아간다. 3억 엔을 그런 식으로 써버리는 방법도 이 세상에는 분명 존재하는 것이다. 지난 15년 동안에 쓰쿠모와 자신 사이에 이토록 큰 차이가 생겨난 것에 어이없어 하면서 가즈오는 빌딩 입구로 들어갔다.

외국계 증권회사와 컴퓨터 회사, 법무법인 변호사 사무실, 부동산 투자회사, 바이오 벤처와 미용 관리실, 게임이며 학습지 회사까지 다양한 업종의 오피스가 빽빽이 입주해 있었다. 그 회사들이 모두 다달이 수천만 엔 단위의 임대료를 내고 있다. 우리가 알지 못했을 뿐, 돈을 버는 방법은 금융이나 IT 이외에도 참으로 많다는 것을 이 빌딩 자체가 증명하고 있었다. 게다가 온통 오피스뿐인 이런 빌딩에 쓰쿠모가 사는 집이 있다는 것에 혼란을 느끼며 가즈오는 엘리베이터에 올랐다.

졸업 후에도 만담 연구회 친구들과 이따금 모이는 일이 있었다.

가즈오는 거의 매번 얼굴을 내밀었지만 쓰쿠모는 한 번도 나타나지 않았다. 그의 근황에 대한 질문을 받은 가즈오가 "졸업한 뒤로는 연락을 취하지 않고 있다"라고 말하면 그들은 둘 사이에 무슨 일이 있었던 모양이라고 짐작했는지 더 이상 질문을 던지지 않았다.

졸업하고 10년쯤 지났을 무렵일까. 오랜만에 모임에 참석

한 선배에게서 쓰쿠모에 관한 이야기를 들었다. 대기업 홍보사에서 근무하다가 독립해서 휴대전화용 애플리케이션을 개발하는 벤처기업으로 큰 성공을 거둔 선배였다. 쓰쿠모와는 젊은 경영자들의 교류 모임에서 우연히 만났다고 말했었다.

"어땠어요, 쓰쿠모는?"

가즈오는 저도 모르게 물어보았다.

"완전히 부자가 됐지." 그 선배는 웃으면서 말했다. "SNS 쪽 인터넷 벤처회사를 설립했는데 그게 제대로 먹힌 것 같아. 시가 총액이 벌써 천억 엔을 넘었어."

"그러면 진짜 엄청난 부자겠네요."

"그렇지. 근데 그 녀석, 전혀 달라진 게 없어. 여전히 어물어물 말을 더듬고 등은 구부정하고."

"돈을 많이 벌었어도 쓰쿠모는 쓰쿠모겠죠." 가즈오도 웃었다.

하지만 선배는 따라 웃지 않고 뭔가 심각한 얼굴로 말을 이었다. "아냐, 어딘지 모르게 달라지긴 달라졌어. 음, 역시 조금 변한 것 같아, 그 녀석."

"무슨 말이에요?"

"뭔가 따분해 보이더라고. 내가 보기에는 좀 우울한 것 같기도 했어. 주변에는 누군지 잘 알 수 없는 명랑한 놈들이 잔뜩 있어서 다들 손뼉을 쳐가면서 떠들어대고 아주 신이 났는데, 그 울타리 안에 있는 그 녀석만 조용히 고개를 숙이고 있더라고. 아무와도 눈을 마주치지 않고 거의 말도 없었어. 아무튼 몹시 따분한 것처럼 보였어. 분명 돈은 많을 텐데……. 엇, 그보다 너 그 녀석하고 친하지 않았어?"

"아뇨, 요즘은 전혀 왕래가 없어서……."

"그래? 하긴 뭐, 대학 시절의 친구라는 게 그렇지. 하지만 너와 함께 있을 때의 쓰쿠모는 정말 즐거워 보였는데."

"그랬어요? 그때도 늘 고개를 숙이고 어물어물 말했었잖아요. 눈도 제대로 못 맞추고."

"아, 그랬나? 하지만 겉으로 보기에는 똑같아도 마음속은 완전히 반대인 경우가 얼마든지 있잖아. 인간이니까 말이야."

"그럴까요?"

"당연히 그렇지. 아무튼 대학 시절의 그 녀석은 즐거워 보였어. 너 바보구나."

"바보요?"

"응, 바보야. 내내 함께 지냈으면서 그런 것도 몰랐다니."

선배는 웃으면서 맥주를 벌컥벌컥 마셨다. 그리고 빈 잔을 손에 들고 "와아, 오랜만이네! 여기, 맥주 줘요, 맥주!"라고 외치면서 안쪽 테이블로 비틀비틀 걸어갔다.

타워 빌딩 안의 높은 층을 향해 엘리베이터가 올라갔다.

유리 너머로 미니어처 같은 도쿄 거리를 멍하니 바라보고 있으려니 완전히 잊고 있던 그런 대화가 갑작스럽게 머릿속에 떠올랐다. "너 바보구나"라는 선배의 목소리가 또렷이 되살아나고, 갈 곳을 잃은 말이 가즈오의 마음속을 빙글빙글 맴돌았다.

상당히 높은 층까지 올라간 다음에 엘리베이터가 멈췄다. 가즈오는 어슴푸레한 복도를 오른쪽 끝까지 들어가 그 막다른 곳의 문 옆에 있는 인터폰을 눌렀다. 벨소리가 몇 번 울리다가 응답도 없이 달칵 끊기더니 스르륵 도어 로크가 해제되는 소리가 들렸다.

가즈오가 조심스럽게 문을 열자 그곳에 쓰쿠모가 있었다.

콘크리트가 그대로 드러난, 아무것도 없이 휑뎅그렁한 실내였다. 그 중심에서 쓰쿠모는 바닥에 앉아 노트북을 들여다보며 콜라를 마시고 컵라면을 후루룩 들이켰다. 방 안은 어둡고 쓰쿠모가 앉아 있는 근처에만 키 큰 스탠드 라이트가 비추고 있었다.

제대로라면 큼직한 창문을 통해 도쿄의 거리 풍경이 내려다보였을 텐데 그 창 앞에 컵라면과 콜라가 규칙적으로 쌓아올려져 거대한 벽처럼 빛을 가로막고 있었다. 그 모습은 마치 앤디 워홀의 팝아트 작품 같았다.

"어, 어서 와, 가즈오."

멀거니 서 있는 가즈오에게 쓰쿠모가 말을 건넸다. 그 목소리, 그 모습, 검은 고양이 같은 눈. 15년 전과 똑같은 쓰쿠모가 그곳에 있었다. 가즈오는 만담 연구회의 작은 동아리 방에 있었던 쓰쿠모를 떠올렸다. 그 무렵에도 쓰쿠모는 항상 컵라면과 콜라로 식사를 해결했다. 모든 게 달라져버린 것 같으면서도 또한 아무것도 변하지 않은 것 같은 느낌이었다.

"오랜만이다. 쓰쿠모. 여전하구나."

"으, 응."

"왜 그런 걸 먹고 있어, 돈도 많이 벌었다면서. 얼마든지 맛있는 거 먹어도 되잖아."

"먹을 것 때문에 고, 고민하고 싶지 않아. 피곤해. 그런 거, 새, 생각하고 싶지 않아."

"게다가 이런 사무실에서 혼자 살아?"

"원래는 여, 여럿이서 함께 썼던 사무실이야. 지금은 다 해산하고 나 혼자야. 이사하기 귀찮아서 그, 그냥 살고 있어."

"……옷도 죄다 시커먼 색이네."

"그, 그런가? 똑같은 옷으로 1년 치를 한꺼번에 샀어. 이, 인터넷에서. 그래서 이제 괘, 괜찮아. 입고 나면 버려. 그러다 떠, 떨어지면 또 사들이고."

"그나저나 이런 데서 살다니, 완전히 부자가 됐구나. 기억나? 채플린의 그 말. 네가 알려줬었어."

"이, 인생에 필요한 것은 요, 용기와 상상력, 그리고 약간의 돈?"

"맞아. 하지만 이건 약간이라고 할 수준이 아니네. 대체 얼마나 벌어들인 거야?"

가즈오가 웃으면서 묻자 쓰쿠모는 눈앞의 노트북 키보드를 타닥타닥 두드리면서 말했다.

"지금 이 시각이라면 157억 6752만 9468엔."

무서워졌다. 그가 알려준 돈의 액수에 공포감이 든 게 아니다. 지금까지 대학 시절과 전혀 달라진 것이 없다고 생각했던 쓰쿠모가 돈 얘기가 나오자마자 완전히 딴사람처럼 재빠른 말투로 명쾌하게 대답했기 때문이다.

그 무렵, 쓰쿠모는 만담을 연기할 때만은 전혀 다른 인격이 되었다. 평소에는 제대로 말도 못하면서 만담 고좌(高座)에 오르기만 하면 돌연히 다른 인격이 나타난 것처럼 발음이 명료해졌다. 동료들 사이에서는 '지킬 박사와 하이드'라는 야유가 날아왔지만, 쓰쿠모 자신은 "왜 다들 그런 식으로 말하는지 모르겠다"고 매번 고개를 갸웃거렸다. 그건 분명 흉내를 내고 있기 때문이다, 라고 가즈오는 생각했다. 만담 명인들의 테이프를 매일같이 들으면서 똑같이 생각하고 똑같이 사물을 바라보기 때문이라고. 배우는 건 흉내 내기라고 쓰쿠모는 거듭 말했었다. 그러는 사이에 그는 고좌에 올라갈 때만은 뛰어난 '만담가'가 되었다. 그리고 바로 지금도 그것과 똑같은 일이 일어나고 있었다.

쓰쿠모는 그 뒤로 계속 부자들과 똑같이 생각하고 똑같이 행동했기 때문에 막대한 자산을 손에 넣었을 터였다. 그리고 어느샌가 돈에 대해서라면 무엇이든 알게 되었다. 그 결과, 그는 '만담가' 때와 똑같이 '부자'가 되었다. 하지만 그건 동시에 쓰쿠모가 결정적으로 변해버렸다는 뜻이기도 했다. 쓰쿠모의 모습도 목소리도, 모든 것이 똑같은데 전혀 다른 인간이 된 것이다.

15년 전. 가즈오와 쓰쿠모의 관계는 갑작스럽게 끝이 나
버렸다.

졸업을 앞둔 여행이었다. 두 사람은 모로코의 옛 수도 마
라케시로 여행을 떠났다. 그곳에서 '사건'이 일어났고, 쓰쿠
모는 돈과 관련된 인생에서 결정적인 선택을 했다. 그로부
터 15년 동안, 가즈오는 쓰쿠모를 만난 적이 없었다. 만나
기는커녕 전화나 메일을 주고받은 일도 없었다. 두 사람의
관계는 완전히 끝나버렸던 것이다.

"돈과 행복의 정답을 찾아올 거야."

그날, 그 광대한 사막에서 눈물이 날 만큼 아름다운 아침
해를 바라보며 쓰쿠모는 말했다.

그때 그는 가즈오와는 멀리 떨어진 곳에서 살아가겠다는
결단을 내렸다.

그리고 가즈오는 지난 15년 동안, 그날 쓰쿠모가 했던 그
말을 줄곧 가슴속 가장 깊은 곳에 넣어둔 채 살아왔다.

"쓰쿠모, 돈의 정체는 발견했어?"

쓰쿠모의 얼굴이 긴장했다. 잠시 동안의 침묵 끝에 가즈
오는 말을 이었다.

"나에게도 돈과 행복의 정답을 좀 알려줬으면 좋겠다."

"가즈오, 느, 느닷없이 무슨 소리야."

"……실은 3천만 엔의 빚이 있어. 남동생이 실종됐고 그 동생이 남긴 빚이야. 몇십 년이 걸리든 내가 일을 해서 갚을 작정이었어. 그런데 이제 더 이상 그럴 필요가 없어졌어."

"어, 어째서?"

"복권에 당첨됐거든. 지금 3억 엔이 내 수중에 있어. 너한테는 푼돈인지도 모르지만 나한테는 엄청나게 큰돈이야. 하지만 막상 돈이 생기고 보니 어떻게 해야 좋을지 모르겠어. 인터넷을 검색해봤는데 수많은 사람들이 불행해졌더라. 은행에서도 이런저런 경고를 했고. 돈이 불행을 부른다고 다들 위협하는 것 같아. 이렇게 엄청난 돈이 굴러들어왔는데 나는 지금 혼란에 빠져 있어."

쓰쿠모는 말없이 가즈오를 보았다. 그 검은 고양이 같은 눈으로. 가즈오는 그 눈을 지그시 마주 보았다.

"돈을 어떻게 써야 하는지, 그 방법을 좀 알려줘. 그리고 그 뒤에 기다리고 있을 돈과 행복의 정답을 가르쳐줘."

"……알았어. 가즈오, 이, 일단 좀 앉아."

가즈오는 그를 마주하고 바닥에 앉았다. 썰렁하게 드러난 콘크리트 바닥이 가즈오를 불안하게 만들었다.

"너는 도, 돈을 좋아해?"

"물론 좋아하지. 싫어하는 사람이 어디 있겠냐."

"부자가 되고 싶어?"

"부자가 되고 싶지 않다고 하면 그건 거짓말이 되겠지."

"그럼 질문을 한 가지 할까? 너, 만 엔짜리 지폐의 크기를

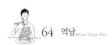

알고 있어?"

돌연한 질문에 가즈오는 동요했다. 머릿속에서 후쿠자와 유키치가 세로가 되었다가 가로가 되었다가 하면서 오락가락했다. 잠시 생각을 굴려봤지만 답은 나오지 않았다.

"미안하다, 쓰쿠모. 모르겠네."

"세로 76밀리미터, 가로 160밀리미터야." 쓰쿠모는 그렇게 대답하더니, 연달아 질문을 던졌다. "무게는 몇 그램인지 알아?"

"……모르지."

"1그램. 참고로, 1엔짜리 동전도 1그램이야. 1만 엔짜리 지폐와 1엔짜리 동전이 똑같은 무게라는 얘기야."

쓰쿠모의 말투가 점점 명료해지고 속도가 올라간다. 엉켰던 실이 풀리듯이. 예전에 했던 〈수한무〉 만담처럼.

"5천 엔짜리 지폐는 세로 76밀리미터에 가로 156밀리미터. 천 엔짜리 지폐는 세로 76밀리미터에 가로 150밀리미터. 5백 엔짜리 동전은 7그램이고, 1백 엔짜리 동전은 4.8그램. 5천 엔은 4그램, 10엔은 4.5그램, 그리고 5엔은 3.75그램이야."

"야아, 대단하다, 쓰쿠모."

"전혀 대단할 거 없어. 모두 인터넷을 검색해보면 금세 아는 것들이지. 검색하지 않더라도 자를 들고 사이즈를 재보고 저울에 무게를 달아보면 단 5분 만에 끝날 일이야. 그런 점에서 너한테 꼭 말해둘 게 있어. 한 마디로, 너는 돈을 좋아하지 않아. 자신의 몸무게나 가족이 좋아하는 음식이나 좋아하는 여자의 생일에는 신경을 쓰면서 날마다 접하는 돈의 크기나 무게를 너는 알아보려고도 하지 않았잖아. 정말로 관심이 있다면 돈에 대해 무엇이든 다 알려고 했겠지. 어떤 색으로 인쇄되었고 어떤 그림이 그려져 있는지 샅샅이 살펴봤을 거야. 하지만 너는 지금까지 그런 건 유심히 본 적도 없었고 알려고도 하지 않았어. 즉 너는 돈에 관심이 없는 거야."

맞는 말이었다. 자신은 돈 그 자체에 대해서는 아무것도 알아보려 하지 않았다. 그리고 그런 건 아무도 알려주지 않았다. 부모님도 학교에서도.

쓰쿠모의 말이 이어졌다.

"오히려 너는 돈을 악한 것으로 치부해왔겠지. 돈이 많으면 불행해진다, 돈으로 행복을 살 수는 없다, 그런 변명을 하면서 돈에 겁을 내고 달아나기만 했어. 그러니 돈의 크기도 무게도 전혀 알지 못하지. 좋아하지도 않는데 그쪽에서 너를 찾아올 리 없잖아? 네가 부자가 되지 못했던 것은 재능이 없었기 때문도 아니고 운이 없었기 때문도 아니야. 부자가 되기 위해서 해야 할 당연한 일들을 아무것도 하지 않았기 때문이야."

단숨에 말을 쏟아내고 쓰쿠모는 흥분했는지 크게 한숨을 내쉬더니 콜라를 벌컥벌컥 마시고 컵라면을 후룩후룩 들이켰다. 그런 다음에 말을 이었다.

"후쿠자와 유키치가 '하늘은 사람 위에 사람을 만들지 않고, 사람 아래 사람을 만들지 않는다'라는 말을 했다는 건 알고 있지?"

"응,《학문의 추천》이라는 책에 나왔어."

"그걸 너는, 인간은 모두 평등하다, 라는 얘기인 줄 알고 있을 거야."

"맞아, 그런 얘기잖아."

"아니, 틀렸어."

"틀려?"

"그 뒤에 이어지는 문장이 뭔지 알아?" 말을 마치자마자 쓰쿠모는 단숨에 그 문장을 줄줄 외웠다. "하지만 지금 널리이 인간 세계를 내다보니 현명한 사람이 있고 어리석은 사람이 있고, 가난한 자도 있고 부유한 자도 있고, 귀인도 있고 하인도 있으니, 그 양상이 하늘과 땅처럼 차이가 나는 것은 무슨 일인가. 그 연유는 자명하다.《실어교*(實語敎)》에, 사람은 배우지 아니하면 지혜가 없고, 지혜가 없는 자는 우인(愚人)이 된다고 하였으니, 현명한 자와 어리석은 자의 구별은 배우고 배우지 않음에 의해 생기는 것이다."

"……그러면, 결국 무슨 얘기야?"

"즉 신분의 상하 귀천은 태어나면서부터 생기는 것이 아니라 학문의 유무에 의해 생겨난다는 거야. 그래서 나는 돈

---

* 실어교 : 헤이안 말기부터 메이지 초기에 걸쳐서 보급한, 서민을 위한 교훈 중심의 초등 교과서

에 대해 처음부터 끝까지 샅샅이 공부했어. 돈에 휘둘리지 않기 위해 돈을 벌어들였어. 만담을 하던 때와 똑같이. 돈에 대해 아무것도 알지 못하면서 부자가 되다니, 만 엔짜리 지폐에 초상화로 올라앉은 분이 그런 걸 허락해줄 리가 없잖아."

"음, 알겠어. 나는 그동안 돈에 대해 너무 무지했던 거네. 자아, 그렇다면 앞으로는 어떻게 할까. 내가 가진 3억 엔을 어떻게 쓰는 게 좋을 거 같아?"

그 질문에 쓰쿠모는 지그시 가즈오를 바라보며 말했다.

"너, 알아보기는 했어?"

"복권에 당첨된 사람들의 인생에 대해서? 응, 그거라면 알아봤지. 대부분 말로가 아주 비참했어. 그래서 좀 혼란스러워. 그것 때문에 여기까지 찾아온 거야."

쓰쿠모는 깊은 한숨을 내쉬었다.

"그게 아니야."

"아니라니?"

"역시 너는 돈에 대해 아무것도 모르는구나. 물론 복권에 대해서도 잘 모르고 있어. 인터넷으로 검색해본 얄팍한 정보가 현재 네가 아는 것의 전부지. 이건 난센스야. 우선 1억 엔 이상의 고액 당첨자가 연간 몇 명이나 되는지 알아?"

가즈오는 생각해보았다. 하지만 그런 건 짐작도 되지 않아 그냥 입을 다물어버렸다.

"네가 특별한 경우라고 생각하지 마. 1억 엔 이상의 복권 당첨자가 연간 5백 명이나 돼. 그렇다면 지난 10년 동안만

쳐도 5천 명이 넘는다는 얘기야. 즉 너 같은 사람이 아주 많다는 뜻이지. 근데 왜 너한테만 특별한 일이 일어난 것처럼 생각해? 인터넷에서 검색해본 불행한 사례들은 대다수 낙첨자들의 질투심에서 생겨나고 추출된 것일 뿐이야. 그들은 일부 비참한 사례를 고의로 끄집어내고 거기에 각색까지 더해가며 왕왕 떠들고 있어. 가즈오, 다시 한 번 말할게. **복권 당첨자는 지난 10년 동안 5천 명이 넘어.** 너는 전혀, 전혀 특별하지 않아."

자신 같은 고액 당첨자가 해마다 5백 명씩이나 존재한다. 그중 일부는 가즈오와 마찬가지로 인터넷에 줄줄이 올라온 비극적인 상황을 보고, 자신도 이윽고 그 비극의 주인공이 될지 모른다는 공포감에 바짝 겁을 냈을 것이다. 하지만 그밖의 수많은 당첨자들은 지극히 당연하게 억 단위의 당첨금을 받아 들고 평소와 다를 바 없는(혹은 조금쯤은 풍족한) 삶을 살고 있는 것이다.

"가즈오, 너는 인터넷을 잠깐만 검색해보면 알 수 있는 당연한 룰을 알아보려고도 하지 않았어. 돈의 세계에서는 이 룰을 이해하는 자가 부유해지고, 그걸 이해하지 못하는 사람은 점점 가난해지게 돼. 포커나 체스와 다를 게 없어. 거기에는 누구에게나 평등한 룰이 있을 뿐이지. 단지 그 룰을 이해하고 승리하기 위해 공부하고 깊이 생각하면서 행동한다, 그것만이 승패를 가르는 거야. 포커에서도 체스에서도 이기는 자는 당연히 이길 만해서 이기고, 패하는 자는 당연히 패할 만해서 패하지? 그것과 똑같아."

룰은 누구에게나 평등하다.

가즈오는 마음속으로 몇 번을 중얼거렸다.

거기에 따로 특수한 룰이 있는 게 아니다. 그렇기 때문에 진정한 부자는 일단 부를 잃더라도 금세 되찾을 수 있다. '돈의 룰'을 알고 있기 때문이다. 룰이 누구에게나 평등하기 때문에 더더욱, 설령 크게 패한다 해도 '이기는 방법을 알고 있는' 사람은 얼마든지 만회할 찬스가 있는 것이다.

"이제 슬슬 네가 던진 질문에 답해야겠지?" 멍해져 있는 가즈오에게 쓰쿠모가 말했다. "해외의 부자들이 일본인을 가리켜 뭐라고 하는지 알아?"

"뭐라고 하는데?"

"'죽을 때가 인생에서 가장 부자'라고 한다더라. 모처럼 3억 엔을 손에 넣었는데 현금도 못 보고 죽는다면 너무 어이없는 일이잖아. 은행에서 무슨 말을 들었을지 대충 짐작이 가지만, 나는 지금 당장 당첨금 전액을 현금으로 받아 와야 한다고 생각해. 3억 엔이라는 숫자가 통장에 기입되어 있을 뿐이고 그 실물은 본 적도 없이 끝나버리는 인생과 3억 엔이라는 현금을 실제로 내 눈으로 보고 내 손으로 만져보는 인생, 어느 쪽을 선택하겠느냐고 한다면 나는 분명코 후자야."

다음 날, 가즈오는 평소와 다름없이 도서관 근무를 마치

고 밤에는 빵 공장에서 빵 반죽과 씨름을 했다. 새벽녘에야 기숙사로 돌아와 마크 저커버그에게 캣 푸드를 챙겨주고 텔레비전을 보다가 잠깐 눈을 붙인 뒤에 다시 도서관으로 출근했다. 쓰쿠모가 가즈오에게 알려준 이 세계의 룰. 그 룰을 배운 덕분에 가즈오는 편한 마음으로 하루하루를 보낼 수 있었다. 이제 곧 손에 들어올 3억 엔과도 당당히 마주할 수 있을 것 같았다. 그러자 도서관에서 하는 일도, 빵 반죽과 씨름하는 것도, 고양이에게 먹이를 챙겨주는 것도 모두 '살아 있다'라는 실감으로 바뀌었다.

도서관에서 일하고 빵 반죽과 씨름하고 고양이에게 먹이를 준다. 그런 일과를 그로부터 다섯 번씩 되풀이한 끝에 맞이한 금요일, 마침내 은행에서 연락이 왔다. 복권 감정 작업이 끝나고 계좌에 입금하는 수속을 마쳤다는 것이었다.

가즈오는 그날 도서관을 조퇴하고 근처 할인 쇼핑몰에서 가장 싼 비닐제 여행 가방을 사 들고는 곧장 은행으로 갔다. 3억 엔을 현금으로 찾아 그 여행 가방에 채워 넣고 빵 공장 옆의 기숙사 방으로 돌아왔다.

전액을 현금으로 받겠다고 말했을 때의 지점장과 과장의 얼굴이 잊히지 않는다. "가즈오 씨가 참으로 걱정됩니다만." "우선은 냉정하게 생각해보시지요." 지극히 냉철하고 공손한 말투였지만 두 사람은 명백히 당황하고 있었다. 그 모습을 바라보는 동안에 가즈오는 자신이 크게 잘못된 판단을 내린 게 아닌지, 불안해졌다. 그렇지만 일단 내뱉은 말을 새삼 주위 담을 수도 없어서 여행 가방에 3억 엔이 차곡차곡 채워지는 모습을 그저 멍하니 바라보았다.

그날 밤, 가즈오는 잠이 오지 않았다. 이 작은 기숙사 방 한 칸에서 잠자는 자신, 그리고 3억 엔이라는 현금. 그 두 가지를 동일한 공간에 존재하는 것으로 연결 지어 생각할 수가 없었다. 저 얇은 문짝이나 시원찮은 유리창을 깨고 누군가 침입하기라도 하면 모든 게 일장춘몽인 것이다. 온갖 상상력을 구사해 가즈오는 자신의 3억 엔을 누군가 가져간다는 망상을 펼쳐나갔다. 옆방 사람이나 강도, 나중에는 이탈리안 마피아까지 가즈오의 방에 들이닥쳐 3억 엔을 강탈하려고 했다. 그 하나하나의 망상이 끝날 때마다 가즈오는 붙박이장에서 여행 가방을 꺼내 3백 개의 백만 엔 다발을 방바닥에 펼쳐놓은 채 그것을 바라보고 그 위에 앉거나 드러눕고 때로는 후쿠자와 유키치와 대화하며 시간을 보냈다.

그동안에도 저커버그만은 평소와 다름없는 모습으로 방 한쪽의 이불 속에서 쿨쿨 자고 있었다. 그야 그럴 만도 하다, 라고 가즈오는 생각했다. 고양이 입장에서는 단지 종이 더미가 바닥에 펼쳐져 있는 것뿐이다. 먹을 것도 아니고 우유도 아니다. 당연하지만 흥분할 일도 없고 긴장할 것도 없다. 이따금 눈을 뜬 저커버그는 가즈오를 향해 야옹야옹 울었다. 마치 "그런 종이 더미는 어떻게 되건 상관없잖아. 제발 좀 조용히 해줘. 졸려 죽겠어"라고 말하는 것 같았다.

다음 날은 토요일이었다. 가즈오는 3억 엔이 담긴 여행 가방을 들고 쓰쿠모가 사는 타워 빌딩으로 향했다. 1만 엔짜리 지폐가 1그램이니까 3만 장이라면 30킬로그램이다. '3억 엔의 돈'이라고 생각하면 더럭 겁이 나지만 30킬로그램의 짐이라고 생각했더니 마음이 한결 편해졌다.

"우와, 멋진 풍경이다."

쓰쿠모는 여행 가방을 열더니 감탄의 말을 내뱉으면서 백만 엔 다발을 다섯 개쯤 빼냈다. 그러더니 은행 띠지를 풀고 "1만 엔짜리 샤워야"라면서 돌연 지폐 더미를 허공으로 휘익 내던졌다. 오래된 텔레비전 드라마에서나 봤던 광경이 가즈오의 눈앞에 펼쳐졌다. 5백 명의 후쿠자와 유키치가 팔랑팔랑 휘날리며 바닥에 흩어졌다. 급히 뛰어가 주워 모으려는 가즈오를 제지하고 쓰쿠모는 그 자리에서 차례차례 전화를 걸었다.

긴자에 본점을 둔 고급 초밥집 장인에서부터 소믈리에가 딸린 샴페인(소믈리에 비용보다 샴페인 값이 훨씬 더 비쌌다), 카바레 아가씨, 모델, 화보 아이돌이 줄줄이 배달되어 왔다. 유명 가수와 스모 선수, DJ에 게이 탤런트, 가부키 배우까지 속속 몰려왔다. 그리고 두 시간 뒤에는 그야말로 전형적인 난장판 파티 소동이 시작되었다.

유명 가수가 DJ의 리듬을 타며 영화 주제가로 쓰인 달콤한 발라드를 구성지게 부른다. 스모 선수가 모델의 부츠에 샴페인을 가득 부어 단숨에 마셔버리는 옆에서 수영복 차림의 화보 아이돌이 초밥 카운터에 들어가 주먹만 한 초밥을 만든다. 가부키 배우가 그 주먹만 한 초밥을 소믈리에의 입에 억지로 밀어 넣고, 그 모습을 보며 카바레 아가씨가 깔깔거린다.

쓰쿠모는 멀찌감치 물러나 앉아서 그 광란을 지켜보며 황금 라벨에 검은 별이 그려진 병 샴페인을 콜라에 타서 마시고 있었다. 자신의 자리를 찾지 못한 가즈오도 쓰쿠모 옆에 앉아 그 샴페인을 홀짝홀짝 마셨다.

"이봐, 왜 요즘 같은 시대에 이런 빌딩이야?" 곁으로 다가온 게이 탤런트가 쓰쿠모에게 물었다. "이제 한물간 느낌이 잖아, 이 빌딩은."

"무엇보다 알기 쉽거든." 쓰쿠모는 샴페인 콜라를 마시면서 명료한 말투로 입을 열었다. "알기 쉽다는 건 중요한 요소야. 누구라도 알고 있으니까 굳이 설명할 것 없이 다들 알아듣잖아. 실제로 당신들은 단 한 사람도 길을 헤매지 않고 여기까지 잘 찾아왔어. 그래서 나는 이 빌딩이야. 샴페인이라면 이 검은 별이 붙은 것. 자동차라면 말 엠블럼의 빨간 것. 아무튼 알아먹기 쉬운 게 최고야."

대학 시절, 쓰쿠모가 만담에 대해 이야기할 때, 그는 항상 "알기 쉬운 것과 좋은 것이 반드시 일치하지는 않는다"고 수없이 말했었다. 그것은 분명 지금도 쓰쿠모 안에서 신념으로 자리 잡고 있을 터였다. 다만 지금의 쓰쿠모는 그것을 "고민하고 싶지 않다"라고 표현하는 것뿐이라고 가즈오는 생각했다. 사는 집에도 입는 옷에도 흥미가 없고 집착할 취향도 없다. 그렇다면 무엇보다 '알기 쉬운 것'이면 되는 것이다. 그는 돈 이외의 온갖 것들에 대해서는 고민하기를 거부하고 있었다.

"뭐야, 이 사람? 너무 천박해!"

게이 탤런트는 벌써 취기가 올랐는지 껄껄껄 웃으며 손뼉을 쳤다.

쓰쿠모가 낭랑한 말투로 반론을 펼쳤다.

"천박하다고 하지 마. 인간은 신용에만 돈을 지불하잖아. 신용을 얻기 위해서는 누구나 다 아는 '알기 쉬움'이 필요한 거야. 크레디트 카드의 크레디트가 무슨 뜻인지 알아? 모른다고? 당장 사전을 찾아봐. 크레디트는 신용이지. 그건 돈의 카드가 아니야, 신용의 카드라고. 돈의 실체는 바로 신용이야."

인간의 욕망이나 쾌락이란 눈 깜짝할 사이에 주위 사람들을 삼켜버린다. 약간의 이성이나 상식 따위, 금세 뒷전으로 밀려나버린다.

타워 빌딩의 고층 사무실에서 비싼 초밥을 먹고 술을 마시고 미녀에 둘러싸여 후쿠자와 유키치의 카펫 위에서 마구 웃고 떠드는 사이에 가즈오는 점차 자신이 돈 그 자체인 것 같은 마음이 들었다. 갑자기 빵 공장의 벨트컨베이어 앞에 서 있던 자신의 모습이 겹쳐졌다. 빵 반죽과 씨름하는 사이에 자신이 빵인지 빵이 자신인지 그 경계가 흐릿해졌었다. 그리고 이제는 자신이 돈인지 돈이 자신인지, 알 수 없게 되었다. 태어나 처음으로 마셔본 '검은 별 샴페인'. 그건 딱히 맛있다는 느낌도 들지 않았지만 가즈오의 마음을 과감하게 키워주었다. 문득 깨닫고 보니 아내에게 전화를 걸고 있었다.

전화 너머에서 아내가 뭔가 말을 했다. "웬일이야?" "뭐하고 있어?" "이런 늦은 시간에!" "대체 어쩌려고 이래?" 비판적인 말들이 조각조각 귀에 들어왔다. 아내의 말이 무엇인지 그 전체상이 전혀 이해가 되지 않았다. 오히려 그 말을 지워버리듯이 가즈오 쪽에서 소리쳤다.

"이봐, 마사코(万佐子), 돈이 들어왔단 말이야!" 가즈오는 더욱 큰 소리로 외쳤다. "뭐라고? 진짜라니까! 날마다 개미처럼 성실히 일했어. 신께서는 똑똑히 지켜보고 계셨던 거야. 그러니까 나는 이 돈을 받을 자격이 있어. 아무튼 마도카 좀 바꿔줘. 뭐야, 자고 있어? 지금 당장 깨워! 응? 알았어, 알았어. 그럼 당신이 좀 전해줘. 자전거든 뭐든 다 사준다고 해. 비싼 것이라도 괜찮아. 갖고 싶은 건 다 사줄 거야. 학비 걱정도 할 거 없어. 사립이든 어디든 다 보내줄 수 있어. 아, 그리고 빚은 당장 갚을 거니까 그리 알아. 당장 갚을 거라고!"

누군가 전구를 깨뜨리면서 실내는 어둠에 휩싸였다.

컵라면과 콜라를 쌓아둔 벽 한 가운데가 무너져 뻥 뚫린 그 구멍을 통해 쓰나미처럼 도쿄의 야경이 밀려들었다. 천국인지 지옥인지도 알 수 없는 광경 속에 가즈오의 의식은 술에 함몰된 채 필름이 끊기고 이어지기를 거듭했다. 깜빡이는 창밖의 불빛을 타고 바닥에 어질러진 고급 초밥의 잔해와 깨어진 샴페인 병이 번들번들 빛났다. 빨간 하이힐 한 짝이 굴러다니고 금발의 가발과 사방에 벗어던진 수영복까지 보였다. 바닥에 흐트러진 1만 엔짜리 지폐의 카펫을 밟으며 중저음의 비트에 맞춰 남자인지 여자인지 모를 벌거숭이 덩어리가 미친 듯이 춤추고 있었다.

가즈오가 방을 둘러보니 구석에 앉아 혼자 야경을 바라보는 자가 있었다. 쓰쿠모였다. 그 옆얼굴이 왠지 쓸쓸해 보여서 가즈오는 비틀비틀 다가가 말을 건넸다.

"너, 이런 거 많이 해봤구나?"

"많이 해봤어. 하, 하지만 이제 질렸어."

"돈으로 할 수 있는 건 대부분 다 해봤겠네?"

"나는 부자의 행동을 흉, 흉내 내왔어. 지금까지 그, 그렇게 해가면서 배웠어."

"그래서 돈의 정체는 알았어? 돈과 행복의 정답을?"

"이, 이제 조금만 있으면 알 것 같아. 하, 하지만 이제 곧 알 것 같은 때마다 스르륵 내 손에서 빠져나가버려. 하지만……."

"하지만?"

"딱 한 가지, 알아낸 것이 있어. 인간에게는 자신의 의지로는 컨트롤할 수 없는 것이 세 가지가 있어."

"뭔데?"

"죽는 것, 사랑하는 것, 그리고 돈이야."

"그렇구나……."

"그, 근데 돈 한 가지만은 달라."

"무슨 뜻이야?"

"돈만은 아, 아무튼 달라. ……그 이유는 나, 나중에 얘기할게."

가즈오가 창으로 시선을 던지자 무너진 벽 너머로 황금색으로 빛나는 타워가 보였다. 어둠 속에 빛나는 타워를 보고 있으려니 어쩐지 꿈을 꾸는 것만 같아서 가즈오는 그대로 바닥에 누워 눈을 감았다. 잠 속으로 굴러떨어지는 순간에도 쓰쿠모가 얼핏 내뱉은 말은 가즈오의 귀에 찰싹 달라붙었다.

"가즈오, 저 타워는 말이지…… 멀리서 바라볼 때가 아름다워."

다음 날 아침, 힘찬 아침 햇빛이 내리꽂히는 바람에 가즈오는 눈을 떴다.

방은 완전히 깨끗해져서 가즈오가 처음 찾아왔을 때의 모습을 되찾았다. 하지만 단 한 가지, 처음과 다른 것이 있었다.

쓰쿠모가 없었다.

어쩌면 모든 것이 꿈이었는지도 모른다. 하지만 그럴 리는 없다. 쓰쿠모는 분명 커피라도 사러 나간 것이다. 그렇게 자신에게 되뇌며 가즈오는 잠시 기다려보기로 했다.

10분을 지그시 기다렸지만 쓰쿠모는 돌아오지 않았다. 20분 만에 쓰쿠모에게 전화를 걸었지만 부재중 전화로 돌려져 있었다. 30분, 역시 쓰쿠모는 돌아오지 않았다. 40분, 불길한 예감이 들었다. 50분, 가즈오는 문득 뭔가를 깨닫고 방안을 서성거리기 시작했다.

마침내 한 시간.

가즈오는 휑뎅그렁한 사무실 한복판에 창백한 얼굴로 우두커니 서 있었다. 숨이 헉헉거리고 고막을 내측에서 압박하는 것처럼 심장이 벌떡벌떡 뛰었다. 위가 뒤집히는 듯한 감각과 함께 구토감이 몰려와 가즈오는 콘크리트 바닥에 구토했다. 위 속은 텅 비어서 물 같은 토사물이 바닥을 더럽혔다.

나쁜 뉴스에는 좀 더 나쁜 뉴스가 따라오는 법이다.

사라진 쓰쿠모와 함께 3억 엔이 든 여행 가방도 통째로 사라지고 없었다.

도와코(十和子)의 사랑

은행 강도에 성공해 큰돈을 거머쥐게 된 두 남자가 설산에 들어섰다.

　산을 넘어 이웃 나라로 도망치기로 한 것이다. 하지만 눈보라가 두 사람을 덮쳤다. 바로 코앞조차 보이지 않을 만큼 맹렬한 눈보라였다. 생명의 위험을 느낀 두 남자는 동굴을 발견하고 그 안으로 뛰어들었다. 하지만 너무 추웠다. 점점 몸이 얼어붙었다. 남자들은 가방을 열었다. 수첩, 책, 지도. 안에 든 것을 모두 꺼내 불을 피웠지만 불길은 자꾸만 사그라졌다. 구두를 태우고 옷까지 태웠다. 마침내 아무것도 남지 않았다. 하지만 딱 한 가지 남은 것이 있었다. 돈이다. 두 남자는 벌거숭이가 된 채 그 돈을 바라보았다. 보고 또 보았다. 그리고 "돈을 태우느니 차라리 죽는 게 낫다"라고 외치며 서로를 끌어안고 그대로 얼어 죽었다.

　예전에 읽은 책에 그런 우스운 이야기가 있었다.

돈의 세계에는 이런 식의 에피소드가 수없이 굴러다닌다. 돈은 탄생한 이래 현재에 이르기까지 인간의 이성이나 양심에 끊임없이 질문을 던져왔다.

"부자가 그 돈을 어떻게 쓰는지 알 때까지는 그 사람을 칭찬해서는 안 된다."

예전에 소크라테스는 그렇게 말했다. 맞는 말이다.

돈은 사람을 시험한다. 그리고 많은 사람들이 그런 돈의 시험에서 맥없이 낙오한다.

가즈오도 예외가 아니었다.

쓰쿠모가 3억 엔을 들고 사라졌다.

그저 휑뎅그렁하니 넓은 사무실 한가운데서 가즈오는 멍하니 서 있었다. 고층이라서 내려다보이는 거리가 마치 디오라마처럼 원근감을 상실했다. 이 현실을 받아들이자면 아직 한참 더 시간이 걸릴 것 같았다. 너무도 충격적인 사건이 일어났을 때, 인간은 소리를 치거나 날뛰지 않는다. 그저 온몸이 굳어버린 채 꼼짝도 못하는 것이다.

현실감 없는 몇 분간이 지나고, 얼음이 서서히 녹듯이 몸이 조금씩 움직여지기 시작했다.

가즈오가 가장 먼저 한 일은 쓰쿠모의 방을 샅샅이 뒤지는 것이었다. 창을 가로막으며 쌓아올려진 컵라면과 콜라 박스 뒤쪽을 들여다보고 창가에 설치된 행거에 줄줄이 걸린 검은 옷 사이에 손을 넣어 뒤져봤지만 쓰쿠모도, 3억 엔도 눈에 띄지 않았다. 콘크리트 바닥이며 벽의 어딘가에 비밀의 문이라도 있는가 하고 빠짐없이 훑어봤지만 롤플레잉 게임에나 나올 듯한 그런 건 당연히 나타나지 않았다. 도무지 눈에 띄지 않는 휴대전화를 사방으로 찾고 다닐 때처럼 똑같은 곳을 두 번 세 번 들여다봤지만 나오지 않았다. 쓰쿠모와 3억 엔은 완전히 사라져버렸다.

강한 바람이 몰아치는 고층 빌딩 틈새의 길을 걸으며 가즈오는 아내 마사코에게 전화를 걸었다. 여덟 번 콜, 아홉 번 콜. 마사코는 받지 않았다. "돈이 생겼어!"라고 전화에 대고 소리쳤던 간밤의 자신의 모습이 생각났다. 전화는 이윽고 부재중으로 바뀌었다. 차디찬 바람과 함께 강한 후회가 덮쳐들었다. 가즈오는 전화를 끊고 수치심과 절망을 떨쳐내듯이 마구 내달렸다. 이 거리에서 한시라도 빨리 도망치고 싶었다.

빵 공장에 도착해 기숙사 방의 문을 거칠게 닫아걸었다.

어제까지 3억 엔이 있었던 방이 유난히 썰렁하게 보였다.

야옹야옹 소리와 함께 새끼 고양이 마크 저커버그가 가즈오의 발밑으로 다가왔다. 그의 절망을 눈치챘는지, 격려라도 해주듯이 따스한 몸을 스윽스윽 비벼댔다.

"저커버그…… 너는 뭐든지 훤히 꿰뚫어 보는구나."

"야옹야아옹."

"평소에는 내 기분 따위, 아무 관심도 없는 척했으면서."

"야옹야아옹."

"내가 진심으로 괴로울 때는 이렇게 다가와주는구나."

"야옹야아옹."

저커버그는 걱정스럽게 가즈오를 올려다보며 가르릉가르릉 목을 울렸다.

저도 모르게 그 새끼 고양이를 끌어안고 "이제 어떻게 해야 하냐, 저커버그. 나 좀 살려줘"라고 엉엉 울어버렸다. 그러자 저커버그는 이제 어지간히 하라는 듯한 얼굴로 냐앙하고 작게 소리치더니 가즈오의 발치에서 멀어져갔다. 그렇게까지 엄살을 떨어도 된다는 말은 하지 않았다는 듯이 표정이 홱 바뀌었다. 그리고 저커버그는 조금 전까지의 다정한 소리와는 딴판으로 짜증스러운 캬앙 소리를 내며 밥을 요구했다. 새끼 고양이의 '먹이와 채찍'에 놀아난 것을 깨달은 가즈오는 기운이 쭉 빠진 채 접시에 캣 푸드를 주르르 넣어주었다.

하지만 마냥 기운이 빠진 채 포기해버릴 수는 없다.

어떻게든 쓰쿠모를 찾아내 3억 엔을 받아와야 한다. 지난밤에 검색해본 고액 복권 당첨자들의 실태와 똑같은 비극을 피하기 위해서는 냉철하게 사실을 파악해나가는 수밖에 없다. 가즈오는 노트북을 켜고 검색 창을 열었다. 쓰쿠모의 이름을 입력하고 클릭했다. 달각 소리와 함께 예전에 쓰쿠모가 설립한 인터넷 벤처기업 사이트가 표시되었다. 다시 클릭. 그러자 작년에 그 회사를 매각했고 그길로 해산했다는 내용이 적힌 페이지가 떴다.

가즈오는 쓰쿠모의 흔적을 찾아 클릭을 거듭했다. 회사의 활동 내력을 보고하는 페이지를 시간을 따라 거슬러 올라갔다. 그러자 돌연 아름다운 여자가 나타났다. 삼십대 초반쯤일까. 하얀 얼굴에 컬이 들어간 긴 갈색 머리. 타이트한 트위드 정장에 검은 에나멜 하이힐. 사진을 통해서도 강한 상승 지향이 느껴지는 여자였다. 그녀의 자취를 추적하듯이 페이지를 따라 나갔더니 쓰쿠모가 찍힌 사진이 있었다.

어딘가에서 파티를 하던 때의 사진일까. 고개를 숙인 쓰쿠모 옆에 그 여자가 바짝 붙어 서서 아름답게 미소 짓고 있었다. 여자의 이름은 '도와코'라고 나와 있었다. 이 여자라면 쓰쿠모의 행방에 대해 뭔가 단서를 줄지도 모른다. 가즈오는 직감적으로 그렇게 생각했다. 하지만 알아낸 것은 여자의 이름뿐이다. 대체 어떻게 이 여자를 찾아내야 할까. 저커버그가 뽀독뽀독 먹이를 씹는 소리를 들으며 가즈오는 도와코라는 여자 옆에서 고개를 숙이고 있는 쓰쿠모를 멍하니 바라보았다.

다음 날부터 가즈오는 도서관 사서 일을 하는 틈틈이 신문이며 잡지 기사를 통해 쓰쿠모에 대한 정보를 수집했다. 그중에는 웹에서는 전혀 알아낼 수 없었던 중요한 정보가 있었다. 그 정보를 바탕으로 만담 연구회 선배의 힘을 빌려 쓰쿠모를 아는 몇몇 사람에게서 좀 더 상세한 내용을 파악했다. 그리고 새롭게 얻은 키워드를 인터넷이나 전화로 확

인한 끝에 사흘 후에는 도와코의 자택 전화번호를 알아낼
수 있었다.

그 사흘 동안에 얻은 정보. 그것은 쓰쿠모가 만든 회사를
대기업 통신 회사에 매각했다는 것과 그 매각 이익을 회사
설립 때부터 함께해온 멤버 3인과 나눴다는 것, 그리고 그
중 한 사람이 바로 도와코라는 것이었다. 그녀는 쓰쿠모의
비서이자 회사의 홍보를 담당했었다. 웹 게시판 등에서는
쓰쿠모의 연인인 게 아니냐는 소문이 돌고 있었다.

도와코에게 전화를 걸었더니 한 번의 콜이 미처 끝나기도
전에 본인이 직접 받았다. 가즈오는 자신이 쓰쿠모의 친구
이며, 행방불명된 그를 찾고 있다는 얘기를 단도직입적으로
전했다. 도와코는 예상과는 달리 딱히 거절하거나 저항하는
일 없이 "그러면 내일 이쪽으로 오시겠어요?"라고 말하고
주소를 알려준 뒤에 전화를 끊었다. 귀에 오래도록 남는 아
름다운 목소리였다.

가즈오는 전차를 갈아타며 서쪽으로 서쪽으로 향했다.

가장 가까운 역에 내려서 다시 버스를 타고 도와코가 알
려준 곳으로 갔다. 서양식 단독주택이 똑같은 간격으로 늘
어선 언덕길을 버스가 부우웅 올라가 울창하게 우거진 숲
속을 지나자 나지막한 언덕 위에 회색빛 아파트가 모습을
드러냈다. 그곳은 거대한 아파트 단지였다. 버스에서 내려
테트리스 블록 같은 단지 사이를 누비며 목적지인 J동으로

향했다(그 아파트 단지는 A에서 K까지의 각 동이 질서 정연하게 늘어서 있었다). 각 동이 하나같이 노후해서 도장이 벗겨지고 곳곳에 타일이 떨어져 나갔다. 이 아파트 단지와 도와코를 직선으로 이어서 생각하는 건 좀 어려웠다. 웹 페이지에서 아름답게 미소 짓던 도와코는 돈이나 권력에 대한 욕구에 순종하는 여자로 보였다. 하지만 지금 그 이미지와는 정반대의 주거지를 향해 가즈오는 가고 있었다.

J동에 도착해 5층까지 계단을 걸어서 올라갔다.

각 층의 현관문 앞에 띄엄띄엄 어린이용 자전거며 테니스 라켓 등이 놓여 있었지만 3분의 1쯤은 빈집인 것 같았다. 계단 손잡이는 녹슬었고 원래 흰색이었을 콘크리트 벽은 거무스름한 땟물로 얼룩졌다.

5층에 도착해 페인트가 벗겨진 현관문 한가운데 붙은 차임벨을 눌렀다. 띵똥 하고 유난히 날카로운 소리가 울린 뒤, 퉁탕거리는 발소리가 다가와 자물쇠를 열었다. 끼이익 하는 둔탁한 금속음을 울리며 문이 열리고 도와코가 얼굴을 내밀었다. 웹 페이지에서 본 모습과 전혀 다른 게 없는 미모의 여성이었다. 다만 새까만 머리칼이 반듯하게 어깨까지 내려왔고 베이지색 심플한 원피스를 입었다. 하나같이 고급스러우면서도 의도한 것처럼 수수한 차림새였다. 그 모습만 보면 이 아파트 단지의 표준에 잘 어울리는 것 같았다. 하지만 수수한 머리스타일과 옷차림 때문에 도와코의 아름다운 용모는 오히려 더 두드러져 보이고 있었다.

"근처에 공원이 있으니까 거기서 얘기하죠." 작은 소리로 도와코는 말했다.

"놀라셨지요?"

공원까지 천천히 걸음을 옮기면서 도와코가 가즈오에게 물었다.

"그렇군요. 솔직히 말하자면."

가즈오는 테트리스 블록 같은 아파트를 둘러보며 대답했다.

"여기, 공무원 숙소예요. 임대료가 2만 엔 정도죠." 도와코가 조용히 말했다. "남편이 여기서 차로 10분 거리의 시청에 다니고 있어서요."

"그렇습니까."

"의외겠지요?"

"아뇨, 그런 건 아니고……."

"괜찮아요. 나도 잘 알고 있으니까."

그렇게 말하더니 도와코는 공원으로 들어가 나무 벤치에 앉았다. 가즈오도 그 곁에 앉아 공원을 둘러보았다.

사방이 아파트로 둘러싸인 네모반듯하고 자그마한 공원이었다. 면적은 작지만 그래도 그네와 정글짐과 미끄럼틀과 모래판까지 공원의 기본 세트 네 가지가 갖춰졌다. 건물도 공원도 모든 것이 모범적인 포맷으로 만들어진 아파트 단지였다. 공원을 둘러싼 수목에 잎사귀는 없고 모든 것이 회색

으로 칠해진 듯한 세계다. 낮 시간인데도 아이들도 그 엄마들의 모습도 보이지 않고 괴괴하게 가라앉아 있었다. 차가운 것처럼 보이면서도 어딘가 그리운 풍경이라고 가즈오는 생각했다. 아주 먼 곳까지 온 듯한 기분이 들어서 멍하니 사람 없는 공원을 바라보았다.

갑작스레 덜컹하는 소리가 등 뒤에서 들려오는 바람에 뒤를 돌아보니 어느새 도와코가 공원 입구에 설치된 자동판매기 앞에서 마실 것을 사고 있었다.

"춥죠." 양손에 캔을 들고 돌아온 도와코는 미소를 지으며 물었다. "어떤 게 좋아요? 커피와 홍차."

"고맙습니다." 만난 뒤 처음으로 본 그 아름다운 미소에 마음이 조금 흔들리면서 가즈오는 대답했다. "그럼 커피로 하겠습니다."

도와코에게서 받은 커피를 한 모금 마시고 캔을 손으로 감싸듯이 쥐었다. 찌르르 마비되는 듯한 뜨거움이 전해져 왔다.

"쓰쿠모에 대해 좀 물어봐도 될까요?"

"네, 좋아요. 그러려고 여기까지 오셨으니까요."

"쓰쿠모가 내 돈을 갖고 사라졌어요. 3억 엔입니다. 복권에 당첨되어 받은 돈이었어요."

"……글쎄요, 그건 제가 어떻게 말해야 좋을지." 도와코는 속삭이듯이 말했다.

"대학 때, 나와 쓰쿠모는 친우였어요. 하지만 졸업 후에

15년이나 만나지 못했죠. 서로 연락조차 취하지 않았습니다. 하지만 갑작스럽게 큰돈이 수중에 들어온 순간, 상의할 만한 사람이 그 친구밖에 없었어요. 나와 절연하고 지낸 15년 동안 그 친구는 줄곧 돈과 대치해왔을 거라고 생각했으니까요. 그래서 그 친구라면 '돈과 행복에 대한 정답'을 알고 있을 것이고 내 인생을 올바른 방향으로 이끌어줄 거라고 생각했습니다. 무엇보다 갑작스럽게 내 손에 들어온 큰돈이 좀 두려웠어요. 그래서 그 친구에게 매달릴 수밖에 없었습니다."

"도움이 되어드리고 싶기는 해요." 도와코는 말했다. "하지만 일부러 여기까지 찾아오셨는데 대단히 죄송하지만, 나는 그와 한참동안 만나지 못했고 지금 어디 있는지도 몰라요."

"그럴 거라고는 생각했어요. 그런데도 이렇게 만나주셔서 감사합니다. 어떻든 당신을 만나보고 싶었으니까요."

"내가 그의 소재지를 알지 못하더라도 만나고 싶었다는 말씀인가요?"

"네, 그렇습니다. 물론 그 친구를 찾아서 내 돈을 돌려받고 싶어요. 그 돈을 꼭 돌려받아야 할 절박한 사정도 있습니다. 무엇보다 나는 그 친구가 내 돈을 훔쳐 달아났다는 게 아직도 믿어지지 않아요. 그는 지금도 충분히 부자라서 내 돈을 훔칠 이유가 없어요. 그런데도 왜 그런 짓을 했을까. 거기까지 생각하다가 문득 깨달은 게 있어요. 애초에 지금

의 쓰쿠모가 어떤 사람인지, 나는 전혀 알지 못하고 있었습니다. 지난 15년 동안 그에게 무슨 일이 있었는지, 그가 어떻게 변했는지, 아니면 변하지 않았는지, 나는 전혀 모르는 거예요. 그걸 알지 못하고서는 3억 엔을 되찾는 건 불가능하다고 생각했죠. 그래서 당신을 만나보기로 했어요."

"분명 나는 그의 지난 15년의 일부를 알고 있죠. 하지만 왜 그가 당신의 돈을 훔쳤는지는 잘 모르겠어요."

"그러시겠죠. 어떻든 쓰쿠모에 대해 무슨 얘기든 좋으니까 듣고 싶군요. 그가 찾으려고 하는 돈과 행복에 대한 정답을 알고 싶거든요. 쓰쿠모 본인과 함께 일했고 함께 큰돈을 벌어들였던 당신이라면 그것에 대해 알고 계실 것 같아요."

가즈오는 단숨에 말하고 캔 커피로 목을 축였다.

공원 안은 여전히 조용하고 유치원에서 돌아오는 아이들이 재잘거리는 소리가 어딘가 멀리에서 메아리처럼 들려왔다. 도와코는 손에 꼭 쥐고 있던 밀크 티 캔의 마개를 따더니 한 모금 마시고는 그 캔의 열린 마개를 지그시 바라보며 조용히 이야기하기 시작했다.

"……알겠습니다. 쓰쿠모 씨에 대해 전해드리기 전에 우선 제 이야기부터 해야겠군요. 관계없다고 생각하실지도 모르지만, 당신이 알고 싶은 것에 대답하기 위해서는 필요한 일이니까요. 좀 긴 이야기가 될 거예요. 당신에게는 따분한 이야기일 수도 있고, 나로서도 내 이야기를 한다는 건 괴로운 일이죠. 하지만 쓰쿠모 씨가 저지른 일에 대해 간접적이

나마 죄책감이 느껴지기도 하고, 당신이 이렇게 멀리까지 찾아와주셨으니까 책임감을 갖고 말씀드리고 싶네요."

"고맙습니다."

"먼저 말해둘 게 있어요."

"뭔가요?"

"나는 항상 돈을 싫어했어요."

"싫어했다고요?"

"믿어지지 않겠죠? 하지만 나는 어렸을 때부터 돈이 싫었어요. 증오했다고 할 정도로."

"어째서요?"

"가난한 홀어머니 밑에서 자랐어요. 철이 들었을 때, 어머니는 벌써 겹치기로 파트타임 일을 해가면서 혼자 나를 키우고 있었죠. 이웃에도 소문이 날 만큼 미모가 뛰어난 어머니였어요. 가난하긴 했지만 강한 윤리관을 가진 어머니는 돈을 위해 살아서는 안 된다, 돈은 사람을 타락시킨다고 틈만 나면 말하곤 했어요. 내가 어쩌다 지갑에서 동전이나 지폐를 꺼내 만지작거리면 그런 더러운 것은 만지지 마라, 불결하다, 당장 손을 씻고 와라, 하고 크게 화를 내실 정도였죠. 어머니에게 돈이란 마치 오물처럼 최대한 피해야 하는 것이었나 봐요. 돈에 대한 그런 혐오감을 접하는 동안에 나도 어느새 돈이란 몹시 더러운 것이라고 생각하게 됐죠. 실제로 가난했던 나는 단지 돈이 없다는 이유만으로 정말 힘든 일을 많이 겪었습니다. 돈이라는 게 이 세상에서 사라져

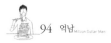

버리면 이런 험한 꼴도 당하지 않을 텐데. 어린 시절부터 그런 생각을 참 많이 했어요. 돈이 사라진 세상을 늘 몽상했죠. 하지만 나이가 들수록 돈은 사라지기는커녕 내 마음속에서 점점 더 큰 자리를 차지하더군요."

도와코는 단숨에 이야기를 풀어놓고 두 손으로 캔을 감싸듯이 입가로 옮겨 천천히 홍차를 마셨다.

"내 입으로 이런 말을 하기는 좀 그렇지만, 용모만은 꽤 혜택을 받은 편이었어요. 고등학생 때부터 수많은 남자들의 고백을 받았고 장학금으로 대학에 들어간 뒤에는 더욱더 그 숫자가 불어나더군요. 그들은 부유한 가정에서 태어난 같은 과 남학생이거나 사업으로 큰 부를 거머쥔 연상의 남자가 대부분이었어요. 필연적으로 나는 그런 부유한 남자들과 연애를 하게 됐죠. 그들은 내 몸과 마음을 모조리 돈으로 사려고 했습니다. 값비싼 옷과 액세서리를 사주고 때로는 해외여행까지 선물해주더군요. 그리고 많은 남자들이 명품 시계나 구두처럼 나를 자신들 곁에 붙잡아두고 여기저기 데리고 다녔어요. 나도 점차 돈의 매력에 끌려들었죠. 그저 내 본능대로 원하는 것을 말하면 그것이 금세 내 손에 들어오는 생활이 일상적인 일이 되어버렸어요. 하지만 아무리 값비싼 것을 지니고 있어도 마음속에 똬리를 튼 불안 때문에 나는 항상 어딘가에 갇혀 있었던 것 같아요. 가슴이 아플 만큼 돈을 원하는 마음과 구역질이 날 만큼 돈을 혐오하는 마음을 동시에 떠안은 채 살아온 거예요. 그러다가 어느 순간에 문득 깨달은 게 있었어요."

"무엇이지요?" 가즈오는 물었다.

"나는 앞으로도 계속 돈을 증오할 거라고."

"왜요?"

"그건 내가 돈을 지나치게 사랑하기 때문일 거예요."

그렇게 말하더니 도와코는 깊은 한숨을 내쉬었다. 마치 자신의 마음속에 고인 검은 덩어리를 토해내려는 듯이. 그리고 가즈오를 갈색 눈동자로 빤히 바라보았다.

"나는 연애를 시작하면 그 남자에게 한없이 빠져들어요. 나 스스로 누군가를 좋아하는 게 아니라 대부분은 남자 쪽의 고백을 받아 사귀기 시작하는데도 시간이 지나면 내가 더 좋아해서 정신없이 빠져드는 거예요. 결국에는 상대의 마음을 알 수 없다면서 자꾸만 몰아붙이고 울며 매달리게 되지요. 그러면 남자 쪽에서는 점점 나를 멀리하고 결국은 헤어져버려요. 단지 그렇게 실연을 하고 나면 이번에는 극단적으로 그 남자가 싫어져요. 그 사람의 생김새든 성격이든 하나에서 열까지 부정하고 싶어지는 거예요. 그런 짓을 되풀이하는 사이에 문득 깨달았어요. 내가 그 남자를 싫어하는 건 분명 그 사람을 지나치게 사랑하기 때문이라고."

"대부분의 여자들이 그것과 똑같은 경험을 하는 거 아닐까요?"

"그럴지도 모르죠. 단지 나와의 차이점은 이미 깨달아버렸다는 거예요."

"깨달아버렸다?"

"그렇죠. 나는 남자든 돈이든 똑같다, 라는 걸 깨달아버렸어요. 나는 돈을 지나치게 사랑했던 거예요. 그래서 내내 증오하며 살아왔죠. 하지만 증오하면 할수록 돈에서 도망칠 수 없어요."

"누구라도 돈에서 도망칠 수는 없어요."

"분명 그렇겠죠. 다만 나는 그 혐오하는 돈을 내 손으로 벌어서 부자가 되겠다는 생각은 도저히 할 수가 없었어요. 연애와 마찬가지로 돈에 대해서도 나 스스로 움직일 생각이 없었던 거예요. 그러면서도 돈은 쓰고 싶었죠. 이 모순된 상황을 해결할 방법은 단 한 가지였어요. 부자와 결혼하는 것. 형편없는 인간이라고 생각하실지도 모르겠네요. 하지만 거의 대부분의 여자에게 돈이란 내 것이 아닌 거 같아요. 사랑하는 남자의 돈이겠지요. 그건 반드시 부자냐 아니냐는 의미는 아니에요. 돈이 있고 없고는 별도로 하고, 자신이 사랑하는 남자가 어느 정도나 부유하냐는 점을 우리는 무시할 수 없어요. 결혼할 때도, 출산할 때도 상대의 연봉이나 자산에 신경을 쓸 수밖에 없죠. 그래서 나만 특이한 경우였느냐고 묻는다면 결코 그렇지는 않다는 마음도 드는군요."

공원에는 여전히 아무도 없었다.

멀리서 들려오던 아이들의 재잘거림은 어느새 끊겼고, 그것과 교대하듯이 이불을 터는 소리, 헬리콥터가 상공을 날아가는 소리가 들려왔다. 규칙적으로 울리는 소리였다. 그 리듬을 타듯이 도와코는 말을 이어나갔다.

"대학을 졸업할 때쯤에는 내 용모에 어울리는 옷차림이나 태도에 더해서 남자가 좋아할 만한 애교, 게다가 소박함 까지도 일부러 지어낼 수 있었어요. 부유한 남자들이 점점 더 내게로 모여들더군요. 그들이 무엇을 원하고 무엇을 원 하지 않는지, 나는 충분히 파악해낼 능력이 있었어요. 그들 중 몇몇 부유한 남자들과 사귀었어요. 전전했다, 라는 표현 이 더 적합할지도 모르겠네요. 결혼할 마음이 생겨서 실제 로 얘기가 상당히 진척된 적도 있었어요. 근데 그중 어느 것 도 이뤄지지 않았죠."

"……왜죠?"

"결혼 얘기가 나오고 신혼집을 구하고 결혼식장을 잡고, 그러다 보면 내가 그 남자를 사랑했는지 아니면 그의 부유 함을 사랑했는지 점점 알 수가 없더라고요. 그래서 항상 내 쪽에서 도망치는 거예요. 마음속 깊은 곳에서는 돈을 원하 면서도 한편으로는 돈으로 살 수 없는 사랑을 원하는 나 자 신이 추하고 미웠으니까요."

"그러다가 쓰쿠모를 만났군요."

"네, 맞아요. 쓰쿠모 씨를 만난 건 그런 연애를 되풀이하 던 시기였어요. 기업가들의 친목 파티에서 처음 만났는데 쓰쿠모 씨는 화려한 정장을 입은 남자들에 둘러싸여 연달아 질문 세례를 받고 있었습니다. 뛰어난 신진 사업가로 이름

이 알려져서 다들 쓰쿠모 씨와 얘기하고 싶어 했으니까요. 그런데 주위의 남자들이 하나같이 자신감 넘치는 표정인 것과는 대조적으로 쓰쿠모 씨는 어느 누구와도 눈을 마주치지 못한 채 혼자서 구부정하게 고개를 숙이고 있었어요. 그 모습을 보면서 직감적으로 '나와 닮았다'는 생각이 들더군요. 즉시 그에게 인사를 건넸고 이윽고 그와 함께 일하는 동안에 서로 사귀는 사이가 되었죠."

도와코는 천천히 캔에 든 홍차를 마셨다. 그 얇은 입술이 촉촉하게 빛났다. 가즈오는 저도 모르게 빤히 쳐다보았다. 입술 왼편 아래에 작은 점 두 개가 있었다.

"그러고는 평온하고 행복한 나날이 찾아왔어요. 일은 정신없이 바빴지만 쓰쿠모 씨도 다른 동료들도 이상을 공유하면서 회사를 키워갔죠. 일하는 틈틈이 우리는 데이트를 거듭했어요. 아무튼 시간이 없었으니까 대개는 레스토랑에서 간단한 식사를 하거나 온천으로 당일 여행을 떠나는 소박한 데이트였어요. 그는 미안해하는 눈치였지만 나는 그걸로 충분했습니다. 하지만 점점 그 사람도 다른 남자들과 똑같이 값비싼 명품 구두며 가방을 선물하더군요. 그걸로 내가 만족할 거라고 생각하고는 더 이상 내게 시간을 쓰지 않는 거예요. 어느새 쓰쿠모 씨와의 생활도 지금까지의 남자들과의 그것과 전혀 다를 게 없어졌어요. 그래서 그런 생각이 들었어요, 결국 돈은 사람보다 강한 것이다, 라는 생각. 쓰쿠모 씨까지도 결국에는 똑같았으니까요. 돈은 사람을 삼켜버려요. 개성도 사상도, 모든 것을 삼켜버리고 평균화해 버리죠."

"결국 쓰쿠모와는 어떻게 되었습니까."

가즈오는 그다음 일이 궁금해져서 빠른 말투로 질문을 던졌다.

도와코는 가즈오의 말이 들리지 않는 것처럼 담담히 이야기를 풀어나갔다.

"그러던 참에 쓰쿠모 씨의 회사를 매수하겠다는 대기업 통신 회사가 나타났어요. 쓰쿠모 씨는 그 당시의 방식대로 계속 회사를 운영해나가기를 원했어요. 하지만 엄청난 매각 이익에 눈이 어두워진 동료가 있었죠. 다들 각자의 정의를 내세우면서 서로를 의심하고 맞부딪치고 마지막에는 서로를 배반하는 모양새로 회사의 매각이 결정됐어요. 주식 일부를 갖고 있던 나도 10억 엔 남짓한 돈을 손에 넣었죠. 그때 내 뇌리에 지금까지 내가 사랑하고 증오해온 부유한 남자들의 모습이 떠오르더군요. 그리고 나는 쓰쿠모 씨를 사랑했었는지, 아니면 그의 부유함을 사랑했었는지, 다시 한번 알 수 없게 됐어요. 그리고 그런 나를 지켜보던 그가 내게 이별을 고했습니다."

"쓰쿠모는 뭐라고 했었어요?"

"다시 떠올리기도 괴롭지만……."

"아, 미안해요. 무리하게 얘기하지 않아도……."

"아뇨, 말씀드릴게요." 도와코는 눈을 꾹 감았다. "그는 이렇게 말했어요. 분명 우리는 행복해질 수 없다. 돈에서 완전히 자유로워지지 않는 한, 끊임없이 애정과 똑같은 만큼의 증오에 지배당하고 말 것이다. 하지만 돈이 우리를 자유롭게 해주는 일은 두 번 다시 없을 것이다, 라고."

도와코의 몸이 떨리고 있었다.

가즈오는 더 이상 말을 건넬 수 없었다. 지금 말을 건네서는 안 된다고 생각했다.

고개를 떨구고 눈을 꾹 감은 채 도와코는 말을 이었다.

"쓰쿠모 씨와 헤어진 뒤, 나는 일을 그만두고 친정에 돌아가 치매가 시작된 어머니를 돌보면서 1년여를 보냈어요. 그런 어느 날, 치매기를 보이던 어머니가 돌연 아버지 얘기를 시작하더군요. 그 이야기는 마치 나 자신의 얘기라는 착각이 들 만큼 한 부유한 남자와의 러브 스토리였어요. 어머니는 부유한 아버지를 사랑하다가 헤어졌고, 결국에는 아버지와 그 돈까지 저주하게 된 거였어요. 그리고 딸을 자신과는 다른 길로 인도하기 위해 엄한 훈육을 시켰죠. 돈을 싫어하도록, 부를 저주하도록 말이에요. 그런 얘기를 들려준 며칠 뒤에 어머니는 한밤중에 혼자 집을 나가 길거리를 배회하던 끝에 마을 변두리 공원에서 사체로 발견됐어요. 큰 눈이 내린 날이었죠. 내가 경찰과 밤새 찾아다녔는데 어머니를 발견하지 못했어요."

도와코의 눈에 눈물이 고였다. 눈물을 흘려서는 안 된다고 생각한 것일까. 도와코는 조용히 하늘을 올려다보았다.

해가 저물어가고 있었다. 하늘은 주황빛으로 물들고 비행기가 소리도 없이 천천히 날아갔다.

"며칠 뒤, 어머니의 유품을 정리하던 나는 은행 통장 하나를 발견했어요. 그 통장에는 내 아버지일 터인 사람에게서의 입금 내역이 기재되어 있었어요. 매달 말일에 50만 엔. 모두 합해 2억 엔 가까운 금액이 있더군요. 수많은 페이지에 걸쳐 통장에는 규칙적으로 여섯 단위의 숫자가 길게 적혀 있었어요. 거기서 돈을 인출한 흔적은 전혀 없었죠. 30년 넘는 세월 동안 어머니는 그 돈에 한 번도 손을 대지 않은 채 살아온 거예요. 나도 모르게 숨이 턱 막히더군요. 이런 것밖에는 딸을 지킬 방법이 없다고 어머니는 아마도 마음을 독하게 먹었겠지요. 사치라고는 한 번도 부려본 적 없이 쉬지 않고 일해서 벌어들인 돈을 오로지 나를 키우기 위해서만 썼던 어머니예요. 그리고 그 밖의 나쁜 돈에서 필사적으로 나를 지키려고 한 거예요. 그 방법이 옳았는지 어떤지, 나는 잘 모르겠어요. 단지 어머니는 그런 형태로밖에는 나를 지킬 수 없었던 모양이에요. 그런데도 나는 어머니와 똑같은 운명을 걸어가려고 했던 거예요. 죄송해요, 엄마, 죄송해요, 죄송해요……. 한번 터져 나온 오열을 막을 수가 없더군요. 눈물이 멈추지를 않았어요. 그리고 나도 결심했어요. 어머니와는 다른 인생을 살아야 한다고."

"……다른 인생이라면?"

"몇 달 뒤에 결혼상담소에 등록했어요. 곧바로 몇몇 남자

들에게서 문의가 들어오더군요. 다들 연봉이 높고 생긴 것
도 괜찮은 남자들이었어요. 하지만 나는 그들을 모두 거절
하고 나 스스로 사람을 골랐습니다. 그렇게 만난 사람이 지
금의 남편이에요. 생김새도 평범하고 수입도 그리 많지 않
아요. 화려한 학력이나 유머 센스도 없어요. 단지 그에는 한
가지 큰 재능이 있었어요. 돈을 사랑하지도 증오하지도 않
는다는 것. 돈의 이론과는 다른 세계에서 살고 있어요. 그것
이 내게는 가장 큰 구원이었어요. 처음 선을 봤을 때, 그의
그런 자질을 곧바로 알아봤죠. 그리고 반년 뒤, 그의 프러포
즈를 받아들였어요. 남편은 나처럼 천박한 인간에게는 아까
울 만큼 성실한 사람이에요. 태어나서 여태까지 나는 요즘
처럼 평안한 나날을 보낸 적이 없어요."

"모든 악의 근원은 돈 그 자체가 아니라 돈에 대한 사랑
이다."

오래전에 사무엘 스마일스는 말했다.

도와코는 긴 세월을 들여 돈에 대한 사랑에서 마침내 자
유로워졌다. 그리고 행복을 붙잡았다……라는 생각은 그러
나 들지 않았다. 가즈오는 그녀에게 확인하지 않으면 안 될
것이 있었다.

"……정말 그렇습니까?"

가즈오는 물었다.

"무슨 말씀이시죠?"

도와코는 살피는 듯한 눈빛으로 마주 보며 떨리는 목소리로 말했다. 마치 뭔가 죄를 짓고 두려움에 떠는 것처럼.

"정말로 당신은 남편에게서 구원을 받고 마음 편히 살고 있나요?"

"무슨 뜻으로 하는 말인지 잘 모르겠군요."

"……돈은 어떻게 하셨지요?"

"그건……."

"어머니가 남긴 2억 엔과 쓰쿠모 회사의 동료들과 나눈 10억 엔 말이에요."

잠시 침묵이 이어졌다. 3, 4분 정도였을까. 얼어붙은 것처럼 움직이지 않던 도와코가 천천히 자리에서 일어나 "이쪽으로 오실래요?"라고 말하더니 집을 향해 걷기 시작했다. J동에 도착해 계단을 통해 5층까지 올라갔다. 현관문을 열고 안으로 들어서자 방 한 칸에 거실, 거기에 주방이 딸린 아담한 공간이었다. 거실과 주방을 겸한 공간의 테이블 위에는 작은 꽃이 꽂혀 있었다.

도와코는 안쪽의 침실로 가즈오를 안내했다. 세 평 남짓한 작은 다다미방이었다. 도와코는 그 방의 붙박이장을 열었다. 이불이며 청소기, 의류 박스 등 소박한 생활 그 자체가 깔끔하게 정리되어 있었다. 도와코는 그런 물건들을 차근차근 꺼내더니 붙박이장 안쪽의 판자를 살짝 들어냈다.

그곳에는 대량의 만 엔짜리 지폐 다발이 벽지처럼 촘촘히 채워져 있었다.

"남편은 이런 돈이 있다는 건 알지 못해요." 도와코는 지폐 다발의 벽지를 손끝으로 쓸어보며 말했다. 희고 가느다란 손가락. 왼쪽 약지에는 둔한 은빛을 내는 반지가 끼워져 있었다. 수수한 옷차림과는 달리 손톱만은 깨끗이 손질되고 아름답게 칠해져 있었다.

"남편이 일하러 나가면 나는 날마다 이 돈을 보고 만지고 확인해요. 그러다 보면 마음이 가득 채워지고 온화해지죠. 그런 다음에 청소를 하고 빨래를 하고 요리도 하면서 남편이 돌아오기를 기다립니다. 그게 나한테는 평안을 가져다주는 일이고 무엇과도 바꿀 수 없는 행복이에요. 이 12억 엔의 벽지가 지켜보는 가운데 잠들고 일어나고 밥을 먹고 남편과 함께 살아가는 지금이 가장 행복해요. 돈이나 남자를 사랑하고 미워하는 일에서 나는 자유로워졌어요. 이런 자유가 내가 진심으로 바라던 것이라고 마침내 깨달은 거예요."

가즈오는 문득 그날의 쓰쿠모 얼굴이 생각났다.
모로코의 사막에 떠오르던 새빨간 아침 해.
그것을 응시하던 쓰쿠모의 옆얼굴이다.
"돈과 행복의 정답을 찾아올 거야."
그때의 쓰쿠모는 말했다. 모든 것에서 자유로워진 듯한 평안함과 모든 것을 잃어버린 듯한 슬픔이 뒤섞인 표정으로.
지금 도와코의 얼굴을 보고 있으려니 그때의 쓰쿠모의 얼굴이 떠올랐다. 왜 두 사람이 서로에게 끌렸고, 그리고 헤어졌는지 알 것 같은 마음이 들었다. 그리고 그때 쓰쿠모가 느꼈을 고독감을 새삼 접하고 가즈오는 가슴이 아팠다.

"가즈오 씨, 내가 당신에게 들려드릴 수 있는 얘기는 이게 전부예요. 나는 쓰쿠모 씨가 왜 당신의 돈을 들고 사라졌는지, 그리고 지금 어디 있는지는 몰라요. 하지만 나와 마찬가지로 10억이 넘는 돈을 받았던 회사 동료 두 사람이라면 쓰쿠모가 어디 있는지 알지도 모르겠네요. 그 사람들을 한번 만나보시겠어요?"

"네, 부탁드립니다."

"그 두 사람은 모모세(百瀬) 씨와 센주(千住) 씨예요." 그렇게 말하더니 도와코는 휴대전화를 들여다보며 그들의 전화번호를 메모지에 적어 가즈오에게 건네주었다. "그 두 사람을 찾아가보세요. 어쩌면 쓰쿠모 씨가 어디 있는지 알지도 모르죠. 그리고 아마 그들이 어떤 사람들인지도 알 수 있을 거예요."

그때 계단을 올라오는 발소리가 들려왔다.

낭랑한 구둣발 소리가 메트로놈처럼 정확한 리듬을 새기며 한 발 한 발 다가왔다.

"남편이 돌아왔군요. 역까지 모셔드리라고 할게요."

"괜찮을까요? 그러잖아도 수상쩍은 방문객일 거 같은데."

"해외에 있던 사촌 오빠가 오랜만에 찾아왔다고 미리 말했어요. 괜찮습니다."

"그렇습니까."

"이만한 일에 눈에 쌍심지를 켤 남자를 내가 선택했겠어요?"

도와코는 후훗 미소를 지었다. 입술 왼편 아래의 작은 점 두 개가 부드럽게 움직였다.

잘 다녀왔다는 인사와 함께 도와코의 남편이 현관문을 열고 들어섰다. 그는 가즈오를 보더니 웃는 얼굴로 말했다.

"처음 뵙겠습니다. 누추한 곳이지만 편안히 얘기 나누셨는지요."

"아, 예. 고맙습니다. 얘기하다 보니 너무 오래 있었네요."

가즈오는 도와코의 남편 모습을 찬찬히 바라보았다.

그리 크지도 않고 작지도 않은 키에 평범한 몸집, 아무 특징도 없는 회색 양복을 입은 남자였다. 아파트 단지의 공원처럼 모든 것이 평균화된 듯한 공무원이다. 돈에도 문화에도 옷차림에도 모든 것에 집착이 없었다. 도와코의 말을 빌리자면, 모든 것에서 자유로운 사람인지도 모른다.

"이제 곧 해가 지면 바깥도 추워질 텐데 제가 역까지 모셔다드리죠."

도와코의 남편이 가즈오에게 말했다.

"아뇨, 그래서는 너무 미안하죠. 그냥 버스 타고 가면 돼요."

가즈오는 대답했다.

"그랬다가는 제가 이 사람에게 혼납니다. 모셔다드릴게요. 그렇지, 도와코?"

"그럼요. 사양 말고 택시 대신 이용해주세요."

"여보, 그건 좀 너무한 거 아냐? 택시 대신 이용하라니."

"하하, 미안, 미안."

별스러울 것도 없는 말을 주고받으며 도와코와 그 남편은 빌미를 찾아내 몇 번이나 웃고 있었다. 마치 그것이 두 사람 사이의 약속이기라도 한 것처럼.

바깥은 완전히 어둑어둑해졌고 부쩍 기온이 떨어져 싸늘했다.

아파트 단지의 주차장까지 셋이서 걸어갔다. 가로등이 세 개의 긴 그림자를 만들어냈다. 조금 전까지 그토록 재미있게 웃으며 이야기하던 도와코와 그 남편이 갑작스레 입을 다물고 고개를 숙인 채 걷고 있었다.

주차장에 도착해 도와코의 남편이 경차에 올랐다. 조심스럽게 뒤쪽으로 그 차를 빼고 있었다. 그사이에 가즈오는 도와코에게 물었다.

"마지막으로 한 가지, 물어봐도 될까요?"

"네."

"쓰쿠모를 사랑했습니까?"

도와코의 표정이 굳어졌다. 그녀는 남편이 운전하는 경차의 백라이트를 지그시 응시하고 있었다. 남편 쪽은 운전이 서툰지 몇 번이나 핸들을 꺾어가며 차를 주차장에서 빼내려 하고 있었다. 브레이크를 밟을 때마다 라이트가 깜빡였다.

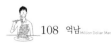

가즈오는 도와코의 시선을 따라 그 붉은빛을 바라보았다.
도와코가 속삭이듯이 대답했다.

"나는 분명 쓰쿠모 씨를 사랑했던 것 같아요. 지금 돌이켜
보면 그게 그 자신이든 그의 부유함이든, 나로서는 어느 쪽
이나 상관없었어요. 나는 그를 사랑했어요. 단지 그 감정만
있었죠. 그리고 그 감정만 굳게 믿는 게 가능했더라면 좋았
을 텐데, 라고 후회하는 일도 있어요."

"……그렇군요."

"가즈오 씨, 나도 마지막으로 질문 한 가지 해도 될까요?"

"네."

"만일 쓰쿠모 씨를 찾아내 돈을 받아낸다면 그 3억 엔을
어디에 쓸 건가요?"

"……우선 동생의 빚을 갚아야 해요. 그리고 그 빚 때문에
무너져버린 내 가족, 아내와 딸을 되찾아야 합니다."

"돈이 있으면 가족을 다시 살 수 있다는 거예요?"

"그럴 가능성이 크다고 생각해요."

"나는 그렇게 생각하지 않아요."

"어째서요?"

"당신이 원하는 것은 돈으로 살 수 없기 때문에 더더욱 손
에 넣고 싶은 것이니까."

그렇게 말하고 도와코는 조용히 웃었다.

웹 사이트에서 봤던 그 아름다운 미소였다.

가즈오를 조수석에 태운 경차는 테트리스 블록 같은 아파트 단지를 빠져나와 울창한 숲길을 달렸다. 서스펜션이 약한 탓인지 작은 기복을 넘어갈 때마다 차가 덜컹덜컹 흔들렸다. 위아래로 크게 요동치는 헤드라이트의 불빛에 비춰진 도로를 멍하니 바라보고 있으려니 돌연 옆에서 목소리가 들려왔다.

"가즈오 씨, 도와코와는 몇 년 만에 만났어요?"

"아, 10여 년쯤 되나요?"

"그렇습니까. 어때요, 도와코는? 많이 변했습니까?"

"아니, 여전히 아름답던데요."

"다행이네요. 결혼하고 아름다움을 잃었다든가 하면 그건 제 탓이니까요."

차가 덜컹 크게 흔들리자 "아, 죄송합니다"라면서 도와코의 남편이 핸들을 꺾었다. 그 왼편 손에 차고 있는 손목시계가 문득 눈에 들어왔다. 그에게는 어울리지 않는 스위스제 명품 시계였다. 하지만 그 판면을 덮은 유리에 금이 가 있었다.

가즈오의 시선을 알아봤는지 남편이 말했다.

"아, 이거요? 도와코가 선물해준 시계인데 그만 깨져버렸지 뭡니까. 그녀는 다시 사라고 하는데 저는 어쩐지 아깝더라고요. 사랑하는 아내가 사준 것이라 차마 버리지도 못하겠고……. 근데 좀 보기 흉하죠? 미안합니다."

"아니, 천만에요. 그런 거, 신경 쓰지 말아요."

"뭔가 죄송하네요."

그렇게 말하면서 도와코의 남편은 쓴웃음을 지었다.

선량한 사람이다, 라고 생각했다. 모든 것으로부터 자유롭기 때문에 거기에는 겉과 속이 다르지 않은 성실함이 있었다. 그리고 그는 틀림없이 마음 깊은 곳에서 도와코를 사랑하고 있었다. 가즈오는 죄를 진 듯한 기분이 들었다. 그는 **그것**을 알지 못해도 괜찮은 것일까.

"집도 어쩐지 허름하고, 이래저래 면구스럽네요."

"에이, 그렇지 않아요. 저도 편안히 잘 얘기하고 왔는데요, 뭘."

"제가 수입이 그리 많지 않아 도와코를 고생시키고 있어요. 그런데요, 제가 혹시 갑작스럽게 무슨 일을 당하더라도 도와코는 괜찮을 테니까 그나마 다행이에요."

"그럴 리가요."

"아뇨, 도와코는 괜찮습니다."

차가 숲길을 빠져나와 신호등 앞에서 멈췄다.

도와코는 괜찮습니다.

이질감이 느껴지는 말이었다. 미처 이해되지 않은 그 말이 고요히 가라앉은 경차 안에서 제자리를 잃은 채 빙글빙글 맴돌았다. 그때 가즈오는 퍼뜩 생각했다. 이 사람은 그 붙박이장 안에 무엇이 감춰져 있는지 다 알고 있는 게 아닐까.

"아까 붙박이장 안을 보여주더라고요."

가즈오는 머뭇머뭇 그에게 말했다.

"……붙박이장 안을? 왜 그런 데를?"

"도와코가 보여줬습니다."

"그런 곳을 보여주다니, 아무튼 도와코도 참 이상한 사람이라니까. 청소 잘한다고 자랑이라도 치려고 했나?" 그렇게 말하더니 도와코의 남편은 하하하 웃었다.

그 웃음소리는 그가 처음으로 가즈오에게 한 거짓말이었다. 분명하게 거짓말이라고 알 수 있는 메마른 웃음소리였다.

"알고 있군요." 가즈오는 물었다.

"뭘요?"

"도와코가…… 붙박이장 안에 무엇을 넣어두었는지."

신호가 파란색으로 바뀌었다. 도와코의 남편이 서둘러 액셀을 밟고 경차가 한 차례 덜컹 앞으로 요동친 다음에 천천히 나아갔다.

"죄송합니다. 괜히 걱정스러운 얘기를 한 것 같네요." 도와코의 남편은 쓸쓸하게 웃었다.

"나야말로 쓸데없는 말을 해버렸군요." 가즈오는 시선을 떨구었다.

"좀 창피해요. 나한테만 한 마디도 안 해주고. 나는 그냥 어릿광대인 모양이에요."

"그렇지 않죠. 그녀는 당신을 위해……."

"네, 알고 있어요. 그녀가 무엇을 지키려고 하는지, 그것쯤은 나도 알죠. 그녀는 내가 알지 못한다고 생각하겠지만,

그녀가 과거에 무슨 일을 겪었는지도 알고 있고, 그 돈에 대해서도 대략 짐작은 하고 있어요."

"거기까지 알고 있다면 한번 물어보면 되잖아요? 도와코도 어쩌면 그걸 기다리고 있는지도 모르는데."

"네, 그럴 수도 있겠죠. 하지만 도와코가 먼저 말할 때까지 내 쪽에서 그 돈에 대해 언급할 생각은 없어요. 나는 그리 머리가 좋은 사람은 아니지만 도와코가 왜 나를 선택했는지는 분명하게 알고 있거든요. 그녀를 세상 누구보다 사랑하기 때문에 나는 어느 누구보다 그녀를 이해하고 있다고 생각해요. 그래서 그 돈이 있든 없든, 그것 때문에 내가 뭔가 달라질 거라고는 생각하지 않아요. 하지만 그녀는 다르지요."

"다를까요?"

"네, 틀림없이. 내가 그 돈에 대해 알아버리면 그녀는 아마 견딜 수 없어질 거예요. 가까스로 돈에서 자유로워졌잖아요. 그게 그녀의 안식이라면 나는 계속 모르는 척할 겁니다."

"그걸로 도와코는 행복할까요?"

"그녀에게 그게 행복인지 어떤지는 모르겠어요. 하지만 한 가지는 말할 수 있어요." 도와코의 남편은 깊게 숨을 내쉬었다. "그게 내가 할 수 있는 단 하나의 사랑법이라는 것이에요."

카 라디오에서는 DJ가 폴 매카트니의 국내 방문이 성사되었다는 소식을 알리고 있었다. DJ는 "이번에 그의 공연에 가지 않는다면 살아 있을 의미가 없다"라고 부르짖었다. 그리고 비틀스의 곡이 흘러나오기 시작했다.

"Can't buy me love!"

폴 매카트니의 샤우팅이 차 안을 울렸다.

> Tell me that you want the kind of things
>
> That money just can't buy
>
> I don't care too much for money
>
> Money can't buy me love
>
> Can't buy me love, love

> 돈으로 사랑은 살 수 없어.
>
> 모두가 그렇게 믿고 있어.
>
> 그렇게 믿으려 하고 있어.
>
> 하지만 정말 그럴까.
>
> 분명 돈으로 사랑을 살 수 있어. 사람의 마음도 살 수 있어.
>
> 그래서 더더욱 우리는 돈으로는 살 수 없는 사랑이나 마음을 찾고 있어.

저 멀리 부옇게 빛나는 역 건물이 앞 유리 너머로 보이기 시작했다.

"이제 곧 역이군요."

그렇게 말하더니 도와코의 남편이 액셀을 밟았다. 경차가 덜컹덜컹 흔들렸다. 그 소리가 폴 매카트니의 노랫소리를 덧칠해갔다.

　어둠 속은 아무것도 보이지 않는다. 건물도 사람도. 단지 역 건물만 훤하게 빛나고 있었다.

　가즈오는 그 빛을 보면서 도와코의 아름답게 갈아낸 손톱을 머릿속에 떠올렸다.

모모세(百瀬)의 도박

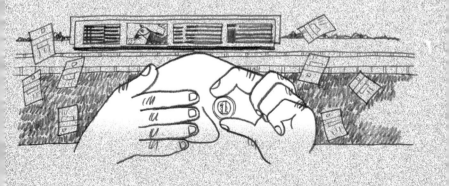

서러브레드가 달리고 있다.

　깨끗한 초록빛 잔디 위에서 결 고운 털을 가진 몸이 반들
반들 빛난다. 열여섯 마리의 서러브레드가 한꺼번에 밀려들
듯이 최종 코너를 돌았다.

　발밑이 우르르 흔들린다. 땅울림 같은 환성이 경마장을
온통 휘감는다. 기수가 채찍을 내리친다. 서러브레드의 근
육이 울룩불룩 일어나면서 속도를 붙인다. 다다다닷,
다다다닷. 멀리에서도 땅을 박차는 그 발소리가 고스란히
들려온다. 잔디가 튀고 흙덩어리가 함께 튀어 오른다. 선두
그룹에서 흘러내리듯이 한 마리 두 마리, 탈락해간다. 서러
브레드 덩어리가 마치 고무처럼 횡렬로 길게 늘어난다.

　선두 그룹에서 4번 말이 떨어져나가고 7번 말이 그 뒤를
쫓는다. 4번과 7번이 골을 향해 경쟁을 벌이는 형세다. 채
찍이 연속으로 들어간다. 그러자 배후에서 12번 말이 맹렬

한 기세로 따라붙는다. 단숨에 두 마리를 추월해 총알처럼 골에 뛰어들었다. 불과 소수점 몇 초 늦게 4번과 7번이 골로 밀려든다.

우와아아아, 우와아아악.

환성이 금세 분노한 고함소리로 바뀐다. 스탠드에 마권이 눈처럼 휘날린다. 욕망을 고스란히 드러내는 목소리의 홍수다. 그 목소리가 한 개의 거대한 덩어리가 되어 괴수의 포효처럼 울려 퍼진다.

"만마권(万馬券)*이야!" 모모세가 부르짖으며 가즈오의 어깨를 움켜쥐었다. "당신, 이제 억만장자야!"

흥분을 억누를 수 없는지 입 끝에서 허연 거품이 줄줄이 튀어나왔다.

가즈오는 모모세가 하는 말을 거의 알아들을 수 없었다. 그 목소리는 몇 겹씩 필터가 씌워진 것처럼 또렷하지 않고 시야도 뿌연 막이 뒤덮인 것처럼 흐릿했다.

3천만 엔의 빚과 3억 엔의 복권 당첨. 하지만 하룻밤 만에 사라져버린 현금.

그리고 이제 또다시 억만장자라고 한다.

내 인생, 대체 어떻게 된 건가.

가즈오는 꿈꾸는 듯한 기분으로 경마장에 울려 퍼지는 괴수의 포효를 듣고 있었다.

---

* 만마권 : 경마에서 100엔당 1만 엔 이상의 배당을 받게 되는 마권.

"뭐라고? 쓰쿠모를 찾고 있다고?"

수화기 너머로 모모세의 굵직한 목소리가 들려왔다. 목구멍에 머리칼이 엉겨 붙은 듯 컬컬한 목소리였다. 그 소리를 듣고 상대가 뭔가 잔뜩 화가 나 있다는 것을 알았다.

"……네, 그가 어디 있는지 아시나 해서요."

가즈오는 모모세의 목소리 밑으로 기어들듯이 조용히 대답했다.

"난 몰라, 모른다고! 그럼 이만 끊읍시다."

"아, 잠깐만요. 어떤 것이든 좋으니까 쓰쿠모에 대해 얘기해주세요. 뭔가 단서가 될지도 모르니까요. 게다가 좀 복잡한 사정이 있어요……."

도와코를 통해 모모세의 연락처를 알아낸 가즈오는 바로 그다음 날부터 몇 번이나 전화를 걸었다. 하지만 매번 부재중으로 넘어갔다. 그다음 날도, 다시 그다음 날도 부재중이었다.

나흘째. 번호가 잘못된 게 아닌가 하고 슬슬 미심쩍은 생각이 들 무렵, 마침내 모모세가 전화를 받았다.

가즈오는 자신이 쓰쿠모와 대학 시절의 친우라는 것, 지난 15년 동안 소식 두절 상태였지만 복권 당첨을 계기로 다시 만났다는 것, 그리고 3억 엔의 돈을 쓰쿠모가 가져가버려서 그를 찾고 있다는 것, 그 과정에서 도와코를 만나 모모세의 전화번호를 알았다는 것 등을 이야기했다. 모모세라면 뭔가 알고 있을지도 모른다는 도와코의 말도 함께 전했다.

모모세는 성급한 맞장구를 쳐가며 가즈오의 말을 듣고 있었다.

"허 참, 미치겠다, 미치겠어. 진짜 귀찮아 죽겠는데 그래도 어차피 한 번은 만나야겠네. 그럼 일요일에 보기로 하자고." 그렇게 모모세는 만날 장소를 알려주더니 "아무튼 양복 잘 차려입고 와. 정장 입고 오란 말이야"라고 빠른 말투로 말하고는 냉큼 전화를 끊어버렸다. 모모세가 알려준 약속 장소는 도쿄 외곽의 경마장이었다.

일요일, 가즈오는 전차를 갈아타며 한 시간쯤 걸려서 그 경마장에 도착했다.

모모세가 말했던 대로 입구에 서 있는 블랙 정장 차림의 남자에게 말을 건네자 그는 가즈오를 경마장 안으로 안내해주었다. 뒤쪽 통로로 들어가 엘리베이터를 타고 5층에 도착했다. 남자가 건네준 '마주석(馬主席)'이라고 적힌 배지를 가슴팍에 달고 붉은 카펫 위를 따라갔다. 마주 전용 레스토랑이며 바 카운터를 지나 남자는 안쪽으로 성큼성큼 들어갔다.

가장 안쪽에서 블랙 정장 차림의 남자가 문을 열었다. 유리로 뒤덮인 돔 같은 공간이 펼쳐졌다. 햇빛이 환하게 비쳐드는 이곳에서는 경마장이 한눈에 내려다보이고 유리창 너머로는 그림물감을 칠한 것처럼 선명한 초록빛 잔디가 펼쳐졌다. 아무래도 마주들 중에서도 특별한 사람만 출입이 가능한 VIP 구역인 것 같았다. 방금 지나쳐온 마주석보다 사람 수가 훨씬 적다. 아주 오래전부터 마주로서 경마장에 드나든 듯한 노령의 남자, 화려한 정장을 차려입은 사업가인 듯한 젊은이들이 과일 안주와 함께 샴페인 잔을 기울이며 담소를 나누고 있었다. 그들이 데려온 아름다운 도우미 여성들의 모습도 눈에 띄었다. 가즈오는 그곳에서도 좀 더 안쪽에 자리한 개인실로 안내를 받았다.

블랙 정장의 남자가 조용히 문을 열었다. 실내에는 둥근 테이블 몇 개와 소파가 있고 유리문 너머로 널찍한 발코니가 보였다. 경마장을 정중앙에서 내려다볼 수 있어서 마치 귀족이라도 된 듯한 기분이었다.

방 한복판에 머리를 빡빡 민 거구의 남자가 있었다. 혼자서 소파에 깊숙이 몸을 묻은 채 텔레비전 화면 속에서 달리는 말들을 향해 뭔가 중얼거렸다. 바로 눈앞에 훤히 보이는 경마장에서 지금 경기가 한창인데 그쪽이 아니라 텔레비전 중계방송에 달라붙어 있는 모습은 기이하기 짝이 없었다.

"그렇지, 그렇지! 좋아, 달려, 쭉쭉 달리라고!"

하늘색 더블 양복에 금빛 넥타이. 묵직해 보이는 금목걸이에 역시 묵직해 보이는 금시계. 모모세인 듯한 그 남자의 압도적인 생김새에 가즈오는 일순 멈칫했지만, 아무튼 이 사람과 대화하지 않는 한 쓰쿠모는 찾아낼 수 없을 것이다. 그렇게 되면 3억 엔도 받아 오지 못한다.

"저어, 모모세 씨?"

"어허, 잠깐 기다려! 오, 그렇지, 좋아, 좋아!"

텔레비전 화면에서는 서러브레드가 치열하게 경쟁하며 최종 코너를 돌고 있었다.

"좋아! 좋아! 좋아!"

모모세는 자리에서 벌떡 일어나 텔레비전 귀퉁이를 움켜쥐고 화면을 향해 부르짖기 시작했다.

"으흑! 으그그그극!!"

그의 절규와 함께 경주마들이 차례차례 골을 향해 밀려들었다. 모모세는 "으그극!" 하는 의미불명의 말을 내뱉으며 소파에 풀썩 주저앉더니 그대로 움직임을 멈췄다. 마치 총 살당한 곰 같았다. 이미 숨을 거두었는데도 선뜻 다가갈 수 없는 무시무시한 곰. 그대로 몇 분이 흘러갔다.

"왜, 왜 그러시는지……."

침묵을 견디다 못해 가즈오가 머뭇머뭇 물었다.

"어휴, 먹었네. 또 먹었어……."

모모세는 머리를 부여잡고 중얼거렸다.

"잃었어요?"

"아냐, 아니라고……."

"예?"

"또 따버렸어." 모모세는 고개를 들더니 가느다란 눈으로 가즈오를 멍하니 바라보며 말했다. "또…… 또 만마권이야."

"예? 얼마나 땄는데요?"

"1억 엔."

"1억 엔?"

"그래, 1억 엔이라고. 이제 진짜 끝장이야. 이런 큰돈이 들어오면 내 인생, 내 인생, 내 인생은 완전 엉망진창이 된단 말이야!"

머리를 부여잡고 모모세는 부르짖었다. 경마에서 1억 엔을 따고도 자신의 인생이 엉망진창이 된다고 부르짖는 사람이 있다니. 지금 이 상황이야말로 엉망진창이라고 가즈오는 생각했다. 하지만 빚쟁이에서 한순간에 억만장자가 되었고, 그 돈을 다시 하룻밤 만에 잃어버린 지금, 가즈오는 그의 기분이 어쩐지 이해가 안 되는 건 아니었다. 가난은 인간을 엉망으로 만든다. 마찬가지로 넘쳐나는 부 또한 인간을 엉망진창으로 만드는 것이다.

"모모세 씨……."

"이제 난 끝장이야, 끝장!"

"그, 그래도……."

"내 인생 끝장이야, 끝장……은 무슨?" 모모세가 벌쭉 웃었다. 지저분한 금니가 둔한 빛을 냈다. "바보 아냐, 당신? 1억 엔이 생겼는데 슬퍼할 놈이 세상에 어디 있어?"

사람을 바보로 만드는 눈빛, 웃음거리로 만드는 목소리였다. 모모세는 큰돈을 손에 넣은 인간 특유의, 이 세상 모든 것을 제 발밑으로 내려다보는 분위기를 온몸에 칭칭 휘감고 있었다. 하지만 그런 그에 대한 복잡한 감정을 되새기고 있을 시간은 없었다.

가즈오는 깊숙이 고개를 숙이며 인사를 건넸다.

"오늘 시간을 내주셔서 고맙습니다."

"그럼, 당연히 고마워해야지. 그나저나 무슨 일이야, 쓰쿠모의 친구 씨?"

"전화로도 말씀드렸지만, 내가 복권에 당첨돼서 받은 돈을 쓰쿠모가 챙겨 들고 사라졌어요. 그가 어디로 갔는지, 아직까지 아무 단서도 없습니다. 그래서 그에 대해 알아보고 다니는 중이에요. 옛날이야기든 뭐든 다 좋아요. 얘기 좀 해주십쇼. 부탁드립니다."

"얼만데?"

"예? 뭐가요?"

"당신 돈 말이야, 쓰쿠모가 갖고 튀었다는 그 돈."

"……3억 엔인데요."

"3억 엔? 쳇, 난 그런 푼돈 따위는 몰라. 관심 없어."

모모세는 툭 내뱉더니 허리를 숙여 테이블 밑에 떨어진 1엔짜리 동전을 주워 호주머니에 넣었다. 그리고 큰 소리로 말을 이었다. "그런 푼돈, 내가 알 게 뭐냐고!"

예전에 미국의 대부호 존 록펠러는 "10센트를 귀하게 여기지 않는 정신이 자네를 계속 보이로 남아있게 한다"라면서 '푼돈'의 소중함을 역설했지만, 방금 모모세가 1엔짜리 동전을 줍는 모습에서는 그저 비천함만 느껴졌을 뿐이다.

"그보다 당신한테 시간 내주면 돈 주나? 나도 뭔가 얻는 게 있어야지."

"아, 죄송합니다. 제가 형편이 좋지 않아서 드릴 건 없네요."

가즈오는 꺼질 듯한 목소리로 대답했다.

모모세가 추한 인간인 것이 아니다. 이 세상이 내 사정 봐가며 움직여주지 않는 것이다. 그냥 그것뿐이다. 가즈오는 마음속으로 되뇌면서 발밑만 내려다보았다. 먼지 앉은 싸구려 가죽 구두가 부드러운 붉은 카펫 위에서 제자리를 찾지 못해 어쩔 줄 모르는 것처럼 보였다.

"제 형편만 내세워서 죄송합니다. 쓰쿠모가 사라지면서 3억 엔도 날아가서 솔직히 지금 어떻게 해야 할지 모르겠어요. 갚아야 할 빚도 있고 부양해야 할 가족도 있는 처지입니다. 그래서 쓰쿠모를 찾아내 꼭 3억 엔을 돌려받아야 해요."

돌연 강한 힘이 가즈오의 어깨를 움켜쥐었다. 조금 전까지의 험상궂은 얼굴은 말짱 거짓이었던 것처럼 모모세가 선한 얼굴로 가즈오를 바라보고 있었다. 눈에 눈물까지 글썽해진 채 그는 떨리는 목소리로 말했다.

"아이구, 참 힘들었겠네. 그 심정, 알겠어. 갑작스럽게 3억 엔이 생겼다가 그게 또 갑자기 날아간 거잖아. 어쩔 줄 모르는 것도 당연하지. 참말로 딱하네, 딱해. 그런 줄도 모르고 나는 괜히 농담이나 하고, 미안해, 용서해줘. 사과하는 뜻에서라고 하면 좀 이상하지만, 좋아, 뭐든 다 얘기해봐. 내가 아는 거라면 죄다 대답해줄 테니까."

곰 같은 손으로 눈가를 훔치면서 말하는 모모세의 모습을 보고 가즈오는 깨달았다. 생각해보면 그는 쓰쿠모의 친구인 것이다. 겉으로 보이는 인상에 사로잡혀 그를 오해했었는지도 모른다. 그를 믿어주지 못한 것에 미안한 마음이 들었다.

"모모세 씨, 고맙습니다."

가즈오는 깊숙이 머리를 숙였다. 모모세는 가즈오의 인사를 만류하면서 다정한 목소리로 말을 이었다.

"마침 나도 돈 놓고 돈 먹는 게임은 슬슬 걷어치우려던 참이야. 요즘에야 드디어 깨달았거든. 이 세상, 돈으로 살 수 없는 것들이 너무나 많더라고. 애들 말로 '프라이스리스'라는 거 있잖아. 잊지 못할 추억이라느니 소중한 우정이라느니 세상 그 무엇과도 바꿀 수 없는 가족의 사랑이라느니, 그런 거 말이야. 돈으로 살 수 없는 그런 행복을 얼마나 많이 가졌느냐가 풍요로운 인생을 결정하는 거야. 그렇지?"

"네에, 맞습니다. 동감입니다."

모모세는 보살 같은 선한 눈빛으로 가즈오를 지그시 바라보더니 어깨를 움켜쥔 손을 쓰윽 떼면서 말했다.

"프라이스리스……라고? 이 바보야, 그런 게 어딨어? 이 세상은 돈만 있으면 뭐든 다 돼! 그런 물렁한 얘기에 내가 넘어갈 거 같아? 어휴, 손발이 다 오글거리네."

그렇게 내뱉고 모모세는 컬컬한 소리로 웃어젖혔다. 개인실 안에 그 큰 웃음소리가 공허하게 울려 퍼졌다. 이보다 더 재미있는 장난은 없다는 듯이 웃어젖히는 모모세를 보며 가즈오는 '이건 시간 낭비'라고 생각했다. 더 이상 이 사람과 얘기해봤자 쓰쿠모를 찾을 단서는 얻을 수 없다고 확신했다.

"그만 가보겠습니다." 가즈오는 모모세에게 등을 돌리고 출구로 향했다.

이런 기분 나쁜 곳에는 더 이상 머물고 싶지 않았다. 한시라도 빨리 떠나고 싶었다.

그 등을 향해 모모세가 말을 건넸다.

"당신, 여기에 왜 왔어?"

조용한 목소리였다.

"쓰쿠모를 꼭 찾아야 해서 왔습니다."

모모세에게 등을 돌린 채 가즈오는 대꾸했다.

"그게 아니겠지."

"아니라니, 뭐가요?"

"당신은 나를 보러 왔어. 엄청난 부를 거머쥔 자의 인생이 어떤 것인지 보고 싶어서 온 거라고."

"예, 그럴지도 모르겠네요." 가즈오는 몸을 돌려 그의 얼굴을 정면으로 마주 보며 말했다. "나는 돈과 행복의 정답을 알고 싶었으니까요."

"돈과 행복의 정답?"

"그래요, 15년 전에 쓰쿠모는 그 정답을 찾아오겠다면서 내 앞에서 사라졌습니다. 하지만 오랜만에 만난 그 친구가 답을 알려주기는커녕 내 3억 엔을 갖고 또다시 사라졌어요. 나는 그 친구에게서 아직 답을 듣지 못했어요. 오늘 모모세 씨를 만나면 그 답을 찾아낼지도 모른다고 생각했는데."

모모세는 소파에 앉아 시선을 툭 떨구었다. 무슨 생각을 하는지, 한참이나 꿈쩍도 하지 않았다. 그 모습은 어쩐지 슬퍼 보였다.

"아무튼 시간 내주셔서 고마웠습니다."

고개를 떨군 그에게 인사를 건네고 가즈오는 문을 열었다.

"아, 잠깐." 모모세가 고개를 번쩍 들며 가즈오를 불러 세웠다.

"뭡니까?"

"당신, 경마 한번 해볼래? 나하고 딱 한 번만 같이 해주면 쓰쿠모 얘기도 다 해줄게. 모처럼 여기까지 찾아왔잖아. 이참에 당신의 돈에 대한 운을 한번 시험해보자고."

모모세의 도박. 생각지도 못한 제안이었다.

"동기는 돈이 아니다. 정말 재미있는 건 게임을 한다는 것이다."

미국의 부동산왕 도널드 트럼프는 말했다.

그와 마찬가지로 모모세는 지금 분명 게임을 하고 있다. 나를 갖고 노는 것이다. 그에게는 모든 것이 게임이고 도박이다. 또다시 그에게 속아 넘어가 비웃음을 사는 건 싫다. 하지만 그것밖에는 다른 선택지가 없었다. 쓰쿠모를 찾기 위해서는 그에게서 반드시 단서를 얻어내야 했다. 설령 그것이 모모세의 게임이라 하더라도 가즈오는 그 도박에 동참

해주는 수밖에 없었다.

"……알았어요. 그렇다면 한 번 해보죠. 딱 한 번만."

가즈오는 조용히 고개를 끄덕였다.

"좋았어! 그럼 당장 해볼까."

모모세는 소파에서 일어나 둥근 테이블을 에워싼 의자 쪽으로 옮겨 앉았다. 그러더니 테이블 위에 놓인 경마 신문을 흘끗거려가며 노트북 키보드를 두드렸다. 그 노트북 화면을 보면서 빨간 펜으로 경마 신문에 메모를 하고, 텔레비전에 비친 패덕*의 상황을 찬찬히 살펴보면서 다시 노트북에 뭔가 입력했다. 그런 과정을 세 번쯤 거듭한 끝에 모모세는 책상 위에 한 뭉텅이나 비치된 마크시트에 연필로 표시를 해나갔다. 당혹스러운 가운데서도 가즈오는 그의 시선을 훔쳐보면서 경마 신문을 펴고 빨간 펜을 집어 들었다.

◎○▲△×. 열여섯 마리의 출전마에 각 기자들이 작성한 승패 예상 기사가 실려 있었다. 그 아래쪽에는 최근 경기에서 각 출전마가 거둔 성적이 쌀알보다 작은 글씨로 기재되었다. 하지만 무엇을 어떻게 해야 할지 가즈오는 전혀 알 수 없었다.

"에이, 경마 처음이야?"

"처음이에요."

"별수 없네. 나하고 똑같은 걸로 사라고. 돈은 얼마나 걸

---

* 패덕 : 경마장에서 그날의 출전마를 관객에게 보여주기 위해 설치한 대기
장소.

거야?"

"지갑에 만 엔쯤 있긴 한데⋯⋯."

"에헤, 안 되지, 그런 푼돈으로는. 뭐, 좋아, 내가 빌려줄게. 따라와."

그 즉시 모모세는 몸을 일으켜 성큼성큼 개인실을 나갔다. 바로 코앞의 VIP 전용 마권 매장 창구로 다가가 "아주머니, 환금 좀 해줘"라고 말하고 조금 전의 만마권을 건넸다.

1억 엔이나 되는 현금을 그리 쉽게 내줄까. 가즈오는 은행에서 오고 간 지난번의 대화를 떠올렸다. 당첨된 복권의 감정 작업에서부터 당첨 후에 돈을 어떻게 할 것인지에 대해 한 시간여를 은행원들과 이야기했고, 그러고도 현금을 즉시 내주지는 않았다.

하지만 단 5분 만에 마권 매장 창구 너머에는 대량의 백만 엔 다발이 나타났다. 경마장 VIP 구역에서는 추첨에 떨어진 자에게 내주는 티슈처럼 너무도 간단히 현금을 내주는 것이다. 머릿속이 아득해졌다. 은행에서 보낸 그 시간은 대체 무엇이었는가. 그리고 그 순간, 가즈오는 새삼 깨달았다. 사람이 사람을 선택하는 것과 마찬가지로 돈도 사람을 선택한다. 이 세상에는 10제곱센티미터도 안 되는 작은 마권 한 장이 5분 만에 1억 엔의 현금으로 바뀌는 게 당연한 일로 여겨지는 장소가 있는 것이다.

몇 분 뒤, 그 1억 엔의 현금은 금고도 아니고 공공칠가방도 아니고 경마장 이름이 찍힌 지극히 평범한 종이봉투에 내던지듯이 척척 채워졌다. 종이봉투 두 개가 불룩해질 만큼 지폐 다발을 담아 그 자리에서 모모세에게 건네주었다.

빵빵한 종이봉투를 양손에 들고 개인실로 돌아온 모모세는 "돈 구경이라도 실컷 해봐"라면서 그 봉투를 훌떡 뒤집었다. 지폐 다발이 쏟아져 테이블 위에 넓게 퍼졌다. 눈 깜짝할 사이에 엄격한 표정의 후쿠자와 유키치가 테이블 위를 점령해버렸다.

"방금 내가 딴 1억 엔이야. 그야말로 행운의 후쿠자와 유키치들이지. 이 중에서 백만 엔을 당신한테 빌려줄 거야."

모모세는 백만 엔 다발을 하나 집어서 가즈오에게 건넸다.

"아니, 아닙니다. 이런 큰돈은 빌릴 수 없어요. 게다가 경마로 돈을 따다니, 나한테는 어림도 없는 일이에요."

"이봐, 일생일대의 승부에 나설 귀한 기회야. 지금 나한테 운이 돌아왔다고. 여기 이 유키치들도 운이 있어. 게다가 경마 초짜인 당신한테 승부를 고민해보란 얘기가 아니야. 당신은 그냥 내가 시키는 대로만 하면 돼. 이 백만 엔을 저기 있는 검은 양복에게 갖다 주면 나하고 똑같은 마권을 사줄 거라고."

"잠깐만요. 지금 당장 하라고요?"

"당연하지, 지금 안 하고 언제 해? 다음 경기는 12번하고 4번이야. 이거, 완전 괜찮아. 그다음에는 7번이냐 9번이냐, 이게 좀 고민이긴 한데……. 좋아, 마지막 결정은 당신이 해."

"예?"

"7번이야, 9번이야? 당신이 결정하라고."

그런 걸 결정하다니, 도저히 안 될 말이었다. 백만 엔의 도박. 3연단(三連單)*의 마지막 한 마리. 배율은 모두 백 배 이상, 맞히면 1억 엔이 되는 마권이다. 그런 엄청난 것을 자신이 맞힐 리가 없다.

"실은 이것도 도박이야." 고민하는 가즈오를 보며 모모세가 껄껄껄 웃었다. "3억 엔 복권에 당첨된 사람의 행운에 나도 마지막 한 마리의 결정을 걸어보는 거라고."

그렇다. 나는 3억 엔 복권에 당첨된 행운아다.

'억남(億男)'이라는 말이 되살아났다.

내 손으로 잡은 행운을 내 손으로 잃어버렸다. 그렇다면 여기서 어떻게든 되찾지 않으면 안 된다.

"……7번으로 하겠습니다!"

대답하자마자 엄청난 두려움이 몰려왔다. 뭔가 돌이킬 수 없는 실수를 범했는지도 모른다는 생각에 뱃속 깊은 곳에서 '아, 잠깐, 잠깐!'이라는 말이 부르르 솟구쳤다. 그것이 목구멍을 지나 입을 뚫고 튀어나오려는 바로 그 순간, 그 말을 가로막듯이 모모세가 블랙 정장의 남자에게 외쳤다.

"12번에 4번, 그리고 7번의 3연단! 나하고 이 친구, 백만 엔씩!"

---

* 3연단 : 경마에서 1등, 2등, 3등의 말 번호를 도착 순서대로 모두 맞히는 방식.

그로부터 10분 뒤.

눈앞으로 12번, 4번, 7번 말이 달려갔다.

꿈을 꾸는 것만 같았다. 세상 모든 것이 아주 느린 속도로 흘러가면서 부옇게 흐려졌다.

"당신, 이제 억만장자야!"

모모세가 부르짖으며 가즈오의 어깨를 부둥켜안았다.

그 순간, 세상 모든 것의 핀트가 맞춰지면서 가즈오는 현실로 돌아왔다. 귀에 들어오는 소리가 또렷해졌다. 정신을 차리고 보니 자신이 텔레비전을 응시하며 부들부들 떨고 있었다. 무릎 아래쪽이 내 것이 아닌 것 같은 느낌이었다. 다리 힘이 풀려서 서 있기도 힘들었다.

모모세는 흥분한 기색으로 왁왁 떠들어댔다. "쓰쿠모가 훔쳐 간 3억 따위, 이제는 찾을 것도 없어. 방금 딴 1억을 세 배로 불리면 된다고. 그러면 원상 복귀잖아. 당신 운이 지금 돌아왔어. 엄청난 행운을 거머쥔 데다 나도 옆에 있잖아? 우리는 최강의 콤비야!"

"하지만 갑작스럽게 1억이라니, 뭐가 뭔지 모르겠어요. 정말 어떻게 감사를 드려야 할지······."

"이봐, 당신은 정당한 도박으로 돈을 땄어. 당당하게 받으라고. 게다가 지금부터가 진짜 승부야. 좀 더 도전해야지. 아직 2억이 부족하잖아."

"하, 하지만 연속으로 딸 수는 없잖아요."

"이 사람, 진짜 맹하네. 내가 설마 감(感)만 믿고 마권을 사는 줄 알아?"

"……감이 아니었어요?"

"당연히 아니지! 감 따위로 어떻게 돈을 따?"

"그러면 어떻게 하는 거예요?"

"계산!"

"계산? 경마라는 건 그냥 우연을 믿고 찍는 거 아니에요?"

"이 사람, 진짜 아무것도 모르네. 도박을 한다는 것과 도박에 이긴다는 건 근본적으로 달라. 아무 생각 없이 마권을 사들이는 게 아니라고. 이기는 마권을 사들이는 거지. 우연에 기대해봤자 돈은 딸 수 없어. 당연한 얘기잖아? 대부분의 도박이 계산을 안 하면 판판이 지게 마련이야. 여기저기 데이터를 수집하고 계산하고 고민을 해야 승률이 쭉쭉 올라가지."

단숨에 주워섬기더니 모모세는 발코니로 나갔다. 그리고 아래층 스탠드에 우글거리는 사람들을 내려다보며 말했다.

"근데 저기 우글거리는 멍텅구리들은 승부에만 사로잡혀서 '승부를 해서 이긴다'는 의식은 어디론가 날아가버렸어. 완전 사고 정지라니까. 도박에 필요한 것은 용기라든가 담력이 아니야. 계산이라고, 계산."

가즈오는 내심 놀랐다. 거칠고 막된 듯한 그의 입에서 '계산'이라는 단어가 연거푸 튀어나오고 있다. 그런 가즈오의 마음을 꿰뚫어 본 듯이 모모세가 말했다.

"나, 철저히 계산할 것 같은 사람으로는 안 보이지? 근데 사실이야. 쓰쿠모와 사업을 시작했을 때도 그자의 아이디어를 내가 뒤에서 죄다 계산으로 보완해줬어. 그래서 그 회사가 그만큼 커진 거야. 우린 진짜 괜찮은 콤비였어. 그래서 말인데, 그런 천재인 내가 지금 당신에게 딱 한 가지, 단언할 수 있어."

"그게 뭔데요?"

"최종 경기, 틀림없어."

"틀림없다고요?"

"그래, 백 퍼센트 확실해. 이건 분명코 따는 경기야. 내가 알려준 대로 마권을 사면 돈을 잃을 리 없어."

"어떻게 그렇게 확신할 수 있죠?"

"다음 경기의 출전마가 바로 내 말이거든. 이번 코스에서 내 말은 단연 톱의 타임 기록을 보유하고 있어. 근데 이번에 내가 일부러 아래쪽 랭크의 경기에 내보냈어. 이번 경기에서 확실하게 이기려고. 내 말의 배당금은 세 배. 배당은 적지만 단승이라도 1억을 걸면 단숨에 3억이야. 이거, 절대로 말하면 안 되는데 당신이 쓰쿠모 친구라니까 내가 특별히 알려주는 거야. 최종 경기, 일생일대의 승부에 반드시 이겨서 당신 힘으로 3억을 되찾으라는 얘기야."

떨림이 되살아났다.

그렇게 모든 게 술술 풀려나갈 리 없다. 이미 1억 엔을 딴 것이다. 이보다 더 큰돈을 어떻게 딴단 말인가. 여기서 딱 멈추는 게 좋다. 가즈오의 이성이 그렇게 부르짖었다. 하지만 그와 동시에 뱃속 깊은 곳에서 제어하기 힘든 뜨거운 덩어리가 구역질처럼 치고 올라왔다.

이건 걸어야 한다. 아직 좀 더 딸 수 있다. 이번에야말로 일생일대의 승부다.

단숨에 3억 엔이 들어온다지 않는가. 전액을 원상 복귀할 수 있다.

뱃속 깊은 곳의 뜨거운 덩어리가 외치고 있었다. 그 덩어리를 사람들은 '욕심'이라고 하는 것이리라.

"알았어요. 1억 엔, 걸겠습니다."

가즈오는 그 '욕심'에 승부를 걸었다. 굴복한 게 아니라 승부를 건 것이다. 치고 올라오는 뜨거운 덩어리의 힘을 믿어보자고 생각했다.

"좋았어! 암, 그래야지!"

모모세는 힘차게 가즈오의 어깨를 움켜쥐고 껄껄 웃더니 블랙 정장의 남자를 향해 외쳤다.

"어이, 나하고 이 친구의 마권 좀 부탁해. 단승으로 13번, 각각 1억 엔씩!"

"모처럼 대승부에 나섰으니까 사람 많은 데서 지켜보자고."

모모세의 말에 따라 가즈오는 VIP룸을 나왔다.

붉은 카펫 위를 급하게 성큼성큼 걸어가는 모모세의 큼직한 구두를 바라보며 가즈오는 그 뒤를 따라갔다. 엘리베이터에 올라 벽에 몸을 기대고 위를 올려다보았다. 나는 지금 1억 엔의 대승부에 나섰다, 라고 생각해봤지만 전혀 실감이 나지 않았다. 의식이 단속적으로 깜빡거려서 마치 징검돌처럼 점점이 물위를 떠내려가는 것만 같았다.

"아래 세상에는 아래 세상만의 장점이 있거든."

모모세는 그렇게 말하며 가즈오를 일반석 관객들이 우글거리는 푸드코트로 데려갔다. 대승부를 앞두고 우선 배부터 든든히 채워야 한다면서 가장 싼 250엔짜리 가케소바를 주문했다.

야키소바 450엔. 다코야키 400엔. 카레 400엔. 라면 500엔.

환하게 빛나는 전광판에 줄줄이 표시된 음식과 그 가격.

그런 음식을 먹기 위한 돈, 그리고 방금 가즈오가 경마에 걸었던 돈은 분명 똑같은 것이다. 하지만 아무리 머릿속을 정리해봐도 똑같은 것이라고 생각할 수 없었다.

가즈오는 다코야키를 주문했다. 플라스틱 팩을 건너 그 열기가 손바닥에 전해졌다. 하지만 식욕은 전혀 없었다. 극도의 긴장감으로 입안에 침이 고였는데도 위가 활동을 거부하는 것 같았다. 지금 자신은 이 다코야키 25만 개분의 도박에 나섰다. 그렇게 생각한 순간, 엄청난 양의 다코야키에 파묻혀 죽어자빠진 자신의 한심한 모습이 뇌리를 스쳤다.

사람들로 북적거리는 푸드코트에서 소바를 후루룩 빨아들이는 모모세 옆에 앉아 가즈오는 다코야키를 입에 넣었다. 마치 고무를 씹는 것 같았다. 아무 맛도 느껴지지 않았다. 오감이 모조리 살해된 것처럼 모든 것이 명료하게 인식되지 않았다. 주위를 둘러보자 험상궂은 눈매의 사내들이 바닥에 경마 신문을 깔고 앉아 텔레비전 모니터에 비치는 패덕의 상황을 잡아먹을 듯이 노려보고 있었다. 캠핑 의자를 모니터 앞에 놓고 큰 소리로 떠드는 사내들도 있었다. 다들 있는 돈 없는 돈 탈탈 털어 도박에 나섰는지, 마음속에 잠자고 있던 '욕심'을 고스란히 드러내고 있었다.

"이봐." 소바를 우적우적 씹으며 모모세가 말을 건넸다. "돈에는 두 가지 종류가 있다는 거, 알아?"

"아뇨, 그게 뭔데요? 알려주십시오."

가즈오는 고무 같은 다코야키는 겨우겨우 삼키고 대답했다.

"이건 아무한테도 말하면 안 돼. 절대 비밀이야."

"네, 비밀로."

"두 가지 종류의 돈, 그건 들어오는 돈과 나가는 돈이야."

"그거야 당연한 얘기 아니에요?"

"그렇지, 당연한 얘기야. 하지만 당신 같은 가난뱅이들은 들어오는 돈과 나가는 돈을 완전히 별도의 것으로 생각해. 그러니 아무 목적도 없이 마냥 저금만 하는가 하면 어느 날 갑자기 펑펑 쓰면서 낭비하기도 하지. 돈이라는 건 들어오는 돈과 나가는 돈을 적절히 조합했을 때 비로소 의미가 있는 것인데, 도무지 그런 의식이 없어. 당신도, 저기 경마 신문 들고 있는 아저씨들도, 그런 당연한 것을 전혀 몰라. 아니, 그보다 알려고 하지도 않아. 저런 인간들, 평생 부자 되기는 글러먹었어."

모모세는 남은 소바를 단숨에 쭈욱 빨아들였다. 불쾌한 소리와 함께 갈색 국물이 하얀 테이블에 튀었다.

"근데 당신도 그렇고 저기 있는 아저씨들도 그렇고, 간단히 부자가 될 수 있는 방법이 딱 한 가지가 있어. 어때, 알려줄까?"

"예, 꼭 좀."

"이것도 비밀로 해야 돼."

"네, 비밀로."

"아주 간단한 방법이야. 한 푼도 쓰지 말고 돈을 착착 모아두면 돼."

"그거야말로 당연한 거 아니에요?"

"그래, 당연한 거지. 하지만 당신 같은 가난뱅이들은 가난한 주제에 길가에 떨어진 1엔짜리 동전은 줍지 않잖아. 나는 반드시 주워서 내 호주머니에 넣어. 아까 내가 1엔짜리 동전을 주웠을 때, 당신은 같잖다는 눈빛으로 나를 쳐다봤지? 1엔을 비웃는 자는 1엔에 울게 된다는 말이 있는데, 그거 참말이야. 경마가 겨우 몇 초 만에 승부가 결정되는 것과 마찬가지로 단돈 1엔이 승부를 가르기도 한다는 것을 우리 부자들은 잘 알고 있어. 쓰지 않고 착착 모아두면 언젠가 일생일대의 승부 찬스가 찾아오는 거야. 그런 때는 당연히

1엔이라도 더 많은 게 좋겠지? 그래서 다가오는 그날에 대비해 단돈 1엔이라도 주워 모아야 해."

모모세는 힘차게 떠들어대더니 그릇에 남은 진한 갈색 국물을 단숨에 들이켰다.

"이 세상에는 당연한 것이 여기저기서 눈에 띄고 다들 그게 좋은 것이라고 여기기도 하지. 근데 이기기 위해서는 그런 당연한 것을 찾아내는 눈이 필요한 거야. 그리고 당연한 것을 당연하게 실천해야지. 그냥 그것만 해도 웬만한 승부는 이길 수 있어. 근데 그게 실은 가장 어려워. 실제로 이 경마장에서 어슬렁거리는 자들 중에 그런 사실을 아는 놈은 아무도 없어. 다들 자신의 욕심이나 두려움에 사로잡혀 당연한 것을 놓치고 있단 말이지. 그러니까 도박은 당연한 것을 소홀히 하지 않는 자들이 이기는 거야."

경마장에서 팡파르 소리가 들려왔다.

푸트코트에 있던 사내들이 양치기의 인도를 받는 양 떼처럼 스탠드석으로 이동하기 시작했다.

"드디어 그 시간이군. 일생일대의 대승부. 세상 속물들과 한데 어울려 마음껏 도박을 즐겨보자고."

그렇게 말하고 모모세는 인파를 가르며 스탠드로 들어갔다. 돌연 끼어든 거한에게 다들 의아한 눈빛을 던졌지만 그 풍모를 보자마자 금세 길을 터주었다. 마치 《십계》의 모세처럼 스르륵 헤쳐 나가는 모모세의 등 뒤에 바짝 붙어 가즈오는 스탠드 맨 앞자리로 내려갔다.

눈앞에는 초록빛 잔디가 펼쳐져 있었다. 가까이에서 보는 잔디는 VIP 구역에서 봤을 때보다 더 싱싱해서 생명감이 느껴졌다. 차갑지만 상쾌한 바람이 불었다.

코스에 입장한 서러브레드들이 하얀 입김을 내뿜으며 스타트 위치를 향해 달려갔다. 그 아름다운 자태에 스탠드에서는 환성이 터져 나오고 망원렌즈를 장착한 카메라맨들이 차례차례 셔터를 눌렀다.

"13번이야." 모모세가 속삭였다.

"뭐가요?" 가즈오가 물었다.

"이런 멍청이. 그새 잊어버렸어? 내 말 번호지. 그거 말고 또 뭐가 있겠냐고."

"아, 그렇죠, 13번이라고 하셨지요."

"그래. 기수는 빨간 별이 달린 승부복(勝負服)을 입었어. 우리의 운명을 지켜줄 빨간 별이야."

열여섯 마리의 서러브레드가 게이트 안으로 들어갔다. 팡파르가 울리자 스탠드에서 땅울림 같은 환성이 터졌다. 그리고 이어진 몇 초 동안의 정적. 잠시 가라앉았던 가즈오 안의 '뜨거운 덩어리'가 다시금 구역질처럼 끓어올랐다.

다음 순간, 게이트가 열리고 서러브레드가 일제히 튀어나왔다.

검은 몸뚱이가 펄쩍펄쩍 뛰듯이 내달렸다. 빨간색, 흰색, 노란색, 보라색, 초록색, 그리고 파란색. 기수들의 승부복이 그 칠흑의 몸뚱이 위에서 출렁거리는 것처럼 보였다.

스탠드가 왕왕거리는 소리로 소란스러웠다.

7번 말이 먼저 치고 나갔다.

끝까지 내달릴 심산인지 아니면 기수가 컨트롤을 잃은 것인지, 7번 말은 점점 더 속도를 올렸다. 제1코너를 돌아갈 즈음에는 벌써 꼴찌로 밀려난 말이 나왔다.

13번. 13번. 13번.

가즈오는 마음속으로 중얼거리며 빨간 별을 눈으로 따라잡았다. 독주하는 7번 말과는 조금 떨어진 곳에서 자리를 굳힌 두 번째 그룹, 그 맨 끝에서 자신의 운명이 필사적으로 달리고 있었다.

그 빨간 별을 응시하면서 가즈오는 경마란 참으로 신기한 것이라고 생각했다.

아무리 큰돈을 걸었어도 저 먼 쪽의 코너를 달릴 때는 왠지 남의 일처럼 느껴진다. 하지만 코너를 돌고 돌아 결승점이 바짝 다가오면서부터 점점 내 일이라는 실감이 나기 시작한다. 저 먼 곳의 풍경으로만 바라보던 맹렬한 회오리바람이 불과 몇 분 사이에 모든 것을 휩쓸어버리는 것처럼, 단 2분 사이에 저 먼 곳에 있었던 것이 내 마음속에 뛰어들어 욕망이나 감정을 휘저으며 모든 것을 휩쓸어버린다.

서러브레드들이 제4코너를 돌았다. 결승점까지의 직선거리는 5백 미터. 단숨에 속도가 올라갔다. 서러브레드들이 괴롭게 헐떡이는 소리가 들려왔다. 그 소리를 덧칠하듯이 스탠드에서는 고함 소리가 울려 퍼졌다.

우와아아 우와아아악.

괴수의 포효였다. 문득 깨닫고 보니 가즈오 자신도 그 포효의 일부가 되어 소리치고 있었다.

우와아아 우와아아악.

소리치지 않고는 배겨낼 수 없었다. 뱃속 깊은 곳에서 끓어오르는 덩어리를 소리로 토해내지 않으면 금세 미쳐버릴 것 같았다.

선두를 달리던 7번 말이 주르륵 밀려나 두 번째 그룹으로 빨려들었다. 그리고 자리를 바꾸듯이 그룹 안에서 두 마리의 말이 뛰쳐나왔다. 노란색 승부복의 1번 말, 그리고 운명의 빨간 별, 13번이었다.

"왔다, 왔어!" 모모세가 외쳤다.

"달려, 달려!" 가즈오도 외쳤다.

1번과 13번.

두 마리의 말에 줄줄이 채찍이 들어갔다. 근육이 울룩불룩 튀어나오고 속도가 올라간다.

우와아아. 우와아아악.

괴수의 부르짖음이 경마장을 뒤흔들었다. 결승점을 향해 두 마리의 말이 앞다투어 내달렸다.

다음 순간, 13번 말이 펄쩍 뛰더니 빨간 별이 튕기듯이 사라졌다.

"저, 저런! 낙마야!" 모모세가 외쳤다.

그 목소리를 지워버릴 만큼 엄청난 절규가 경마장에 울려 퍼진 순간 1번 말이 결승점에 뛰어들었다.

모든 말들이 내달린 잔디 위에서 한참이나 웅크리고 있던 빨간 별의 기수가 비틀비틀 일어나 말을 뒤쫓아갔다. 갈 곳을 잃은 13번 말은 미아처럼 잔디 위를 헤매고 있었다.

경기가 끝난 뒤에도 가즈오는 스탠드에 우두커니 서 있었다.

불길에 녹아내린 액체가 차갑게 굳어버린 것처럼 몸을 움직일 수가 없었다.

"계산으로는 어떻게도 커버할 수 없는 일이 반드시 일어나더라고." 모모세가 가즈오에게 말을 건넸다. "이 세상과 똑같아. 천재지변을 예측할 수 없는 것처럼 동물에게도 계산 밖의 일이 일어나. 인간도 말도 동물인 이상, 실수는 하게 마련이고 그게 되풀이되기도 해."

1억 엔이 한순간에 사라졌는데 어지간히도 무책임한 소리를 한다고 가즈오는 생각했다. 그렇다고 화를 낼 마음은 없었다. 모모세의 말대로 자신은 돈의 운을 시험해봤고 극히 자연스러운 결론으로 운이 없다는 게 증명되었을 뿐이다.

"딱하기는 한데, 이런 게 경마야. 도박이라는 거라고. 다시 첫 출발점으로 되돌아온 것뿐이야. 아니, 그보다 그 이전의 문제이긴 하지."

"……그 이전의 문제라니요?"

"오늘의 마권 얘기야."

"마권?"

"애초부터 당신 마권은 단 1엔어치도 사지 않았어."

"예에?"

이건 또 무슨 말인가.

대체 이 사람, 무슨 말을 하는 건가.

가즈오의 머릿속에서 똑같은 문장이 빙글빙글 회전했다. 만화의 말풍선처럼 언어가 문자로 떠오르기는 하는데 그것을 소리 내어 말로 뱉어낼 수 없었다.

"당신은 오늘 하루 마권이라고는 한 번도 사지 않았다니까. 아, 참고로, 내 몫은 분명하게 샀었어. 하지만 당신 몫은 사지 말라고 내가 블랙 정장 형씨한테 미리 말했었거든. 그러니까 만마권 맞혀서 1억을 딴 아까 그 경기도, 1억을 단승으로 넣었다가 싸악 말아먹은 이번 경기도 마권을 안 샀다는 얘기야. 그 돈은 어디까지나 당신 머릿속에서만 움직였던 거라고."

아연했다. 이 사람은 대체 어쩌자는 것인가. 나한테 왜 이런 짓을 하는 건가. 도무지 이유를 알 수 없었다.

말문이 막혀버린 가즈오를 지그시 바라보며 모모세는 담담하게 뒤를 이었다.

"당신, 왜 이런 짓을 하는지 모르겠다고 생각하고 있지? 근데 당신이 '돈과 행복의 정답'을 찾고 있다고 했잖아. 그래서 내 나름대로 당신에게 그 답을 알려주려고 한 거야. 당신은 여기에 오기 전과 지금, 전혀 달라진 게 없어. 당신 머릿속에서 백만 엔이 1억 엔이 되었다가 그게 다시 제로가 됐을 뿐이야. 어디까지나 당신 머릿속에서만 일어난 사건이라고. 말하자면 '돈과 행복'이란 게 그런 것이란 얘기야. 실체 따위, 없어. 오늘 당신의 머릿속에서 움직인 돈과 진짜 돈이라는 게 별 차이가 없어."

경마장 뒤편에 자리한 마주용 주차장에서 스트레치 리무진이 슬금슬금 출발했다.

그 뒷좌석에서 가즈오는 모모세와 마주앉아 스모크가 걸린 창밖 풍경을 멍하니 바라보았다. 모모세가 가즈오를 집까지 배웅해주겠다고 했고, 가즈오는 별 생각도 없이 그 제안을 받아들여 지금 이 뒷좌석에 앉아 있는 것이다.

"……오래전에 번화가 뒷골목에서 트럭 운전기사가 1억 엔을 주운 일이 있었어."

모모세가 뜬금없는 이야기를 꺼냈다.

"예, 나도 들었어요, 그 뉴스."

가즈오가 힘없이 대답했다.

"뉴스에서 그렇게나 떠들었는데도 끝내 그 돈의 임자는 나타나지 않았어. 왜 그랬을까?"

"떳떳하지 않은 돈이었던 모양이죠. 비자금이나 탈세 같은."

"아니, 난 그렇게 생각하지 않아."

"무슨 말이에요?"

"그자는 돈을 내버리고 싶었던 거야. 미치도록 돈을 내버리고 싶은 사람도 이 세상에는 있는 법이거든."

"그런 사람은 본 적이 없는데요."

"있다니까."

"예?"

"바로 내가 그렇거든."

갑작스레 리무진의 클랙슨이 울렸다.

경마장에서 돌아가는 사내들이 차도까지 점령하고 있었다.

클랙슨 소리에 겨우 길을 터준 사내들 사이를 누비듯이 리무진이 속도를 줄여 달려갔다. 창밖을 보니 그들은 마치 좀비처럼 생기 없는 눈빛으로 리무진을 쳐다보고 있었다. 그리고 무심코 모모세의 얼굴을 돌아본 순간, 가즈오는 오싹했다. 모모세의 눈빛은 창밖의 사내들과 완전히 똑같아 보였다.

"쓰쿠모와 함께 키워낸 회사를 팔아치우고 우리는 각각 10억 엔이 넘는 돈을 손아귀에 쥐게 됐어. 근데 그 뒤로 어떤 일도 할 마음이 나지를 않더라고. 날마다 경마나 파친코를 전전하며 살았어. 아무튼 이 거품 같은 돈을 도박으로 다 날려버리고 싶더라고. 근데 안타깝게도 내가 도박에 뛰어난 재능이 있는 거야. 아니, 재능이라기보다 내 계산력과 도박의 궁합이 좋았던 모양이지. 돈을 다 날려버리려고 도박을 하는데 돈을 걸면 걸수록 자꾸 불어나기만 해. 미다스 왕의 황금 손이라는 게 있지? 손대는 것마다 황금으로 변해버린다는 그 왕의 이야기 말이야. 내가 바로 그 왕이었어……."

리무진은 밤의 휘황한 거리를 달렸다. 길 가던 사람들이 기묘한 모양새의 이 차에 시선을 멈추는 모습이 차 안에서 보였다.

"결국 돈은 자꾸 불어나고, 잘 알지도 못하는 친척이니 친구니 여자들이 몰려들더라고. 그렇게 되면 뭐, 비참하기가 이루 말로 다할 수가 없어. 나를 찾는 놈들이 죄다 돈을 노리는 놈들로만 보이는 거야. 진짜 우정도 있었을 텐데 그 친구에게 배반당할까봐 전전긍긍하고, 진짜 사랑도 있었을 텐데 죄다 돈을 노리는 여자로만 보여. 그 바람에 친구도 떨어지고 연애도 못하게 됐어. 마지막에는 부모님까지 건강을 해쳐서 돌아가셨어. 나도 세 번이나 쓰러져 대수술을 받았어. 반드시 돈과 인과관계가 있는 건 아니겠지만, 신께서 인간이 세상 모든 것을 손아귀에 넣는 것을 허락하지 않는 거라면, 분명 신은 아버지 어머니, 그리고 내 목숨을 빼앗는 것으로 계산을 맞추려고 하겠지?"

모모세는 깊은 한숨을 내쉬고 말을 이었다.

"인간은 욕망을 위해 일하는 동물이야. 돈으로 사들이게 될 기쁨을 붙잡기 위해 돈을 원하는 것이지. 하지만 돈이 가져다주는 기쁨 따위, 그리 오래가지 않아. 그 뒤에는 공포만 남을 뿐이야. 부자가 돈을 움켜쥐고 있는 건 두렵기 때문이지. 돈을 잃을지 모른다는 공포감을 돈으로 어떻게든 지워보려는 것뿐이야. 그러니 자꾸 돈을 벌어들여. 돈이 차고 넘치는데도 여전히 돈에 욕심을 내는 거야. 하지만 결국은 깨닫게 돼. 돈을 모으면 모을수록 공포감이 점점 더 강해진다는 것을. 그러니 길에 내버려진 그 1억 엔의 임자는 돈을 끌어안고 있는 공포감을 더 이상 견딜 수 없었을 거야. 진짜로 돈을 내버리고 싶었던 거라고."

"부는 바닷물과 같다. 마시면 마실수록 목이 마르다."
'행복'에 대해 줄곧 고민해온 철학자 쇼펜하우어는 말했다.
가즈오는 눈앞에 있는 모모세가 광대한 바다 위를 홀로 표류하는 모습을 상상했다. 눈앞에 무한한 물이 있는데도 그것을 마시면 마실수록 목이 마르고, 이윽고 그를 죽음에 이르게 한다.

리무진은 한 시간쯤 달린 끝에 가즈오가 근무하는 빵 공장에 도착했다.
무기질적인 은빛의 빵 공장 건물 앞에 검게 번쩍이는 리무진이 멈춰 섰다. 명백히 이상한 상황이라는 것을 깨닫고 빵 공장에서 종업원들이 나왔다. 멀리서 두런두런 얘기를 주고받으며 리무진을 쳐다보고, 그 차에서 내린 사람이 가즈오라는 것을 알고는 하나같이 깜짝 놀란 얼굴을 했다. 하지만 뒤를 이어 모모세가 내려서자 모두들 시선을 돌리고 빠른 걸음으로 공장 안으로 돌아갔다.

"오늘 정말 고마웠습니다."

가즈오가 고개 숙여 인사했다.

"쓰쿠모를 찾아내길 기도할게. 3억 엔이라는 돈도 그렇지만, 그 친구는 당신의 친우였잖아. 그렇다면 더더욱 그를 찾아야 해. 이렇게 말하는 나도 쓰쿠모 덕을 크게 봤어. 회사에 들어가기 전에 다들 내 풍채만 보고 야비한 괴물인 줄 알고 슬슬 피했거든. 하지만 쓰쿠모만은 나를 믿어줬어. 왜 나를 뽑았느냐고 물었더니 그 친구, '감(感)'이라고 말하더라. '사람을 믿을 때는 거기에 어떤 계산속도 없다. 신용은 불확실하고 불합리한 것이다. 속아 넘어가는 일도 많고 빗나가는 경우도 많다. 하지만 나는 당신을 믿고 싶다. 당신에게 믿음을 걸고 싶다. 이런 기분은 감이라고밖에는 달리 표현할 도리가 없다.' 그렇게 말하고 웬일로 씨익 웃어주더라고. 그러니 쓰쿠모라는 친구가 자신의 도박에서 이길 수 있도록 나도 진짜 열심히 뛰었지. 돈에 대해서라면 다른 어느 누구보다 앞서서 당연한 것을 발견했고 그걸 당연하게 실천할 수 있도록 연구해왔어. 하지만 쓰쿠모 그 친구도 나하고 똑같아. 그냥 가만히 있어도 돈이 자꾸 불어나면서 그 친구보다 주변 사람들이 먼저 이상해지는 거야. 그 친구, 아마 지금쯤 백억 엔 넘게 갖고 있을걸? 그렇다면 당신의 3억 엔에는 애초에 관심도 없었어. 이번 일은 분명 뭔가 이유가 있을 거라고 나는 쓰쿠모를 믿어주고 싶어."

"나도 그렇게 믿고 싶어요. 하지만 쓰쿠모에게서 아무 연락도 없고, 지금 어디 있는지도 모르잖아요."

가즈오는 점점 길이 막혀버리는 것 같은 마음이 들었다. 도와코도, 그리고 모모세도 쓰쿠모가 어디 있는지 알지 못한다. 물론 3억 엔의 행방도.

남은 길은 이제 딱 하나뿐이다.

마지막 남자, 센주.

"다음에는 센주를 찾아가겠지?" 모모세가 가즈오의 속마음을 읽어낸 것처럼 말했다. "나는 그 녀석이 태생적으로 싫었어. 하지만 그 녀석이라면 뭔가 알고 있을 거야. 쓰쿠모의 가장 친한 친구였으니까."

가장 친한 친구.

그 말에 뭔지 상처를 입은 듯한 느낌이 들었다. 하지만 그렇기 때문에 꼭 만나러 가야 한다고 생각했다. 남겨진 마지막 길, 센주라는 이름의 남자를.

"도박이라는 말은 어쩐지 이미지가 좋지 않지? 하지만 나는 그 말이 좋아." 떠나는 참에 모모세는 웃으면서 말했다. "뭔가에 도박을 걸어본다는 것은 그걸 믿는다는 얘기잖아. 그건 멋진 일이야. 그래서 나는 당신에게 도박을 걸어볼 생각이야. 당신이 쓰쿠모를 찾아내는 것에 걸 거야. 이건 어디까지나 내 계산이 아니라 감일 뿐이야. 하지만 지금은 그 감에 걸어보고 싶어."

그 도박에 이겼을 때, 모모세가 손에 쥐게 되는 것은 무엇일까. 가즈오는 잘 알 수 없었다.

　단 한 가지, 그 보수가 돈이 아니라는 것만은 분명했다.

　문득 깨닫고 보니 경마장을 나온 뒤에도 계속 귓속에서
웅웅거리던 그 괴수의 포효가 더 이상 들리지 않았다.

센주(千住)의 죄

파리 샤를드골 국제공항, 가즈오와 쓰쿠모는 무거운 배낭
을 짊어지고 가장 끝의 게이트를 향해 정신없이 뛰고 있
었다.

　"큰일이다! 빨리 달려, 쓰쿠모!" 가즈오가 외쳤다.

　"가, 가즈오, 나, 나는 이제 안 돼." 쓰쿠모가 미약한 목소
리로 대답했다.

　기류 문제로 비행기 도착이 늦어지는 바람에 환승할 비행
기 편의 출발 시각까지 10분밖에 남지 않은 상황이었다.

　가즈오는 달렸다. 쓰쿠모도 뒤따라 달렸다. 게이트에 뛰
어들어 티켓을 건네고 비행기에 올랐다. 급하게 소형기의
통로를 건너가 숨을 헐떡이며 자리에 도착했다. 안전벨트를
다 매기도 전에 기다렸다는 듯이 비행기가 움직이기 시작
했다. 쓰쿠모는 눈조차 깜빡이지 못한 채 입을 헤벌리고 멍
해져 있었다. 그 모습을 보고 있자니 왠지 우스워져서 가즈

오는 웃음을 터뜨렸다. 웃는 얼굴의 가즈오를 보고서야 겨우 마음이 놓였는지 쓰쿠모도 피식 웃어버렸다.

모로코의 현관이라는 카사블랑카의 무하마드 5세 국제공항까지는 세 시간. 거기서 다시 비행기를 갈아타고 가즈오와 쓰쿠모는 졸업 여행의 목적지인 마라케시로 들어갔다. 일본에서 출발한 지 스물세 시간만의 일이었다.

두 사람이 여행을 떠나게 된 계기는 영화였다.

졸업을 앞두고 만담 연구회 동아리 방을 정리하다가 우연히 발견한 비디오테이프. 운명에 이끌려 가듯이 가즈오와 쓰쿠모는 그 영화를 비좁은 동아리 방 안에서 보게 되었다.

"관광객은 도착했을 때 벌써 집에 돌아가는 것을 생각하지만, 여행자는 어쩌면 돌아가지 않을 수도 있다."

영화는 그런 대사로 시작된다.

부유한 부부가 뉴욕을 떠나 사막의 도시에 찾아왔다. 방파제에 도착하자마자 아내는 말한다. "당신은 단순한 관광객이지만 나는 여행자이기도 해"라고.

예전에는 서로 사랑했던 두 사람도 10여 년 세월을 거치면서 관계는 식을 대로 식어버렸다. 모로코 거리에서 사하라 사막으로, 두 사람은 관계를 소생시키기 위해 여행을 시작했다. 하지만 여행길에 남편은 병에 걸려 목숨을 잃고 만다. 그리고 남편의 죽음을 계기로 아내는 사막 어딘가로 자취를 감춘다.

마지막에 당국의 보호조치를 받은 아내는 헛소리처럼 말한다. "모든 것을 잃어버렸어"라고. 그녀에게는 이미 여행가방도 돈도 남편도, 인간으로서의 존재 의의도 남겨져 있지 않았다. 라스트. 모든 것을 잃은 아내는 다시 출발점이 었던 호텔로 돌아온다. 그곳에 있던 노인이 들려주는 이야기로 영화는 끝난다.

"인간은 죽음의 때를 알지 못해서 우리 인생을 마르지 않는 우물이라고 믿으며 살아가지. 하지만 모든 일은 한두 번 일어날까 말까 하는 것이야. 내 인생을 좌우한다고 생각할 만큼 소중한 추억을 앞으로 몇 번이나 회상할 수 있을까. 기껏해야 네다섯 번이겠지. 앞으로 보름달은 몇 번이나 볼 수 있을까. 기껏해야 스무 번쯤일까. 하지만 인간은 그 기회가 무한하다고 생각하지."

신기한 영화였다. 전편에 걸쳐 강렬한 권태감이 떠돌아 도무지 눈을 뗄 수 없었다. 영상으로 비춰진 모로코 거리와 사하라 사막은 숭고한 아름다움이 넘실거리면서도 한없이 절망적으로 보였다. 광대한 사막 안에서는 어떤 고도의 문명도 무의미해진다. 물론 돈 따위, 아무 도움도 안 된다. 하지만 인간은 그런 진실을 깨닫지 못한 채 문명 속에서 하루하루를 보내고, 보름달을 기껏 스무 번쯤밖에 볼 수 없다는 것을 알지 못한 채 살아간다.

영화를 다 본 쓰쿠모는 크게 흥분하고 있었다.

쓰쿠모는 원래 채플린이나 빌리 와일더 같은 고전 영화를 좋아했는데 그 영화를 보고는 완전히 포로가 되어버렸다. 그는 모로코에 매료된 것 같았다. 그리고 전에 없이 적극성을 보인 쓰쿠모의 제안에 따라 둘이 모로코를 여행하기로 결정했다. 졸업 여행이라는 명목이었다.

가즈오는 몇 차례 동남아시아(태국과 싱가포르라는 초심자다운 지역)를 혼자 여행한 경험이 있었지만 쓰쿠모는 완전히 처음 떠나는 해외여행이었다. 여행에 익숙한 친구들은 "위험이 두 배로 늘어날 뿐이야"라고 반대했지만 두 사람은 주저하지 않았다. 가즈오와 쓰쿠모, 둘이 합하면 백, 그야말로 완전체라고 믿었다.

마라케시의 메나라 공항에서 30디르함(약 300엔이다)을 내고 승합 버스에 올랐다. 창밖으로 보이는 한밤중의 마라케시 거리는 깜짝 놀랄 만큼 어두웠다. 검정색이 짙다, 라고 표현하면 좋을까. 겹겹이 검은 물감을 덧칠한 듯한 어둠이었다.

영원히 계속될 것만 같은 그 어둠 속을 버스는 달렸다. 몇 분에 한 번씩은 Y자로가 나타나고 그때마다 버스는 오른쪽 왼쪽으로 꺾어 달렸다. 하지만 어느 쪽으로 가든 여전히 길은 어둠에 휘감겨 있었다.

30분이 지나면서 이대로 어둠 속을 탈출하지 못하는 게 아닌가, 은근히 걱정스러워질 무렵, 아득히 먼 길 끝에 희미

한 빛이 보이기 시작했다. 거기서도 다시 10여 분을 달려 버스가 도착한 곳은 '제마 엘 프나'라는 거대한 광장이었다. 모든 것이 짙은 어둠에 휘감긴 세계에서 오로지 그곳만 수많은 전구 불빛으로 환하게 빛났다. 아라비아어로 '죽은 자들의 집회'라는 뜻을 가진 그 광장에는 헤아릴 수 없을 만큼 많은 사람들이 오락가락하고 있어서 마치 벌레잡이 등불에 모여든 벌레들 같은 모습이었다.

가즈오는 흥분해서 옆에 있는 쓰쿠모를 보았다. 그는 검은 고양이 같은 눈으로 광장을 빤히 바라보고 있었다. 겁에 질린 것이리라. 그럴 만도 하다. 첫 해외여행인 것이다.

"괜찮아. 어서 가자." 가즈오가 말을 건네자 그는 앞을 응시한 채 조용히 고개를 끄덕였다.

두 사람은 빛 속으로 뛰어들었다.

광장에 빽빽이 들어찬 노점에서는 말린 과일과 오렌지주스에서부터 삶은 달팽이, 양의 뇌수를 구운 것까지 팔았다. 노점마다 장사가 잘되어서 와글와글 몰려든 손님들이 어깨를 나란히 하고 음식을 먹었다.

광장 한가운데서는 곡예사, 무희, 가수, 유랑 극단, 화가, 만담가와 뱀 장수가 밀치락달치락하며 저마다의 재주를 펼쳐 보였다. 어떤 쇼에도 나름대로 관객이 붙었고 나름대로 박수와 환성이 터져 나왔다.

"당신들, 일본 사람?"

돌연 서툰 몇 마디 일본어로 누군가 말을 걸었다. 돌아보니 모로코인 아이가 귀여운 웃음을 지으며 가즈오와 쓰쿠모를 빤히 올려다보고 있었다. 여섯 살쯤일까. 차림새는 지저분하지만 거무스레하고 단단한 몸집에 아름다운 얼굴의 사내아이였다.

"호텔 정했어? 나 안내해. 엄청 좋은 호텔. 이리 와." 그렇게 말하더니 아이는 과장스러운 몸짓으로 손을 까불었다. "괜찮아. 일본 사람 좋아. 친구야. 돈 필요 없어."

자, 어떻게 할까.

모로코에 도착하자마자 어려운 문제가 떨어져 가즈오는 곤혹스러웠다.

"괘, 괜찮을 거 같은데?" 옆에서 상황을 지켜보던 쓰쿠모가 말했다. "도, 돈도 필요 없다고 하잖아."

"그래, 어차피 잠잘 곳도 정해야 하니까 따라가보자."

"응, 아, 아직 어린애고 나, 나쁜 녀석은 아닌 거 같아."

아이는 앞장서서 높은 벽을 친 집들이 줄줄이 들어찬 미로 같은 길을 걸어갔다. 길은 사방팔방으로 연결되고 그 모든 것이 곡선을 그리고 있어서 지독히 복잡했다. 환하게 빛나던 제마 엘 프나 광장에서 멀어질수록 길은 좁아지고 어둠이 깊어졌다. 길가에는 눈빛을 번뜩이는 들개와 부랑자들이 어슬렁거리다가 이를 드러내고 으르렁거리며 가즈오 일행을 빤히 노려보았다. 모로코 아이는 잰걸음으로 두 사람을 뒤에 달고 골목 안으로 안으로 들어갔다. 아이가 혹시라도 이런 곳에 우리를 버리고 간다면 다시는 제자리로 돌아가지 못할 거라는 불안감이 엄습했다. 가즈오와 쓰쿠모는 종종거리며 모로코 아이의 등을 쫓아갔다. 아이는 이따금 뒤를 돌아보며 "괜찮아, 괜찮아"라는 말을 거듭했다. 대체 어디로 데려가려는 것인가. 가즈오는 몇 분 전에 내린 안이한 판단을 후회했지만, 어떻든 아이를 따라가는 수밖에 없었다.

20여 분을 이리저리 끌려다니며 불안과 혼란으로 감각이 마비되어갈 즈음, 모로코 아이가 낡은 목제 문 앞에서 발을 멈췄다. "여기, 호텔"이라고 말하더니 큼직한 철제 고리를 잡고 문을 두드렸다. 그러자 안에서 여관 남자가 오래 기다렸다는 표정으로 나타나더니 어서 들어오라는 듯 고갯짓을 했다. 가즈오와 쓰쿠모가 서로 얼굴을 마주 보며 안으로 들어서자 모로코 아이가 눈썹을 여덟 팔 자로 늘어뜨리고 눈물까지 글썽이며 두 손을 내밀었다. 조금 전까지와는 딴판으로 서글픈 목소리를 내며 자꾸만 "박시시, 박시시"라고 말했다. 뭔가를 달라는 뜻이겠지만 너무도 뺀들뺀들한 표정이었다. 수없이 학습해오는 동안에 형성된, 그야말로 찍어낸 듯한 가련함의 표정이었다.

"Give him some money."

유창한 영어로 여관 남자가 말했다.

그의 응원을 받은 모로코 아이가 "박시시 온리 텐 디르함"이라고 졸라댔다.

역시 그렇구나, 라고 가즈오는 생각했다. 이런 식의 수법은 동남아시아에서도 몇 번 경험했었다. 소년 자원봉사자 따위, 세상 어디에도 없다. 자원봉사는 부자들이나 하는 것이고, 이건 분명한 그들의 비즈니스인 것이다. 이 나라의 소년들에게 길 안내는 편의점이나 패밀리 레스토랑 아르바이트와 똑같이 명백한 직업이다. 괜히 저항해봤자 소용없다. 가즈오는 말없이 지갑(목에 거는 여행용 타입)에서 10디르함의 동전을 꺼냈다.

그러자 쓰쿠모가 가즈오의 손을 붙잡았다.

"그, 그 돈 줄 필요 없어. 저 아이는 도, 돈은 필요 없다고 했었잖아."

"그래도 여기까지 안내도 해줬는데 어쩔 수 없어."

"그, 그건 아니지, 가즈오." 쓰쿠모는 여전히 고개를 숙인 채였지만, 강한 어조로 말을 이었다. "나는 도, 돈이 아까운 게 아니야. 기, 기껏해야 백 엔 정도야. 하, 하지만 저 아이는 돈은 필요 없다고 부, 분명히 말했었어."

쓰쿠모는 그렇게 말하더니 아이의 손을 뿌리치고 여관 안으로 들어갔다. 혼자 남겨질 것 같아 가즈오가 급히 그 뒤를 따라가려고 했을 때, 모로코 아이가 돌연 험한 표정으로 가즈오의 옷자락을 잡았다. 도저히 아이라고는 생각되지 않을 만큼 억센 힘이었다. 그리고 가즈오를 노려보며 "퍽 큐!"라고 소리쳤다. 조금 전 골목길에서 봤던 들개처럼 아이의 얼굴이 추하게 일그러져 있었다. 너무도 변해버린 그 모습에 가즈오는 더럭 겁이 났다. 아이를 뿌리치고 도망치듯이 여

164 억남 Million Dollar Man

관으로 들어가 문을 닫아버렸다. 여관 남자는 한심하다는 듯이 어깨를 으쓱하며 가즈오와 쓰쿠모를 보았다.

그날 밤, 가즈오는 잠들 수 없었다. 시차 적응 때문이었는지도 모른다. 하지만 그보다는 모로코 아이의 표정이 눈 속에 찍혀 떨어지지 않았다. "퍽 큐!"라는 거친 목소리가 자꾸만 되살아났다. 단돈 백 엔만 주었다면 이런 기분을 맛볼 일은 없었을 것이다. 쓰쿠모는 왜 돈을 줄 필요가 없다고 딱 잘라 거절했을까. 왜 그랬느냐고 물어보려고 했지만 그는 옆의 침대에서 조용한 숨소리를 내며 자고 있었다. 비행기 안에서 잠시도 눈을 붙이지 못했었기 때문이다.

요란한 잉꼬 새의 울음소리에 가즈오와 쓰쿠모는 눈을 떴다. 그러고는 방 밖으로 나서자마자 숨을 헉 삼켰다. 간밤에는 어두워서 알지 못했지만, 이곳은 리야드라는 아라비아식 중정이 있는 여관이었다. 한가운데 천장이 시원하게 뚫린 중정을 빙 둘러싸듯이 방들이 자리 잡고 있었다. 식물의 넝쿨과 꽃으로 아름답게 장식된 통천장 위로 새파란 하늘이 보였다. 그 새파란 빛을 보고 가즈오는 모로코에 왔다는 것을 새삼 실감했다.

저 멀리 제마 엘 프나 광장이 보이는 리야드의 옥상에서 가즈오와 쓰쿠모는 달콤한 민트 티를 마셨다. 아침 해를 받은 마라케시 거리는 간밤의 음울한 분위기와는 대조적으로 사방이 툭 트인 듯 시원한 광채가 있어서 가즈오의 마음속에 가라앉았던 긍정적인 기분을 다시 불러냈다. 두 사람은 지도를 들여다보며 상의한 끝에 우선 전통 시장 수크에 가 보기로 했다.

수크는 시내보다 더 좁은 골목길의 미로였다.

은세공품, 목공예, 가죽 세공품과 실크. 각 상품별로 처마를 맞대고 가게들이 길게 이어졌다. 좀 더 안으로 들어가자 모자이크 타일과 페르시아 카펫, 가죽 신발 '바부슈'와 향신료까지 모로코다운 느낌이 물씬 풍기는 가게가 이어졌다. 어떤 가게든 매장 앞에서부터 안쪽 벽이며 천장에까지 빼곡하게 상품이 진열되었다. 이렇게 상품이 넘쳐나는데 파는 사람과 사는 사람이 동등한 거래를 할 수 있을까 하고 의아할 정도였다. 아무튼 깜짝 놀랄 만큼 압도적인 물량이었다.

달아오르는 열기에 동물과 식물의 냄새가 뒤섞인 수크 안을 두 사람은 열에 들뜬 것처럼 돌아다녔다. 지도는 더 이상 아무 의미도 없었다. 어린아이가 거대한 미로에서 뛰어놀듯이 발 닿는 대로 헤매고 때로는 같은 자리를 맴돌며 계속 걷고 또 걸었다.

수크의 가장 안쪽에는 도자기 가게들이 모여 있었다. 거기서 한참 더 들어간 안쪽에 자리 잡은 작은 가게가 눈에 띄었다. 3평이 채 안 되는 넓이였다. 다른 가게들보다 더 비좁고 지저분했다. 그런데도 그 가게의 분위기에는 뭔가 사람을 끌어들이는 것이 있었다. 어두운 가게 안에는 노령의 자

그마한 남자. 얼굴은 온통 수염으로 뒤덮였고 옷은 넝마처럼 초라한 차림새였다. 그 도자기 가게 주인은 작은 나무의자에 앉아 두 줄의 현이 달린 간소한 기타 같은 악기를 연주했다. 단 두 줄의 현에서 흘러나오는 그 멜로디는 심플하면서도 전혀 다른 세계로 안내하는 듯한 환상적인 매력이 있었다.

그 소리에 빨려들듯이 가즈오와 쓰쿠모는 가게 안으로 들어갔다. 가게의 노인은 두 사람을 보고 조용히 자리에서 일어나 전구를 켰다. 유백색의 빛이 퍼지면서 상품들을 비췄다.

가즈오는 저도 모르게 숨을 헉 삼켰다. 외관과는 전혀 딴판으로 내부는 먼지 하나 없이 청결했다. 선명한 감색이며 붉은색, 보라색과 연초록으로 채색된 아름다운 접시와 다기가 질서 정연하게 진열되었다. 너무도 조용해서 일부러 옆을 돌아봤더니 쓰쿠모도 할 말을 잃은 얼굴이었다.

그때까지 도자기 같은 것에는 관심을 가져본 적도 없었다. 하지만 이 접시와 다기들은 꼭 사고 싶다고 진심으로 생각했다. 확인해본 건 아니지만 쓰쿠모도 똑같은 생각을 하는 것 같았다. 가즈오는 몇 개의 도자기를 비교해본 뒤 하얀 바탕에 감색 무늬가 그려진 천 엔 남짓한 접시 한 장을 사기로 했다.

한편 쓰쿠모는 가게 주인과 끈덕지게 흥정을 하고 있었다(그가 고른 접시는 모두 만 엔이 넘는 것이었다). 쓰쿠모가 접시 하나를 골라 흥정에 들어가면 가게 주인은 그렇게 싸게 줄 수는 없다면서 안에서 다른 접시를 꺼내 와 이걸로 하는 게 어떻겠느냐고 했다. 새로 꺼내 온 접시 역시 괜찮은 물건이어서 결국 쓰쿠모가 사들이는 접시는 점점 많아졌다. 한 가지 살 것을 정해 흥정에 들어갈 때마다 다시 새것이 나오고, 그것도 함께 사는 것을 전제로 또 다른 흥정이 시작된다. 그건 마치 관객의 시선을 사로잡는 테니스 랠리 같았다. 서로 간에 정당한 가치를 충분히 이해하고 있는 자들끼리의 멋진 랠리.

쓰쿠모는 집중해서 도자기 가게 주인과 팽팽한 흥정을 이어갔다. 눈 깜짝할 사이에 시간이 흘러가고 가게 밖이 어두워지기 시작했다. 가즈오가 그 어둠을 느낀 순간, 갑작스럽게 뼛속에서 한기가 몰려왔다. 곧 고열이 나리라는 것을 예고하는 오한이었다. 간밤에 먹었던 노점의 음식 때문인가. 아니면 익숙하지 않은 지역을 헤매느라 기운이 빠져버렸는가. 아니, 그런 건 아니다. 이건 단순히 시차 적응이 안 된 것뿐이다. 여관에 돌아가 잠시 쉬면 금세 좋아질 것이다. 그렇게 머릿속으로 자신을 추슬렀지만 한번 덮쳐든 오한은 멈추지 않았다. 상반신의 오한이 하반신으로 번지면서 급기야 온몸이 떨리기 시작했다. 더 이상 서 있을 수 없어서 가즈오는 그 자리에 웅크리고 앉았다.

"가, 가즈오, 왜 그래? 괜찮아?"

이변을 알아챈 쓰쿠모가 당황해서 물었다.

괜찮다고 대답하려고 했지만 몸의 떨림이 멈추지 않아 말이 나오지 않았다. 으으 하는 한심한 소리를 내뱉었을 뿐이다.

"의, 의사를 데려올게!"

쓰쿠모가 가게를 뛰쳐나갔다. 몽롱해지는 시야에서 그의 뒷모습이 점점 작아져갔다. 그 순간, 급격한 불안이 가즈오를 덮쳤다. "쓰쿠모, 가지 마"라고 소리치고 싶었지만 바짝 마른 목은 마치 뚜껑이 덮인 것처럼 턱 막혀서 외침은 미처 말이 되지 못한 채 허공으로 흩어졌다. 쓰쿠모의 모습이 사라진 것과 동시에 길거리의 대형 스피커에서 엄청난 음량으로 굵직한 남자의 목소리가 주문처럼 들려왔다. 무섭다, 무섭다, 무섭다. 가즈오는 견디기 힘든 공포감으로부터 의식을 차단하듯이 까무룩 정신을 잃었다.

몇 시간이나 잔 것일까.

눈을 뜨자 부드러운 린넨 천에 감싸인 침대 위였다. 천장이 달린 침대여서 레이스 천이 전체를 뒤덮었다. 그림으로 그린 듯한 페르시아식 침대다. 열은 완전히 떨어졌는지 오한도 두통도 없었다. 하지만 일어나보려고 했더니 몸이 천근만근이었다. 그 무거움만이 고열에 시달렸던 것을 증명하고 있었다.

이곳은 어디일까.

가즈오는 침대에서 가까스로 몸을 일으켰다. 무거운 다리를 끌며 창가로 다가갔다. 그리고 얼빠진 듯한 탄성과 함께 저절로 눈이 휘둥그레졌다.

창밖이 광대한 사막이었다.

겨자색 사막이 한없이 펼쳐져 있었다.

가즈오는 방을 뛰쳐나왔다. 긴 복도에는 심홍색 페르시아 카펫이 구석까지 빈틈없이 깔렸고 복도 좌우에는 각각의 방으로 이어지는 문이 여덟 개쯤 달려 있었다. 긴 복도를 걸어 현관을 통해 밖으로 나왔다.

가즈오가 잠을 잔 곳은 광활한 사막이 내려다보이는 호화 저택이었다.

집 앞에는 낙타와 말이 수십 마리나 묶여 있었다. 키 큰 야자나무가 큼직한 연못을 에워싼 오아시스가 펼쳐졌다.

꿈같은 광경을 마주하고 멍해져버린 가즈오 앞에 도자기 가게 주인이 다가왔다. 짙은 감색 실크로 몸을 감싸고 하얀 터번을 두르고 있었다. 팔과 목에는 금과 보석의 장식품이 겹겹이 감겨져서 그가 부유한 사람이라는 것을 한눈에 알 수 있었다. 수크에서 봤을 때와는 완전히 딴 사람 같았다.

도자기 가게 주인을 호위하는 키 큰 남자(아마도 시종인 것 같았다)는 은잔이 담긴 쟁반을 들고 있었다. 도자기 가게 주인이 권하는 대로 가즈오는 막 짜낸 오렌지주스를 단숨에 비웠다. 신선한 오렌지의 새콤달콤한 향기가 입안에서 콧구멍으로 빠져나갔다. 수분과 당분이 채워지면서 몸이 단숨에 가뿐해졌다.

"……고맙습니다. 여기는 어디예요?"

가즈오가 띄엄띄엄 영어로 물어보자 도자기 가게 주인은 웃는 얼굴로 집을 향해 손짓을 하더니 그 손을 자신의 가슴에 댔다. 이곳은 내 집이다, 라는 뜻이었다. 그는 서툰 영어에 손짓 발짓을 섞어가며 가즈오가 이곳에 오게 된 경위를 알려주었다.

의사를 데려오겠다면서 가게를 뛰쳐나간 쓰쿠모는 좀체 돌아오지 않았다. 그사이에도 쓰러진 가즈오는 점점 상태가 악화되었다. 가게 주인은 이대로 두면 위험하다고 판단하고 도자기를 포장했던 담요에 가즈오를 둘둘 말아 자동차 짐칸에 실었다. 그리고 이 사막의 저택으로 데려와 침대에 눕히고 자기 집에 상주하는 의사에게 몇 가지 약을 처방받았다는 것이다.

그는 다음 날도 수크의 가게를 열 것이라고 말했다. 그 참에 아침 일찍 가즈오를 마라케시까지 데려다주겠다는 것이다. 마라케시의 여관으로 돌아가면 분명 쓰쿠모를 다시 만날 수 있을 것이다. "만일 너희가 진실한 친구라면"이라고 그는 말했다. 그로부터 해가 저물 때까지 가즈오는 도자기 가게 주인을 따라 낙타를 타고 사막을 활보하고 오아시스 연못에서 보트를 타며 시간을 보냈다.

밤이 되자 달이 뜬 사막 풍경이 한눈에 내려다보이는 테라스에서 저녁을 먹으며 가즈오는 도자기 가게 주인의 인생에 얽힌 신기한 이야기를 듣게 되었다.

그는 몹시 가난한 집에서 태어났다. 하지만 한 가지 재능이 있었다. 아름답고 단정한 도자기를 만드는 재능이다. 이윽고 접시와 다기를 만들어 수크 안의 가게에 대주게 되었다. 그의 도자기는 평판이 좋아 잘 팔려 나갔다.

몇 년 뒤, 그동안 번 돈으로 수크의 가장 안쪽에 작은 가게를 열었다. 어둠침침한 매장에서 추레한 옷에 지저분한 얼굴로 도자기를 팔았다. 그의 도자기는 다른 어떤 가게보다 아름답고 튼튼했다. 가즈오 일행처럼 아무런 사전 정보 없이 가게를 찾아와도 그의 도자기는 사람의 마음을 사로잡는 힘을 갖고 있었다. 일단 가게에 들어선 사람이라면 반드시 그의 도자기를 구입했다. 10여 년 동안 그가 반죽한 흙으로 빚어낸 도자기는 엄청난 현금으로 바뀌었다. 아름다운 아내를 얻고 일곱 명의 아이를 낳는 동안 그는 눈앞에 광대한 사막과 오아시스가 펼쳐지는 토지를 매입해 그곳에 큰 저택을 지었다.

엄청난 부자가 된 뒤에도 그는 일하는 방식을 바꾸지 않았다. 해 뜨기 전, 아직 어둑어둑한 새벽녘에 일어나 도자기를 빚고, 해가 뜨자마자 지저분한 '의상'으로 갈아입고 시내로 나갔다. 수크의 가장 깊숙한 안쪽의 가게까지 도자기를 싣고 가 매장에 차곡차곡 진열해놓고 악기를 연주하며 손님을 기다렸다. 그리고 손님이 찾아오면 가격 흥정에 적절히 응해주면서 하나라도 더 많은 접시를 구입하도록 유도했다.

"왜 가게를 넓히지 않았지요?" 가즈오가 물었다.

"필요 없기 때문이야." 도자기 가게 주인은 대답했다. "그런 건 필요 없고, 지금 이게 가장 잘 팔 수 있는 방법이야."

그는 가게를 넓히거나 호화로운 생활을 자랑하지 않았다. 사막에 꼭꼭 숨듯이 집을 짓고, 평소와 다름없이 추레한 차림에 평소 그대로의 작은 가게에서 일했다. 그것이 장사를 지속하는 데 가장 좋은 선택이라고 믿고 있었다. 허영심이나 욕망을 통제하기만 하면 그것이 '부유하고 행복한 생활'을 지속하기 위한 가장 좋은 선택이 된다.

"세상은 부자를 존경하고 위인으로서 인식한다."

경제학의 아버지 애덤 스미스의 말이다.

도자기 가게 주인은 그 말이 진리지만 거기에는 '후편'이 존재한다고 말했다.

"세상은 부자를 존경하고 위인으로서 인식한다. 하지만 위인이 된 사람의 행복은 오래가지 못한다."

그래서 그는 '부자'가 되더라도 '위인'은 되지 않기로 했다. 그렇게 해서 오래오래 행복을 누리는 길을 선택한 것이다.

그날 밤, 가즈오는 좀체 잠이 오지 않았다.

쓰쿠모는 어디서 무엇을 하고 있을까. 얼마나 불안해할까. 분명 두려움에 떨고 있을 것이다. 혼자 그 시장통에서 허둥거리고 있는지도 모른다. 하지만 가즈오는 어떻게도 할 수 없었다. 연락을 취할 방도가 없었다.

잠들지 못한 채 세 시간이 지나고 달이 하늘 꼭대기에 올랐을 무렵, 돌연 문을 두드리는 소리가 들려왔다. 그리고 몇 초 뒤, 복도를 우당탕탕 달려오는 발소리가 났다. 가즈오의 방 앞에서 발소리가 멈추더니 문이 벌컥 열렸다. 쓰쿠모였다. 어지간히도 찾아 헤맨 것이리라. 얼굴은 햇볕에 까맣게 그을렸고 옷은 모래와 먼지로 곤죽이 되어 있었다.

방에 들어서자마자 쓰쿠모는 이곳까지 더듬어온 여정을 털어놓았다. 종잡을 수 없이 뒤죽박죽 뒤섞인 얘기였지만, 그것이 그에게는 그야말로 목숨을 건 대모험이었다는 것만은 알 수 있었다.

그런 쓰쿠모의 얼굴을 보고 있으려니 가즈오는 눈물이 글썽해졌다.

하지만 먼저 울음을 터뜨린 것은 쓰쿠모 쪽이었다.

"미, 미안해, 가즈오. 얼마나 부, 불안하고 무서웠을까. 그, 그때 너만 남겨두고 의사를 찾으러 갈 일이 아니었어. 온종일 후회했어. 애초에 내가 모, 모로코 여행을 제안하지만 않았어도 이런 일은 없었을 텐데. 미, 미안하다, 가즈오. 미안해……."

헉헉거리는 신음이 섞여 제대로 말을 이루지 못한 목소리로 중얼거리며 쓰쿠모는 울었다. 마지막에는 웅크리고 앉아 큰 소리로 울기 시작했다. 가즈오는 조용히 그에게 다가가 꼭 부둥켜안았다.

그때 쓰쿠모는 왜 그렇게 울었을까.

오랫동안 가즈오는 그것을 이해할 수 없었다.

하지만 이제는 그 이유를 알 것도 같았다.

"관광객은 도착했을 때 벌써 집에 돌아가는 것을 생각하지만, 여행자는 어쩌면 영원히 돌아가지 않을 수도 있다."

영화 대사가 되살아났다.

모로코 여행에서 가즈오는 관광객이었지만 쓰쿠모는 여행자였다. 가즈오에게는 무한할 것으로 보였던 달도 쓰쿠모의 눈에는 마지막으로 보는 달이었다.

쓰쿠모는 돌아가지 않기로 결심했다.

그 여행에서 가즈오에게 이별을 고하기로 결심했던 것이다.

$

"돈은 세계에 군림하는 신이다."

영국의 신학자 토마스 풀러는 말했다.

돈 앞에서는 누구라도 무릎을 꿇고 머리를 숙인다. 만일 세계 공통의 신이 존재한다고 한다면 그것은 돈인지도 모른다.

가즈오는 그런 말을 머릿속에 떠올리며 단상에 서 있는 센주라는 남자를 바라보았다.

예전에 쓰쿠모와 가장 친한 사이였다는 남자, 사라진 3억 엔과 이어줄 마지막 남자였다.

"당신은 지금 행복합니까? 건강합니까? 성공을 실감합니까? 그리고 그것을 실현하기 위한 충분한 돈을 갖고 있습니까?"

검은 광택이 도는 정장. 그 안에 노란 터틀넥 스웨터. 양쪽 손목에는 금빛 염주. 요란한 헤드셋 마이크를 장착하고, 이따금 의미심장한 잠깐의 침묵을 끼워가며 센주는 말했다.

"나는, 지금부터 여러분에게, 돈과 행복의 정답을, 알려드리겠습니다."

파이프 의자가 질서 정연하게 놓인 홀의 맨 뒷줄에서 가즈오는 그런 센주의 모습을 보고 있었다.

도심의 오피스 거리, 그 한구석에 조용히 서 있는 빌딩의 8층. 하얀 벽이 둘러싼 무기질적인 공간이었다. 정사각형의 창은 한낮인데도 블라인드가 내려져서, 쏟아지는 형광등 불빛에 그 무기질적인 분위기가 한층 더 두드러졌다.

가즈오 앞에는 백여 명의 남녀가 줄지어 앉아 센주의 말에 진지하게 귀를 기울이고 있었다. 남녀 비율은 반반, 삼십대에서 오십대가 많았다. 센주의 등 뒤 벽에는 '밀리오네어 뉴 월드'라는 거대한 간판이 걸려 있고, 좌우에는 벤저민 프랭클린(1백 달러짜리 지폐에 인쇄된 그 사람이다)과 후쿠자와 유키치(1만 엔짜리 지폐에 인쇄된 그 사람이다)의 초상화가 액자로 장식되어 있었다. 무기질적인 분위기의 홀에서 그 두 개의 초상화는 명백히 조화를 잃은 모습이어서 회장에 울려 퍼지는 웅장한 곡(아마 아일랜드 출신의 고명한 여성 보컬리스트의 곡일 것이다)과 함께 가즈오를 어쩐지 불편하게 만들었다.

　모모세와 헤어진 뒤에 가즈오는 센주에게 연락을 취해보려고 했다.

　꼬박 이틀을 전화해봤지만 센주는 받지 않았다. 어떻게 해야 할지 난감해져서 인터넷으로 센주를 검색해보았다. 그의 소재지는 금세 밝혀졌다. 그는 현재, 도쿄에서 '밀리오네어 뉴 월드'라는 억만장자 세미나를 개최하고 정기적으로 집회도 열고 있었다.

　공식 사이트에는 센주의 사진이 큼지막하게 실렸다. 검은 정장에 노란 터틀넥. 장발 머리는 번들거리는 왁스를 발라 올백으로 넘기고 통신판매 호스트 같은 요란한 웃음을 지으며 이쪽으로 손을 내밀고 있었다. 사진을 클릭하자 '밀리오네어 멘토'라고 적힌 센주의 프로필 페이지가 떴다.

　대학을 중퇴하고 남미 대륙을 방랑하던 센주는 아르헨티나에 이르렀을 때, 세계 최남단 도시 우수아이아에서 '신'을 만났다고 한다. 거기에서 '돈과 행복의 정답'에 대한 신탁(神託)을 받고 귀국한 뒤, 곧바로 사업을 시작했다. 그의 사업은 '모든 것이 꿈처럼 잘 풀려서' 눈 깜짝할 사이에 억만장자가 되었다. 그 회사를 매각해 막대한 자산을 확보한 뒤에 비즈니스 일선에서 물러나 이제는 신께서 주신 '돈과 행복의 정답'에 대한 신탁을 좀 더 많은 사람들에게 전파하고자 '밀리오네어 뉴 월드'를 개최하고 있다는 내용이었다.

그야말로 속이 느글거릴 만큼 온통 미담으로만 채워진 프로필이었다. 필요 이상으로 선명한 조화(造花)를 보는 듯한 그로테스크함이 느껴졌다. '부자의 쾌락은 가난한 자의 눈물로 얻어지는 것이다.' 예전에 어느 밀리오네어가 쓴 책에서 보았던 말이 문득 머릿속에 떠올랐다. 아무리 봐도 미심쩍기 짝이 없는 센주의 단체에 수많은 회원이 참가해서 주최 측은 높은 수익을 거둬들이고 있었다. 선뜻 믿기 어려운 상황이었다. 하지만 생화보다 조화가 더 아름답다고 생각하는 사람들도 이 세상에는 분명 있는 모양이다. 시들지 않는 것, 말라버리지 않는 것, 그래서 아무것도 잃을 것이 없는 세계. 설령 그것이 거짓으로 꾸며진 세계라 해도 그것에 동경심을 품고 갈망하는 사람들이 있는 것이다. 그렇기 때문에 어떤 시대에나 센주 같은 인간이 끊임없이 출현한다.

가즈오는 공식 사이트를 통해 센주와의 접촉을 시도했다.
쓰쿠모 일로 알아볼 것이 있어서 꼭 만나고 싶다. 그런 취지의 메일을 보냈지만 돌아온 것은 사무국 사람의 메일이었다. 게다가 센주의 세션에 대한 안내문이었다. 참가비 2만 엔. 원래는 5일간에 80만 엔의 코스인데 제1회 세션만은 특별 할인 가격으로 제공한다, 라고 마치 큰 혜택이라도 베풀듯이 몇 번이나 강조하고 있었다. 대부분 복사&붙임으로 만들어냈을 터인 그 메일에는 몇 번이나 '돈과 행복의 정답'이라는 문구가 등장했다. 그날, 그 모로코의 사막에서 쓰쿠모가 가즈오에게 들려주었던 말이다. 거듭되는 그 문구를 볼 때마다 센주가 쓰쿠모와 매우 가까운 관계라는 확신이 깊어졌다. 그리고 드디어 오늘, 이 '세션'에 참가하기로 마음먹은 것이다.

"평생 열심히 공부해서, 좋은 대학 졸업하고, 좋은 곳에 취직하면, 부자가 된다……. 여러분, 그 말이 사실입니까?"

고요히 가라앉은 회장. 백 명이 넘는 참가자들에게 센주는 말을 건넸다.

"답은 NO예요. 그런 시대는 진즉에 끝났습니다. 바로 지금 이 순간에 부를 누리며 살아가는 사람들은 그런 기존의 루트를 더듬어온 자들이 아니에요. 자아, 그러면 어떻게 해야 부자가 될 수 있는가……. 그 방법을 학교나 부모님이 여러분에게 가르쳐주었습니까?"

참가자들은 미동도 없이 입을 꾹 다문 채 센주를 응시했다.

그 시선을 태연히 받아들이며 센주는 말을 이어나갔다. 말과 말 사이를 단단한 실로 쭉쭉 당기는 듯한 말투였다.

"……물론 대답은 NO입니다. 학교에서는 돈의 본질에 대해 아무것도 가르쳐주지 않아요. 부모님도 가르쳐주지 않습니다. 그 이유는 아주 단순해요. 아무도 돈에 대해 알지 못하기 때문이지요. 만일 오늘날의 교육이 정말로 올바르게 돈에 대해 가르쳐왔다면 은행원은 모두 다 부자가 되었을 거예요. 국가가 재정난으로 힘들어할 일도 없었을 거예요. 그런데 말입니다, 여러분, 회계사가 되어도, MBA를 취득해도, 결과는 다 똑같아요. 지금까지의 룰에 따라 아무리 돈에 대해 열심히 공부해봤자 이 세계에서는 부자가 될 수 없는 겁니다. 자아, 그렇다면 대체 어디서, 누구에게서, 돈에 대한 가르침을 얻어야 할까요?"

가즈오는 센주를 찬찬히 바라보았다. 웃음이 담긴 얼굴. 희고 깨끗한 치아. 자신감 넘치는 표정. 하지만 그 눈 속 깊은 곳에는 컴컴한 어둠 같은 것이 엿보였다. 콘크리트 맨바닥의 사무실 방에 앉아 있던 쓰쿠모와 똑같이 눈 속 깊은 곳에 어둠이 있었다.

"여러분, 그 대답은 명확합니다. 돈에 대한 것은 돈을 가진 사람에게서 배우는 수밖에 없어요. 성공이라는 결과를 얻어낸 것은 바로 그들이기 때문입니다. 그런데 말입니다, 그들이 써낸 책을 아무리 열심히 읽어봤자 소용없어요. 그건 이미 '죽은 가르침'이거든요. 그들이 책으로 펴내고 이미 수많은 사람들이 공유해버린 다음에는 그건 더 이상 여러분을 올바른 길로 인도해주는 가르침이 될 수 없어요. 세계의 룰이 이미 달라져버렸기 때문입니다."

맨 뒷줄에 앉아 지켜보니 그야말로 짧은 시간에 청중이 급격히 빨려들고 있다는 것을 잘 알 수 있었다. 어쩌면 수상쩍은 곳인지도 모른다, 속임수에 넘어간 것인지도 모른다,

라고 저마다 불안감과 의심을 품고 찾아왔을 터였다. 하지만 그런 흐릿한 마음속에서 욕망덩어리가 유체를 이탈하듯이 떨어져 나와 센주를 향해 일제히 날아갔다.

"여러분이 부자가 되지 못한 이유는 아주 명쾌합니다. 모든 것은 바로 무지가 원인이에요. '한 사람의 부자가 존재하기 위해서는 최소한 5백 명의 가난한 자가 있어야 한다'라고 애덤 스미스는 말했습니다. 정답이죠. 이 세상은 불공평하게 만들어져 있어요. '부자보다 가난한 사람이 더 행복하다'고 말하는 사람들이 있지요? 그런 말로 가난한 자를 영원히 사고 정지 상태로 만들어버리는 것은 모두 다 부를 거머쥔 사람들이에요. '돈이 다는 아니다'라느니 뭐니 떠들어대는 사람일수록 엄청난 부를 소유하고 있어요."

센주의 격한 선동이 계속되었다. 노트와 수첩에 메모하는 참가자들이 여기저기서 눈에 띄었다. 한 사람이 메모를 시작하자 그 주변 사람들이 줄줄이 볼펜을 들었다. 도미노가 무너지듯이, 전염병이 퍼져가듯이, 가속을 붙여서. 그리고 5분여 만에 참가자 거의 대부분이 열심히 메모를 하고 있었다.

"무지는 악마입니다. 여러분에게는 완전히 새로운 '돈과 행복의 정답'이 필요해요. 만일 여러분이 그 답을 찾지 못한다면 여러분의 선생님이나 부모님과 똑같은 실수를 되풀이하는 것입니다. 다른 길은 전혀 상상도 못 해보고 마냥 가난한 나날이 이어지는 겁니다. 우선은 돈의 정체를 알아야 합니다. 그러지 않고서는 여러분은 평생 회사 사장을 위해 일하고, 나라에 세금을 내기 위해 일하고, 은행에 대출금을 갚기 위해 일하게 될 겁니다. 가장 즐겁게 보내야 할 시기에 자신의 행복을 인생의 저 뒤쪽에 밀쳐놓고, 결국 쓰지도 못할 돈을 위해 평생 일만 하는 거예요. 그래서야 노예나 마찬가지죠. 여러분은 노예 상태에서 지금 즉시 탈피해야 합니다."

저런 자가 쓰쿠모의 친구인가. 가난한 사람을 멸시하고 마치 돈의 교주처럼 떠들어대는 저 사람이 정말로 쓰쿠모와 함께 일했던 동료인가.

"여러분, 더 이상 교육이나 정치 탓을 하는 건 그만두십시다. 문제는 바로 여러분 자신이에요. 여러분이 변하지 않으면 아무것도 변하지 않아요. 돈은 변하지 않습니다. 교사도 정치가도 국가도 변하지 않아요. 하지만 자신을 바꾸는 것은 그런 것에 비하면 용이한 일입니다. 자아, 이제부터 나와 함께 '돈과 행복의 정답'을 찾아봅시다."

센주가 단숨에 말을 마치자 직원들이 흰 용지를 세션 참가자들에게 나눠 주었다. 전원에게 용지가 나눠지기를 기다려 센주는 천천히 입을 열었다.

"돈을 무한정 갖고 있다면 여러분은 어떻게 하시겠습니까. 무엇을 손에 넣겠습니까. 뭐든 좋습니다. 어떤 것이든 좋아요. 제한되는 건 아무것도 없습니다. 여러분의 상상력을 최대한 발휘해 그 답지에 적어주십시오. 시간은 3분입니다."

회장에 울려 퍼지던 음악이 절정을 향해 점점 고조되었다. 형광등 불빛을 받은 무기질적인 홀에서 멜로디에 떠밀리듯이 참가자가 일제히 펜을 들었다. 마치 대학 입시 같은 그 모습에 압도된 채 가즈오도 답지를 마주했다.

빚 갚기. 가족의 평온한 일상. 해외여행. 무병장수.

하나하나 써내려갔지만 전혀 현실감이 나지 않았다. 갖고 싶은 것, 하고 싶은 것, 가고 싶은 곳. 이런 게 정말 내가 바라는 것들일까. 어떻게 해야 할지 난감해져서 가즈오는 슬쩍 왼편에 앉은 중년 남자, 그리고 오른편에 앉은 나이 든 여자의 용지를 넘어다보았다.

세계 일주. 큰 집. 행복한 가족.

단편적으로 그런 글씨들이 눈에 들어왔다.

가슴이 답답해져왔다. 그리고 그 답답함은 슬픔으로 변해갔다.

분명 이곳에 참가한 사람들 모두가 똑같은 답을 쓰고 있는 게 아닐까. 하나같이 거기서 거기, 종잡을 수 없는 꿈이며 욕망을 위해 부를 추구한다.

"갖고 싶은 것, 하고 싶은 것을 되도록 구체적으로 적어주십시오." 가즈오의 마음속을 눈치채기라도 한 것처럼 센주가 말했다. "돈은 구체적인 꿈을 좋아합니다. 막연한 꿈에 돈은 붙지 않아요. 자아, 상상력을 발휘해서 한 가지라도 더, 그리고 구체적으로. 당신의 꿈은 이제 곧 모두 이루어집니다.”

센주의 말이 맞다, 라고 가즈오는 생각했다.

우리는 무엇을 갖고 싶은지도 알지 못한 채 갖고 싶어 하고 혹은 잃기도 한다. 지금 모두가 열심히 적고 있는 꿈. 세계 일주. 큰 집. 행복한 가족. 하지만 실은 가고 싶은 곳 따위, 어디에도 없는 것이다. 그저 여기가 아닌 어딘가를 원하고 있을 뿐이다. 돈이 그런 막연한 꿈이나 욕망에 형태를 부여해줄 것이라고 기대하고 있을 뿐이다.

눈 깜짝할 사이에 3분이 지나고 센주가 딱딱 손뼉을 쳤다. 모두가 꿈에서 깨어난 듯 흠칫하며 그를 바라보았다.

“여러분이 지금 써낸 꿈은 모두 다 이루어질 수 있습니다. 다만 그러기 위해서는 결심하는 것이 필요합니다. 지금까지의 자신과는 결별하고 새로운 나로 다시 태어나야 합니다. 그 방법이 딱 한 가지가 있습니다.”

단상의 센주는 지나칠 만큼 뜸을 들여가며 말했다. 참가자들은 저절로 그다음 말을 목을 빼고 기다려야 했다.

“우선 만 엔짜리 지폐를 꺼내 양손으로 높이 들어 올리십시오.”

청중이 일제히 허리를 숙여 발치의 가방이나 바지 주머니에 넣어둔 지갑에서 만 엔짜리 지폐를 꺼냈다. 사전의 연락 메일에 ‘참가비와 별도로 반드시 만 엔짜리 지폐를 가져오십시오’라고 적혀 있었던 것이 생각났다. 대체 뭘 하려는 것인가.

"여러분은 이제 새로운 인생에의 여권을 손에 넣을 것입니다. 결단을 내려주신 분에게는 제가 밀리오네어 뉴 월드로 가는 여권을 드립니다. 여러분 중에 결단을 내리신 분, 있습니까?"

몇 초의 정적. 그리고 "네!"라는 낭랑한 목소리가 맨 앞줄에서 튀어나왔다. 키가 작고 뚱뚱한 남자가 손을 번쩍 들었다.

"네, 좋아요. 거기 그분, 앞으로 나오세요. 자아, 만 엔짜리 지폐를 두 손으로 높이 들어주세요." 센주는 그렇게 말하고 남자를 자기 앞에 세웠다. 삼십대의 뚱뚱한 남자였다. 피곤에 지친 얼굴과는 어울리지 않게 눈빛만 번들거렸다. "이제부터 그 만 엔짜리가 당신의 새로운 인생을 향한 여권입니다. 하지만 이건 그냥 단순한 만 엔짜리 지폐겠지요? 이제부터 당신에게 돈을 뛰어넘는 힘을 드리겠습니다."

모두가 센주를 응시하고 있었다. 불안과 기대가 뒤섞인 흥분. 그런 마음을 모조리 떠안은 것처럼 센주는 힘차게 말했다.

"지금 당장 그 만 엔짜리를 찢어버리세요!"

회장 안이 술렁거렸다. 돈을 벌어보겠다고 찾아온 우리에게 돈을 찢어버리라는 건가. 도저히 그럴 수도 없고 그러고 싶지도 않다. 마음의 목소리가 한데 모여 미처 말로 표현하지 못한 웅성거림이 되었다.

태어나서 죽을 때까지, 만 엔짜리 지폐를 찢어보는 사람이 과연 얼마나 될까. 아마 천 명에 한 명도 안 될 것이다. 그건 분명 그곳에 신앙심이 있기 때문이다. 종교화를 불태울 수 없고 불상을 파괴할 수 없는 것과 마찬가지다. 지폐라고는 해도 단지 종이쪽일 뿐이다. 하지만 돈에 대한 신앙심이 우리에게 그것을 찢는 것을 금하고 있다.

센주 앞에 선 남자는 다른 많은 참가자들과 마찬가지로 만 엔짜리 지폐를 손에 든 채 어쩔 줄 모르고 멀거니 서 있었다. 그러자 돌연 센주가 큰 소리로 부르짖었다.

"찢어! 찢어버리라고, 이 어리석은 빈민들아! 지금 당장 그걸 찢어발기란 말이야!"

야수 같은 표정으로 침을 튀기면서 외쳤다. 너무도 갑작스러운 그의 표변에 남자는 깜짝 놀라 손에 든 만 엔짜리 지폐를 떨어뜨렸다. 센주는 그 만 엔짜리를 홱 낚아채더니 남자의 얼굴에 들이대며 다시 소리쳤다.

"찢어! 당장 찢으라고! 이대로 계속 빈민굴에 처박혀 살아갈 거야?"

남자는 만 엔짜리의 위쪽을 잡았다. 그 손끝이 파르르 떨렸다. 눈에서는 눈물이 주르륵 흘렀다. 공포와 혼란으로 서 있기조차 힘든 기색이었다.

"그래, 찢어! 찢어! 찢으라고!"

등 뒤에서 흘러나오는 음악의 볼륨이 점점 높아졌다. 센주는 연거푸 외쳤다. 스피커를 통해 그의 뒤틀린 외침 소리가 엄청난 음량으로 울려 퍼졌다. 남자는 눈을 질끈 감고 신음 소리를 올리며 만 엔짜리 지폐를 반으로 쫘악 찢었다.

"이야아!! 잘했어! 잘했어!"

센주는 누구도 따라 할 수 없을 만큼 과장된 승리 포즈를 취하고는 남자를 끌어안았다. 남자는 눈물을 흘리며 반으로 찢어진 만 엔짜리 종이쪽을 양손에 움켜쥐고 힘이 빠져버린 듯 바닥에 털썩 무릎을 꿇었다. 센주는 그를 일으켜 세우고, 표정 근육을 남김없이 사용한 듯한 웃음을 보였다. 그리고 그 웃는 얼굴 그대로 눈물을 뚝뚝 흘렸다.

"당신은 돈을 이겼습니다. 돈의 노예가 아니라 돈을 지배하는 쪽으로 건너왔어요. 오늘 당신은 거대한 한 걸음을 내디뎠습니다. 잘 오셨습니다, 밀리오네어 뉴 월드에!"

남자도 폭포 같은 눈물을 흘리며 고맙습니다, 고맙습니다, 라는 말을 연발했다. 센주는 남자가 움켜쥔 만 엔짜리 지폐 반쪽을 쓰윽 뽑아 청중을 향해 높이 들어올렸다. 그 반쪽에는 후쿠자와 유키치가 있었다. 그것은 마치 초상화처럼 보였다.

"이 반쪽은 제가 맡아둘 것입니다. 그리고 다른 반쪽은 당신이 보관하세요. 이건 당신과 나의 인연의 증거물입니다. 이 두 개는 단독으로는 아무 가치도 없습니다. 그냥 종이쪽일 뿐이에요. 우리가 함께 있을 때 비로소 가치가 생겨납니다. 이제부터 우리가 함께 밀리오네어 뉴 월드로 모험을 떠나는 겁니다."

남자는 아직도 울고 있었다. 바들바들 떨고 있었다. 하지만 웃는 얼굴이었다. 자리에 돌아오는 남자를 향해 참석자들이 회장이 떠나갈 듯한 박수를 보냈다. 그 박수를 센주는 웃는 얼굴로 지켜보았다. 이윽고 잠잠해진 참에 그가 입을 열었다.

"여러분은 부자가 되기 위해 이 세상에 태어났습니다."

저와 함께 외쳐주십시오, 라고 센주는 참가자들에게 손을 내밀었다.

"나는 부자가 되기 위해 이 세상에 태어났다!"

참가자들이 반사하듯이 외쳤다.

"나는 부자가 되기 위해 이 세상에 태어났다!"

센주가 부르쥔 주먹을 높이 들며 반복했다.

참가자들은 1분간에 걸쳐 그 주문을 외쳤다. 흥분해서 얼굴이 벌겋게 달아오른 사람, 행복한 듯 웃으면서 위를 우러러보는 사람, 고통인지 희열인지 알 수 없이 엉엉 우는 사람. 모두가 똑같이 외치면서 차례차례 만 엔 지폐를 찢기 시작했다.

기묘한 광경이었다. 모두가 웃는 얼굴로 울부짖고 눈물을 흘리며 만 엔짜리를 찢었다.

대합창이 이어지고 거의 모든 참가자의 지폐가 반으로 찢어지는 때를 노려 센주가 손을 번쩍 들었다. 그러자 참가자들이 일제히 입을 다물고 그를 응시했다. 센주는 '신자'의 얼굴을 한 사람 한 사람 지그시 둘러본 뒤에 조용히 입을 열었다.

"여러분, 밀리오네아 뉴 월드에 오신 것을 환영합니다. 여러분은 '행복한 부자'가 되기 위해 이 세상에 태어났습니다."

네 시간에 걸친 '제1회 세션'이 종료되었다.

센주가 양손을 높이 들고 퇴장하자 그때까지 무대 양옆에 석상처럼 서 있던 남자 두 명(센주와 똑같이 검은 정장에 노란 터틀넥 차림이다)이 메두사의 저주에서 풀려난 듯 돌연 움직이기 시작했다. 무대에 올라가더니 빠른 말투로 설명에 들어갔다.

오늘의 세션을 인생에서 살려나가는 것도, 이대로 없애버리는 것도 여러분 하기 나름이다. 앞으로도 세션에 참가한다면 밀리오네어의 길은 좀 더 가까운 현실이 될 것이다. 참고로 오늘 저녁에 밀리오네어 멘토 센주의 개별 세션이 있다. 한 사람 한 사람을 위해 멘토께서 특별히 시간을 내주신 것이다. 좀 더 심층적인 '돈과 행복의 정답'을 알려줄 것이다. 인생을 바꾸고 싶다면 망설이지 말고 참가하라. 비용은 1인당 40만 엔이다…….

그들은 한 개의 스탠드 마이크에 번갈아 얼굴을 들이대며 이야기하고 있었다. 그 모습은 마치 만담 콤비 같았다. 우스꽝스러웠다. 하지만 웃을 수 없었다. 두 남자는 때로는 진지하게 때로는 서글프게, 그리고 마지막에는 웃는 얼굴로 설명을 이어나갔다. 그 희로애락 모두가 프로그래밍된 것처럼 기호적이었다. 가즈오는 문득 모로코에서 만났던 아이의 얼굴을 머릿속에 떠올렸다. 너무도 교묘하게 만들어진 표정. 수없이 되풀이하는 것에 의해 모양이 잡혀진, 판에 박힌 듯한 표정.

두 시간 뒤, 가즈오는 검은 정장의 만담 콤비가 알려준 장소를 찾아 밤거리를 걷고 있었다. 40만 엔을 내고 센주를 만나기로 결정한 것이다.

40만 엔. 가즈오의 한 달분 노동의 대가였다. 공장에서 둥글게 뭉쳐내는 빵 4천 개분이다. 딸의 발레 학원비 1년분이고 대출금 이자 3개월분이다. 그 금액이 적정하다고는 생각되지 않았다. 하지만 이 세상 모든 물건의 가치는 사람의 마음이 정하는 것이다.

"시장을 지배하는 것은 숫자가 아니라 인간의 심리다."

천재 투자가 조지 소로스가 말했듯이 인간의 욕망과 공포가 물건의 가치를 정한다. '센주가 내주는 몇 시간'에 40만 엔이라는 가격표가 붙여졌다는 것은 그만한 가치를 인정할 만큼의 '욕망과 공포'가 분명하게 존재한다는 것을 뜻한다.

백화점. 신사복 매장. 게임 센터. 노래방. 패밀리 레스토랑. 성매매 업소. 구두 가게. 서점. 주점과 편의점. 인간의 욕망이 모자이크처럼 촘촘히 짜여 휘황하게 빛나는 외잡한 거리. 그 잡답 속을 가즈오는 혼자 휘적휘적 걸어갔다. 욕망의 모자이크가 번진 것처럼 보였다. 자신의 행복도 흐릿해져서 점점 보이지 않았다. 대출금 상환. 아내와의 재결합.

딸과 함께하는 생활. 그 모든 것이 점점 멀어져갔다.

3억 엔이 사라진 뒤에도 가즈오는 거의 쉬지 않고 밤낮없이 일했다. 수면 부족으로 지칠 대로 지쳐 항상 의식이 흐릿하고 때때로 강한 구토감이 엄습했다. 이 나라는 잠깐이라도 집 밖을 돌아다니면 눈 깜짝할 사이에 돈이 사라지는 규칙에 따라 운영되고 있다. 지난 몇 주 동안의 경비는 벌써 50만 엔이 넘는다. 아무리 찾아다녀도 쓰쿠모가 가져간 3억 엔은 되찾을 수 없을지도 모른다. 하지만 가즈오에게는 그것 말고는 다른 선택지가 없었다.

거대한 패션 빌딩과 번쩍거리는 네온이 밀치락달치락하는 번화가 틈새에 그림자처럼 숨어 있는 골목길. 그곳이 그들이 알려준 주소였다. 그곳에는 작은 전통 공연장이 있었다. 에도시대의 정취가 느껴지는 현관. 입구에는 '당일 예약 만료'라는 팻말이 내걸려 있었다. 그 옆을 지나 가즈오는 어슴푸레한 공연장으로 들어갔다.

로비를 지나 공연장의 문을 열었다. 객석의 조명이 꺼져 있어서 안은 컴컴했다. 가즈오는 저도 모르게 몸이 부르르 떨렸다. 얼어붙을 만큼 썰렁한 곳이었다. 실내인데도 바깥보다 훨씬 공기가 차가웠다. 찬찬히 살펴보니 무대 위에 고좌(高座)를 설치하고 그 좌우로 촛대가 놓여 있었다. 그 촛대에서 흔들거리는 두 개의 작은 촛불이 장내를 밝혀주었다. 괴담. 퍼뜩 그런 단어가 머릿속에 떠올랐다. 가즈오는 천천히 장내를 둘러보았다. 아무도 없다고 생각했던 객석에 인기척이 있었다. 앞쪽 중앙 좌석. 검은 정장에 뒤로 말끔히 빗어 넘긴 검은 머리. 센주였다.

가즈오는 조용히 그 옆자리에 가서 앉았다.

"어서 오십시오, 프라이베이트 세션에."

센주는 가즈오를 돌아보는 일도 없이 앞을 향한 채 이야기를 시작했다. 그 시선은 무대 위의 고좌로 향해 있었다. 단둘뿐인데도 높직한 단상에서 펼쳐 보이던, 띄엄띄엄 툭툭 내뱉는 그 독특한 말투는 여전했다.

"저어, 나는……."

"알고 있어요. 처음 뵙겠습니다, 가즈오 씨."

"센주 씨, 나는 쓰쿠모에 대해 물어보려고 찾아왔습니다."

"……예전에 쓰쿠모와 함께 자주 이곳에 왔었어요. 그 친구, 만담을 정말 좋아했으니까. 아무리 바빠도 일부러 틈을 내서 나를 데리고 만담 공연을 보러 왔어요. 나는 만담 같은 건 전혀 관심도 없었는데 그와 함께 드나들다 덩달아 빠져버렸죠. 이제는 상당한 애호가가 됐습니다. 그 친구가 자주 했던 말이 있어요. 나는 자기가 만담의 세계를 소개해준 두 번째 사람이라고. 첫 번째 사람도 자신의 친한 친구였다고."

센주가 왜 이런 곳을 약속 장소로 정했는지 그제야 이해가 되었다.

그리고 역시 그는 쓰쿠모에 대한 단서를 틀림없이 갖고

있을 거라는 생각이 들었다.

"지금 쓰쿠모를 찾고 있습니다. 그가 내 돈 3억을 들고 사라졌어요. 나는 3천만 엔의 빚이 있습니다. 어떻게든 그를 찾아서 돈을 받아야 해요. 옛날 일이든 뭐든 다 좋습니다. 쓰쿠모에 대해 알려주세요. 뭐든 단서가 될 수 있을 거예요."

"······그렇게 서두를 거 없잖아요? 당신이 왜 비싼 비용을 지불해가며 이곳에 왔는지, 나도 충분히 잘 알고 있어요. 물론 쓰쿠모에 대해 얘기해줄 생각입니다. 하지만 그러기 위해서는 우선 나에 대한 이야기부터 해야겠지요."

"네, 꼭 들려주십시오. 당신이 쓰쿠모와 친우였던 이유도 알고 싶군요."

"친우? 그건 참 어려운 단어예요. 분명 그런 사이였을 수도 있고 단지 그런 꿈을 꾸었던 것뿐일 수도 있겠지요. 조금 전 집회에서의 모습을 보고 당신은 아마 나를 마음속으로 경멸하고 있을 겁니다. 어떻게 저런 자가 쓰쿠모의 친우였는가 하고 무척 의심스러웠겠지요."

가즈오는 침묵했다. 가슴속에 품고 있는 생각을 정확히 짚어주었을 때, 거기에 군이 대답할 필요는 없다.

"내가 왜 이렇게 살아가고 있는지, 거기에는 꽤 깊은 사연이 있습니다. 웬만한 단편소설 정도는 될 만한 이야기죠. 그런데 거기에 쓰쿠모라는 인물도 자주 등장합니다. 지금부터 그 얘기를 해볼까 하는데, 어떻습니까."

부탁합니다, 라고 가즈오는 대답했다.

센주는 잘 알겠다고 중얼거리더니 촛불을 지그시 바라보며 이야기를 시작했다.

"10여 년 전의 일입니다. 나는 친우를 교통사고로 갑작스럽게 잃었어요. 어렸을 때부터 함께 지냈던, 그때까지의 내 인생에서 유일한 친우였어요. 당시 대학생이던 나는 그를 잃고서도 아무것도 달라진 것 없이 이어지는 일상과 거기서 꾸역꾸역 살아가는 나 자신을 도저히 용서할 수 없었습니다. 그래서 대학을 자퇴하고 여행을 떠났어요. 2년여를 북미 대륙에서 남미 대륙을 향해 히치하이킹과 아르바이트를 전전하며 여행을 계속했습니다. 하지만 남미의 최남단 도시 우수아이아에 도착했을 때, 돈이 완전히 바닥났어요. 남극을 코앞에 두고 돈이 떨어져 꼼짝도 할 수 없게 되었을 때, 나는 깨달았습니다."

"무엇을 깨달았다는 말인가요?"

"내 여행에 목적지라는 건 없었어요. 단지 친우를 잃은 비참한 현실에서 도망치려던 것뿐이었다는 걸 깨달았어요. 그렇게 일본으로 돌아왔습니다. 당연히 일을 하지 않으면 살아갈 수 없었죠. 하지만 담약한 성격의 내가 일반 기업에서 자리를 잡지 못하리라는 것도 잘 알고 있었습니다. 일할 곳을 찾아 몇 군데 벤처 기업 사이트를 둘러보다가 약간 괴상한 구인 광고를 발견했어요."

"괴상하다니, 어떻게요?"

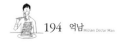

"'믿을 수 있는 사람을 구한다. 내가 믿을 사람. 나를 믿어 줄 사람'. 깜짝 놀랄 만큼 서툴고, 그런데도 왠지 빠져드는 힘찬 필체의 붓글씨. 쓰쿠모가 쓴 직원 모집 요강이었어요."

"그건 분명 괴상하군요." 가즈오는 저도 모르게 웃음이 새어나왔다.

"그렇죠?" 센주도 슬쩍 웃으며 말을 이었다. "모집 요강뿐만 아니라 채용 방식도 괴상했습니다. 채용된 사람은 세 명. 면접도 심사도 없었어요. 쓰쿠모는 응모한 순서대로 그냥 채용한 겁니다. 맨 처음이 나, 그다음이 모모세, 마지막이 파티에서 만난 도와코."

"일찍 일어나는 새가 승리한다는 건가요?"

"아니, 결코 그런 건 아니라고 쓰쿠모는 말했습니다. '누구든 이곳을 찾아온 사람을 처음부터 딱 믿어보기로 했다'라는 얘기를 몇 번이나 했었어요. 그 말을 듣고 나는 신께 사면을 받은 듯한 심정이었습니다. 친우를 잃었는데도 꾸역꾸역 살아남은 것에 대한 죄책감에서 그제야 해방되었죠. 나는 쓰쿠모에게서 나와 똑같은 '슬픔'을 감지했습니다. 쓰쿠모와 나는 진심으로 믿을 수 있는 사람, 그리고 무엇보다 나를 믿어줄 사람을 찾고 있었던 거예요."

센주는 옛 시절을 그리워하듯이 말했다. 장내는 여전히 추워서 토해내는 입김이 하얗다.

"그 뒤로 우리 회사의 비약적인 발전에 대한 얘기는 많이 들었지요? 정말 모든 일이 술술 잘 풀려나갔어요. 믿음이라는 끈으로 한 덩어리가 되어 아무 의심 없이 오로지 앞을 향해 나아가기만 하면 됐으니까요. 쓰쿠모가 아이디어를 제안하면 모모세는 기술적으로 실현하고 도와코는 그것을 홍보했습니다. 그리고 나는 영업을 맡아 사업을 쑥쑥 키워나갔어요. 거기에는 믿음을 바탕으로 한 완벽한 연대가 있었죠. 특히 나와 쓰쿠모는 각별한 신뢰 관계였다고 생각합니다. 쓰쿠모에게는 '맨 처음으로 내가 믿을 수 있고 또한 나를 믿어주는 상대'가 나였던 거예요. 그렇기 때문에 더더욱 서로를 신뢰할 수 없게 되자마자 그 관계가 당장 끝나버렸죠."

"……무슨 일이 있었습니까?"

"회사가 기하급수적으로 커져가고 4년이 지난 어느 날의 일이었어요. 쓰쿠모가 도와코, 모모세, 그리고 나를 급히 호출했습니다. 대기업 통신 회사 쪽에서 수억 엔에 매입하겠다는 제안이 들어왔다고 하더군요. 그리고 즉시 거절했다는 얘기도 했습니다. 우리는 아무도 이의를 제기하지 않았어요. 우리의 꿈을 팔아치우는 식의 그런 매각은 하고 싶지 않았으니까. 하지만 통신 회사 쪽에서는 쉽게 포기하지 않았습니다. 분열 공작에 나선 거예요. 나와 도와코와 모모세, 각각 개별적으로 접촉하면서 지속적으로 매입 제안을 시도했어요. 제시한 금액은 수억에서 수십억 엔으로 뛰고 마지막에는 백억 엔 가까이까지 뛰었습니다. 백억 엔이라는 액수를 제시했을 때는 역시나 마음이 흔들렸던 게 생각나는군요. '어떤 인간이든 돈으로 매수하지 못할 자는 없다. 문제

는 그 액수다'라는 고리키의 말이 증명하듯이 저항하기 힘
든 욕망이 뱃속에서 끓어오르는 것을 느꼈으니까요. 그들은
매각에 응했을 때 얻을 수 있는 희망찬 미래상을 제안했습
니다. 좀 더 큰 사업. 남국에서의 은퇴 생활. 명사로서의 사
회 공헌. 물론 그건 모두 다 돈으로 얻을 수 있는 '희망찬 미
래'일 뿐이었죠."

"결과적으로 매각에 응했다고 들었는데요."

"그랬죠. 우리는 그를 배반했어요."

"왜요?"

"그때 나는 이미 돈으로 얻을 수 있는 쾌락의 맛을 알아버
린 상태였어요." 센주는 눈을 꾹 감으면서 말했다. "고층 맨
션 최상층에 살면서 고급 외제 차를 몰고 다니고 한껏 미식
을 즐기고 미모의 여성과의 섹스에 빠져 있었죠. 그들은 그
런 내 상황을 꿰뚫고 있었어요. 다른 사람이 먼저 배신할 수
도 있다. 그렇게 되면 당신이 쥘 수 있는 이익은 반 이하로
떨어진다. 반쯤은 협박 같은 회유를 거듭하면서 다음 임원
회의까지 한 달 안에 결단을 내리라고 졸라댔습니다. 물론
나도 고민은 했었죠. '믿을 수 있는 사람을 구한다. 내가 믿
을 사람. 나를 믿어줄 사람.' 쓰쿠모의 그 말이 주문처럼 내
마음속에서 왕왕 울렸습니다. 그런 분열 공작이 있다는 것
을 눈치채고 쓰쿠모는 몹시 마음 아파했습니다. 고민에 빠
져 집 안에 틀어박히는 나날이 이어졌죠. 그리고 어느 날,
통신 회사와 담판을 짓고 오겠다면서 나가더니 돌연 자취를

감춰버렸어요. 임원 회의까지 일주일이 남았을 때였습니다."

센주는 깊은 한숨을 내쉬었다. 그 한숨이 가닿았는지 촛불이 흔들렸다. 그 불꽃의 흔들림은 그 당시 센주의 마음속 동요를 그대로 보여주는 것 같았다.

"전화를 해도 메일을 보내도 쓰쿠모에게서는 답신이 없었어요. 모모세도 도와코도 혼란에 빠져버렸죠. 나는 그때 처음으로 그를 의심했습니다. 우리를 앞질러 배신해버린 게 아닌가 하고 의심한 거예요. '믿음'으로 맺어진 우리의 관계는 그것을 의심하는 순간에 끝이 나버렸습니다. 연락이 끊기고 엿새 뒤, 임원회 전날이었어요. 나는 회사 매각을 인정하는 서류에 사인했습니다. 내가 빠져나간 것을 알고 모모세는 그 배신에 분노해 나를 몰아세웠습니다. 하지만 그날 밤, 그도 결국 포기하고 사인을 했어요. 도와코는 결정권을 포기하고 우리에게 위임했습니다. 그렇게 임원회의 승인을 얻어 회사 매각이 결정된 거예요."

촛불은 계속 흔들리고 있었다. 그 불꽃을 지그시 바라보며 센주는 말을 이었다.

"두려웠어요. 우선 내게 떨어질 수십억의 돈을 잃을까봐 두려웠습니다. 그리고 무엇보다 쓰쿠모에게 배신당하는 게 두려웠어요. 쓰쿠모에게 배신당한다면 나를 세상에 이어주던 뭔가가 발밑에서부터 와르르 무너질 것 같았죠. 그 공포감이 우리의 신뢰 관계를 깨뜨린 겁니다."

"하지만 그건 어쩔 수 없었을 거 같은데요? 쓰쿠모는 행방불명이었고, 그렇다면 배신당했다고 의심하는 건 자연스러운 일이겠지요."

"그럴지도 모르죠. 하지만 그는 시험해본 거였어요."

"시험해보다니, 그럼……?"

"네, 맞아요. **쓰쿠모는 전혀 변하지 않았어요.**"

"……그건 무슨 얘깁니까."

"그는 우리의 믿음을 끝까지 지키려고 했어요. 그래서 마지막 도박에 나선 겁니다. 자취를 감췄다가……."

"다시 돌아왔다는?"

"그래요, 쓰쿠모는 돌아왔어요. 임원 회의 날에. 즉 우리가 사인한 그다음 날 아침에. 하지만 그때는 이미 회사를 매각하기로 결정이 난 뒤였어요. 임원 회의에서 그걸 알게 된 쓰쿠모는 몹시 슬픈 얼굴이었습니다. 종이 한 장만 데스크 위에 남기고 자리를 떴어요. 그건 구인 광고의 그 안내문이었습니다. '믿을 수 있는 사람을 구한다. 내가 믿을 사람. 나를 믿어줄 사람.' 그것을 보고 모모세는 엉엉 울었어요. 도와코도 눈물을 흘렸고. 하지만 나는 슬프지 않았습니다. 눈물 한 방울 나오지 않았어요. 다만 사람을 믿는다는 게 이토록 어렵다니, 정말 신을 저주하고 싶은 심정이었죠. 그때 내가 엄청난 죄를 짊어졌다는 것을 알았습니다. 너무도 무거운 죄는 인간에게서 눈물조차 앗아 가는 겁니다."

말을 마친 센주가 다시금 깊은 한숨을 내쉬었다.

마침 그때를 노린 듯이 무대 윙 쪽에서 기모노 차림의 남자가 스르륵 나타나 고좌에 올랐다. 금세라도 세상 떠나는 게 아닌가 싶을 만큼 나이 많은 만담가였다. 팔다리는 철사처럼 가늘고 뺨은 홀쭉하게 파였다. 빨래 장대에 내걸린 것처럼 연보라색 옷자락이 흐늘거렸다. 촛불 빛을 받은 그 얼굴을 찬찬히 바라보니 예전에 전설의 명인으로 통하던 만담가였다. 고좌의 방석에 정좌한 만담가는 첫머리 우스갯소리도 생략해버리고 곧장 얘기를 펼쳐나갔다.

"옛날 옛날에 지지리 가난한 데다 주변머리도 없는 한 사내가 있었습니다. 변변히 일도 안 하는 주제에 돈은 물 쓰듯이 써버리니 결국은 마누라에게도 쫓겨날 판이야."

가즈오는 거기까지 듣자마자 생각이 났다. 〈저승사자〉 만담이었다. 쓰쿠모가 즐겨 연기하던 종목이다. 전혀 우습지 않은 이야기다. 하지만 〈시바하마〉와 한 쌍으로 풀어놓으면 재미가 있었다. 양쪽 다 돈에 얽힌 이야기고, 그건 인간 그 자체에 대한 이야기, 라고 쓰쿠모는 말했었다.

마누라에게서도 쫓겨난 가난한 사내가 이제 그만 이승을 하직하자고 마음먹고 있을 때 불현듯 저승사자가 나타난다. 이렇게 죽는 건 너무 허망하니 돈 버는 방법을 알려주겠다, 라는 것이었다. 덕분에 사내는 저승사자를 알아보는 능력을 갖게 된다. 사내는 점쟁이 의사가 되어 병자들을 찾아다닌다. 병자의 베갯머리에 저승사자가 서 있으면 수명이 다했다고 알려주고, 병자의 발치에 저승사자가 있을 때는 주문을 외워 물리쳐주는 것이다. 족집게처럼 수명을 예지하면 다들 깜짝 놀라고 저승사자를 물리쳐 병이 나으면 다들 우러러보았다. 사내는 눈 깜짝할 사이에 큰 부자가 되었다.

만담은 낭랑한 목소리로 이어졌다. 그 이야기 소리를 배경음악으로 센주도 조용히 입을 열었다.

"기껏 백억 엔에 왜 우리의 꿈을 팔아치웠을까, 다시 그 시절로 돌아가고 싶다. 지금도 이따금 그런 생각이 들어요. 그 무렵에 우리 주위에는 주식을 상장하거나 대기업에 매각해 큰돈을 버는 게 목적이 되어버린 사람들이 많았어요. 그들도 처음에는 정말로 하고 싶은 일이 있고 꿈이 있어서 회사를 세웠을 텐데 어느새 그런 회사를, 그 꿈을 비싸게 팔아치우는 게 목적이 된 것이죠. 하지만 쓰쿠모는 그런 짓에 아무 의미가 없다는 것을 알고 있었습니다. 꿈, 그리고 믿음. 그건 한번 팔아치우면 다시는 살 수 없다는 걸 잘 알고 있었던 거예요. 나도 그걸 충분히 잘 알고 있다고 생각했어요. 그런데도 마지막 순간에는 돈과 맞바꾸어 꿈을 팔아버렸습니다. 영혼을 팔아치우고 큰 죄를 짊어졌어요. 쓰쿠모는 마지막까지 우리를 믿어주었는데 말이에요. 그래서 지금도 생각해요. 그 무렵으로 되돌아가 다시 시작하고 싶다. 하지만 그건 물론 안 될 일이죠. 믿음과 마찬가지로 시간도 되돌릴 수 없습니다. 돈이라면 얼마든지 되돌릴 수 있는데."

가즈오는 문득 그 영화의 마지막 장면이 생각났다. 모로코 노인의 말.

인간은 **앞으로 보름달을 기껏해야 스무 번쯤밖에 볼 수 없다**는 사실을 깨닫지 못한 채 살아가고 있다.

"센주 씨, 그런 생각을 가진 분이 왜 사이비 종교 같은 사업을 하고 있죠? 이건 돈 문제로 어려움에 빠진 사람들의 그 알량한 돈까지 쥐어짜는 짓이잖아요." 가즈오는 저도 모르게 따지는 말투가 되었다.

"예, 모순이라고 생각할지도 모르겠지만, 지금 내가 하는 일은 쓰쿠모에 대한 속죄라고 생각해요. 은화 30개에 예수를 배신했던 유다처럼 깨끗이 죽어버릴 수 있다면 오히려 마음이 편할지도 모르겠어요. 하지만 그럴 용기는 없었어요. 그래서 쓰쿠모를 배반하면서 내 손에 넣은 돈을 끝까지 지켜내기로 했습니다. 일단 세금을 내지 않기로 했어요. 몇 개의 유령 회사를 설립하고 탈세 천국이라는 중남미의 섬나라에도 그런 회사를 만들었어요. 법률과는 계속해서 결론이 안 나는 숨바꼭질을 하고 있죠. 그러다 결국 종교 법인을 만들기로 했어요. 그게 밀리오네어 뉴 월드예요."

어둠 속에서 촛불 빛을 받으며 만담가는 계속 이야기를 풀어나갔다. 〈저승사자〉 이야기였다.

수명을 알아맞히는 능력으로 금세 부자가 된 사내는 처자식을 쫓아내고 수많은 여자들에 둘러싸여 자유분방한 생활을 보냈다. 그러다 보니 눈 깜짝할 사이에 다시 돈이 바닥나버렸다. 그런 참에 마을의 큰 부자가 병이 들어 그를 청한다. 달려가보니 저승사자가 베갯머리에 서 있었다. 사내는 수명이 다했다고 알려주었지만 그래도 어떻게든 살려달라고 큰돈을 쥐여주며 애원했다. 그 돈다발에 눈이 어두워진 사내는 이불을 거꾸로 홱 돌려서 억지로 저승사자를 물리쳤다. 환자는 그 즉시 회복되고 사내는 다시 큰돈을 손에 넣었다. 오랜만에 거나하게 술을 마시고 기분 좋게 걸어가는데 맨 처음에 만났던 저승사자가 "이보시게"라고 그를 부른다.

객석에서는 가즈오와 센주 두 사람만이 겸허한 얼굴로 듣고 있었다. 정적 속에서 만담이 이어졌다.

"돈과 신은 서로 닮았어요." 센주가 말했다. "둘 다 실체가 없거든요. 양쪽 다 인간의 믿음이나 신앙에 의해 성립되잖습니까. 그래서 돈이든 신이든 나로서는 상관없었어요. 돈은 인간의 욕망을 우상화한 것이니까."

가즈오는 문득 생각이 났다. 그 집회장. 벽에 걸린 그림. 벤저민 프랭클린과 후쿠자와 유키치. 거의 동일한 가치를 가진 두 개의 지폐가 반으로 찢어진 채 줄줄이 진열되어 있었다.

"세금을 피해보려고 만든 사이비 종교 단체였는데 거기서 교주 노릇을 하다 보니 어느새 신자가 점점 불어나더군요. 내 깊은 죄가 그들을 끌어들인 게 아닌가 싶어요."

그들을 끌어들인 것은 센주의 죄이고 동시에 돈이기도 할 것이다. 돈은 때때로 인간에게 재능까지 부여해준다.

"원래는 탈세 목적으로 시작했는데 점점 더 종교의 재미에 맛을 들이게 됐어요. 신자들 앞에서 설교할 때, 나는 그야말로 살아 있다는 실감이 들거든요."

〈저승사자〉 이야기는 클라이맥스를 맞이하고 있었다.

길에서 사내를 불러 세운 저승사자는 그를 어느 동굴로 데려간다. 그곳에는 수많은 촛불이 있었다. 긴 것도 있고 짧은 것도 있고, 각각의 초마다 불꽃이 하늘하늘 흔들렸다. "저건 인간의 목숨이야"라고 저승사자는 말했다. 길이가 반쯤 남은 것은 아내의 촛불, 아직 길게 남아 있는 것은 아들의 촛불이라고 알려주었다. 그리고 그 옆에 짧은 촛불이 있었다. 그 촛불은 금세라도 꺼지려 하고 있었다. 사내가 저것은 누구의 촛불이냐고 물어보자 저승사자는 "저건 바로 너의 목숨이야"라고 말했다. 돈에 눈이 어두워 병자의 짧은 수명과 맞바꿔버린 것이었다.

사내는 애가 탔다. "돈이라면 얼마든지 줄 테니 어떻게든 좀 해주시오"라고 목숨을 구걸했다.

"한번 바꾼 것은 다시 물릴 수 없어. 넌 이제 곧 죽을 게야." 저승사자의 무정한 대답이었다. "방법은 딱 한 가지, 여기 이 타다 남은 촛불을 잘 이어 붙이면 목숨이 연장될 수도 있는데"라고 말했다.

사내는 타다 남은 짤막한 촛불을 이어 붙여 어떻게든 더 살아보려고 했다. 손의 떨림이 멈추지 않았다.

"왜 그렇게 부들부들 떨고 있나. 손을 떨면 불이 꺼지고 이 불이 꺼지면 너는 죽는다니까."

옆에서 저승사자가 웃고 있었다.

사내는 초를 들고 우왕좌왕할 뿐이다. 불꽃이 가냘프게 흔들렸다.

"저게 바로 나예요." 센주는 만담가를 골똘히 바라보며 말했다. "저 사내처럼 내 소소한 종교로 신자들의 촛불을 이어 붙여가며 살고 있는 겁니다. 내가 믿는 것은 신이 아니라 저 승사자인지도 모르겠어요. 나는 그때 돈에 내 영혼을 팔아치웠어요. 아니, 영혼보다 더 소중한 '믿음'을 팔아치웠습니다. 그래서 돈의 저주를 받은 거예요. 그 뒤로 돈은 거의 쓰지 못하게 됐습니다. 집이고 자동차고 모두 팔아버리고 간소한 임대주택에서 혼자 살고 있죠. 그러다 보니 돈은 점점 더 쌓여서 쓰쿠모와 헤어진 뒤로 내 재산은 벌써 열 배나 늘었어요. 이제는 정말 돈을 어떻게 써야 할지, 알 수가 없습니다. 그러니 이제 돈을 지킨다는 것에 본질적인 의미 따위는 없어요. 하지만 돈에서 도망칠 수가 없더군요. 그게 바로 내가 짊어져야 할 죄인지도 모르겠어요. 아마도 나는 '돈과 행복의 정답'을 결국 찾지 못할 겁니다. 평생을 들여 그 답을 찾아 헤매겠지요. 그래서 나는 이 소소한 종교 사업을 계속할 생각이에요. 내 신자들의 타다 남은 촛불을 이어 붙여가며 살 겁니다."

"……센주 씨, 당신은 쓰쿠모가 지금 어디 있는지 알고 있지요? 그가 왜 사라졌는지도 알지 않습니까? 마지막으로 그걸 좀 알려주세요."

"쓰쿠모는 당신이 알고 있는 그 모습 그대로, 하나도 달라지지 않았어요. 그는 도망치지 않았습니다. 항상 당신 옆에 있어요."

"센주 씨, 대충 얼버무리지 말고요. 쓰쿠모는 지금 어디 있어요? 센주 씨는 알고 있잖아요?"

"믿어야 합니다. 당신은 점점 가까이 다가가고 있어요. 당신이 애타게 찾고 있는 정답에. 쓰쿠모가 어디 있는지, 3억이 어디 있는지, 그리고 그다음에 기다리고 있을 돈과 행복의 정답에. 머지않아 당신은 그 대답을 만날 겁니다. 그러기 위해서는 **당신은 쓰쿠모를 끝까지 믿어야 합니다.**"

센주의 말이 끝나기를 기다리기라도 한 것처럼 만담도 끝맺음을 맞이했다.

"저런저런, 제대로 붙이지 않으면 불이 꺼진다니까. 불이 꺼지면 죽는다니까. 앗, 꺼져버렸네."

그리고 만담가는 꼬꾸라지듯이 몸을 푹 숙이고 더 이상 움직이지 않았다.

마사코(万佐子)의 욕심

가즈오가 아내 마사코를 처음 만난 곳은 도서관이었다.

매주 수요일 저녁, 그녀는 도서관에 찾아왔다. 평일의 인적 없는 도서관. 그 1층에서부터 2층까지의 책장을 한 시간쯤 돌아보고(그 순서는 항상 똑같았다) 그녀는 책 한 권을 골라 대출 카운터의 가즈오에게로 들고 왔다.

서커스 사진집, 태극권 교본, 바이올린 직인의 전기(傳記), 불가리아어 사전, 부동산 경영 지침서, 클림트 화집.

뭔지 종잡을 수 없는 그 선택에 가즈오는 마음이 끌렸다. 그녀가 어떤 기준으로 책을 빌리는지, 그 법칙성을 밝혀내려고 가즈오는 수없이 이리저리 생각을 굴려보곤 했다. 하지만 답은 쉽게 나오지 않았다.

마사코는 매번 책을 딱 한 권만 빌려 갔다. 더도 말고 덜도 말고 딱 한 권. 그리고는 일주일 동안 그 책을 읽고 반납한 뒤에 다시 새 책 한 권을 빌려 간다.

그녀는 실루엣이 아름다운 고급스러운 소재의 원피스를 입었다. 색깔은 검정이나 회색, 혹은 흰색. 항상 모노톤의 그러데이션 속에 있었다. 가즈오의 어깨 정도 높이에 닿는 그 얼굴은 작고 아름다운 달걀형이었다. 반듯하게 자른 짧은 머리칼 밑으로 투명한 대리석처럼 하얀 목이 내보였다. 황금빛 저녁 해를 받으며 새끼 고양이처럼 보드라운 리듬으로 책장 사이를 오락가락하는 그녀의 모습을 가즈오는 아름답다고 생각했다.

되는대로 아무거나 골라 온 듯한 책 대출이 10회를 넘어섰을 무렵, 마사코가 크고 두툼한 책을 카운터에 가져온 적이 있었다. 그것은 '타진*' 요리의 레시피 책이었다. 그것을 보자마자 가즈오의 입에서 저절로 엇 하는 소리가 새어나왔다.

"왜요?"

마사코가 물었다. 새끼 고양이처럼 부드러운 목소리였다.

"아, 미안해요. 실은 내가 이 책을 갖고 있어서……."

그녀가 말을 건네는 바람에 가즈오는 크게 당황한 채 대답했다.

"어머, 타진 찜기로 요리를 하세요?"

"아뇨, 꽤 오래전에 모로코로 여행을 갔던 길에……."

"그래서 타진 찜기 요리에 푹 빠지셨다는?"

---

* 타진 : 북아프리카 지역의 전통 찜기. 두툼한 토기(土器)에 깔때기 모양의 뚜껑을 덮는다.

"아, 그런 건 아니고요. 여행 떠나기 전에 모로코라면 당연히 타진 요리라는 생각이 들어서 무심코 그 요리책을 샀던 건데……."

"혹시 모로코에 타진 찜기를 만들러 갔던 건 아니죠?" 마사코가 웃으며 말했다. 장난스러운 웃음이었다.

"물론이죠." 대출 수속을 하면서 가즈오는 진지한 얼굴로 대답했다. "사막 여행은 처음이라서 좀 혼란스러웠던 것 같아요. 왠지 불안해서 모로코에 관한 책을 이것저것 사들였어요."

"그런데 그중 하나가 이 타진 찜기의 레시피 책이었군요?"

"맞습니다. 좀 바보 같은 얘기지만."

"아뇨, 멋진 얘기인데요?"

그렇게 말하더니 마사코는 책을 가슴 앞에 안고 생긋 웃었다. 그녀의 자그마한 몸에 그 책은 지나치게 큰 것처럼 보였다.

"한 가지, 질문을 해도 될까요?"

가즈오는 그녀의 얼굴을 지그시 바라보며 물었다. 인기척 없는 도서관이 두 사람의 대화를 허락해주었다.

"네, 그러세요."

"항상 좀 이상한 책을 빌려 가던데요. 그래서 궁금했어요. 너무 제각각이라서 그냥 아무렇게나 골라 오는 것 같기도 하고……. 어떤 기준으로 책을 선택하는지 꼭 한 번 물어보고 싶었습니다."

마사코는 약간 놀란 표정이었지만 이윽고 작은 한숨을 내쉬며 가즈오를 보았다. 숨바꼭질에서 들켜버린 아이가 그만 포기하고 나올 때 같은 얼굴이었다. 유감스럽다, 하지만 조금 기쁘다, 라는 얼굴이다.

"당신은 이미 정답을 말했어요."

"무슨 말이신지……."

"그냥 아무렇게나 골라 온다, 라고 방금 말하셨잖아요. 그게 정답이에요."

가즈오는 그녀가 하는 말을 언뜻 이해하지 못했다. 그냥 아무렇게나 책을 빌려 간다는 사람은 한 번도 본 적이 없었기 때문이다.

"실은 반드시 읽어보고 싶다, 하는 책이 없어요." 마사코는 비밀을 털어놓는 소녀처럼 작은 소리로 말했다. "원래부터 꼭 그것이어야 한다든가 진심으로 갖고 싶다든가 하는 게 없어요."

"네, 그런 사람, 꽤 많을 거 같은데요?"

"나, 백화점에서 일해요. 사람들이 온갖 다양한 것들을 사려고 찾아오는 곳이죠. 온종일 고민하다가 겨우 한 가지만 골라 가는 사람이 있는가 하면, 도착한 지 5분 만에 진열대이 끝에서 저 끝까지 싹 쓸어 가는 사람도 있죠. 근데요, 양쪽 다 똑같은 점이 있어요."

"똑같은 점?"

"양쪽 다 돈을 치르고 종이봉투를 건네받는 순간에 아주

행복한 얼굴을 한다는 거. 많든 적든 그들에게는 좋아하는 것이 있고 갖고 싶은 것이 있는 거예요. 그건 참 멋진 일이라고 생각해요. 나도 그런 걸 찾아내고 싶더라고요."

2층 창으로 진한 오렌지색 석양이 비쳐들었다. 그 빛을 받은 먼지가 금가루처럼 반짝반짝 춤을 추었다. 마사코는 그 모습을 바라보며 조용히 말을 이었다.

"도서관에 오면 책장의 이 끝에서 저 끝까지 천천히 시간을 들여 한 바퀴 돌아봐요. 그래서 그날 가장 기분 좋게 느껴진 책장으로 돌아가 눈을 감고 아무렇게나 책을 골라내는 거예요. 그리고 그걸 일주일 동안에 읽는 거죠."

"그래서 좋아하는 것, 꼭 갖고 싶은 것을 찾아냈어요?" 가즈오가 물었다.

"아뇨, 아직까지는 찾지 못했어요. 다시 한 번 빌리고 싶은 책도, 따로 구입하고 싶은 책도 없었어요. 백화점에는 수많은 상품이 있고 욕망이 있고 그 사이에는 돈이 있죠. 하지만 나는 여전히 그런 것들이 오고 가는 걸 쳐다보기만 할 뿐이에요." 마사코는 고개를 가로저었다.

"그렇다면 내가 찾아줄까요? 당신이 좋아하는 것, 갖고 싶어 하는 것." 가즈오는 미소를 지으며 말했다. "매주 수요일에 책을 한 권 골라놓고 기다리기로 하지요."

그렇게 매주 수요일마다 가즈오는 책 한 권을 골라 마사코에게 대출해주었다.

프로이트의 꿈의 해석, 라즈베리 재배법, 인도의 건축물, 수평선 사진집, 산타클로스 시험, 외계인 도감, 사라진 시군읍면(市郡邑面) 사전.

날마다 일이 끝나면 가즈오는 책장 사이를 돌아다니며 책을 찾았다.

마사코가 뭔가를 좋아하고 갖고 싶어 하기를 빌면서 책을 골랐다.

두 사람 사이에서 다양한 책이 오고 갔다. 그리고 반년이 지났을 무렵, 마사코는 말했다. 소나기처럼 갑작스럽게.

"이제 더 이상 책을 골라주지 않아도 돼요."

그 말은 가즈오에게 적잖이 상처로 다가왔다. 어느새 그녀를 누구보다 사랑스럽다고 생각했었기 때문이다.

"당신에게 이제 책을 골라주지 못한다고 생각하니까 섭섭한데요?" 가즈오는 고개를 떨구면서 고백했다. 가슴이 아팠다. "당신에게 어떤 책을 골라줄까, 고민하는 시간이 가장 행복했었는데."

"……고마워요."

"그래서 책을 주고받는 일이 없어진다는 게 몹시 안타깝군요."

"나도요."

"하지만 당신은……."

"아, 오해하지 말아요. 나도 당신이 어떤 책을 골라줄지 상상하면서 날마다 행복했어요." 마사코는 가즈오의 눈을 빤히 바라보면서 말했다. "하지만 이제 됐어요. 드디어 내가 진심으로 갖고 싶은 것을 찾아냈으니까요."

다음 해, 가즈오와 마사코는 결혼했다.

낡기는 했지만 관리가 잘된 맨션을 빌려 살았다. 한 침대에서 일어나 식탁에 나란히 앉아 아침을 먹는다. 일하러 나갔다가 돌아와서는 그날 일어난 일들을 서로 이야기하고 섹스를 하고 잔다. 더 이상 책을 빌리거나 빌려주는 일은 없었다. 하지만 서로가 서로를 진심으로 갖고 싶어 하면서 보낸 나날이었다.

그로부터 2년 뒤에 마사코는 새 생명을 품었다. "딸입니다"라고 의사는 그들에게 알려주었다.

초음파 사진의 태아는 뭔가를 껴안듯이 둥글게 몸을 말고 있었다. 소중한 것을 껴안은 것처럼. 그 원형의 태아에 가즈오와 마사코는 '마도카'라는 이름을 붙여주었다.

이윽고 원형이던 마도카가 태어나 일어서고 걷게 되었다. 수많은 유아가 그렇듯이 마도카는 눈에 보이는 것 모두를 갖고 싶어 했다. 아빠 엄마가 먹는 것, 가게 앞에 나온 장난감, 깡총거리는 강아지, 친구의 옷.

그때마다 마사코는 "정말로 갖고 싶어?"라고 물었고 마도카는 잠시 생각해본 뒤에 "아니, 됐어"라고 고개를 젓곤 했다.

그런 마도카가 태어나 처음으로 배우겠다고 한 것이 발레였다. 세 살 때였다. 주위 아이들이 힙합 댄스나 수영 등을 선택하는 속에서, 한 차례 레슨을 견학하러 간 마도카는 단박에 발레에 매료되었다. 그 뒤로는 틈만 나면 집 안을 발끝으로 걸어 다니고 빙글빙글 돌았다.

하지만 가즈오는 발레를 배우는 것에 반대했다. 한 달에 3만 엔의 레슨비. 거기에 발표회 때마다 몇만 엔씩 들어간다. 우리 형편에는 어울리지 않는다, 라고 생각했다. 마사코도 거기에 동의해서 더 이상 발레 이야기를 하는 일은 없었다.

하지만 한 달쯤 뒤에 마사코가 돌연 "마도카에게 발레를 가르치고 싶다"고 말했다.

마사코는 그때까지 한 번 결정한 것을 번복하는 일이 거의 없었다. 드물게 강한 의지가 느껴지는 그 말투에 압도되어 가즈오는 이유를 물었다.

"그 뒤로 마도카에게 날마다 물어봤어. 정말로 발레를 배우고 싶은지, 발레가 아니면 안 되는지."

"그랬더니?"

"그 아이는 변하지 않았어. 물어볼 때마다 발레를 하고 싶다는 거야. 마도카는 생각이 깊은 아이라서 자신이 납득한 일이라면 망설임 없이 고개를 젓곤 했잖아."

"근데 이번에는 변함없이 하고 싶다고 했어?"

"응. 발레는 마도카가 태어나서 처음, 정말로 원한 것이야. 그런 거라면 응해주고 싶어."

마사코는 마도카를 발레 교실에 보내기 위해 다시 백화점에 일하러 나가기 시작했다. 아침에는 가즈오가 유치원에 데려다주고 저녁에는 마사코가 데리러 갔다. 요리와 빨래는 마사코가 맡고 청소와 설거지와 쓰레기 내놓는 일은 가즈오가 담당했다. 마도카는 매주 토요일에 발레 교실의 레슨을 받았고 1년에 한 번은 대형 홀에서 발표회를 가졌다. 가즈오와 마사코는 객석에서 손을 맞잡고 나란히 앉아 무대에서 춤추는 마도카의 모습을 지켜보았다. 마도카는 공치사로라도 아직은 발레리나라고 하기 어려웠다. 그래도 해마다 조금씩 성장해가는 마도카를 지켜보며 자신들이 가족으로서 함께 성장하고 있다는 게 느껴져 가즈오는 행복했다.

　가즈오의 동생이 엄청난 빚을 졌다는 게 밝혀진 것은 그로부터 3년 뒤의 일이었다.

　가즈오는 한시바삐 빚을 갚고 평소의 생활, 평소의 가족으로 돌아가고 싶었다. 임대료가 싼 집으로 이사하고 식비와 광열비를 줄이고 밤에는 빵 공장에 나가기 시작했다. 발레를 위해 다달이 몇만 엔씩 지출하는 것도 한계에 이르렀다.

　고민 끝에 가즈오는 발레 교실을 끊자고 말했다. 하지만 마사코는 고개를 저었다. "발레는 계속하게 할 거야. 내가 좀 더 일하면 돼. 게다가 당신도 알잖아, 그 아이가 살기 위해서는 발레가 필요해." 그렇게 말하며 고집스럽게 거부했다.

가즈오는 마사코의 말을 이해할 수 없었다. 먹고사는 것도 아슬아슬한 상황에 발레라는 게 살기 위해 꼭 필요한 것이라고는 생각되지 않았다.

심각한 말다툼이 벌어졌다. 빚에 쪼들리는 생활이 시작된지 반년. 서로에게 품고 있던 불만. 돈을 둘러싼 문제. 신중하게 뚜껑을 덮어두고 애써 꺼내기를 피해왔던 화제가 마도카의 발레 문제를 둘러싸고 한꺼번에 터져 나왔다.

친정 부모님이 도와준다는데도 왜 혼자서 남동생의 빚을 떠맡았는가. 집안일과 육아를 내게 밀어붙이고 밤낮없이 일하러 나가느라 마도카도 제대로 못 보는 하루하루를 어떻게 생각하는가. 마사코는 가즈오를 몰아세웠다.

동생의 빚을 떠맡은 것은 형으로서 당연한 일이다. 이건 내 쪽의 문제다. 장인 장모에게 신세를 질 수는 없다. 어떻든 지금은 일을 조금이라도 더 해서 빚을 갚을 필요가 있다. 하루 빨리 예전의 우리 가족으로 돌아가려는 것뿐이다. 가즈오도 항변을 거듭했다.

몇 주일에 걸쳐 말씨름이 이어졌다. 하지만 얘기는 계속 평행선을 그릴 뿐이었다. 결국 마사코는 인근 역 근처에 작은 아파트를 얻어 마도카를 데리고 집을 나갔다. 가즈오도 혼자 살기에는 넓은 집을 떠나 빵 공장 기숙사로 들어가기로 했다.

마사코가 집을 나가기로 한 날, 마도카는 울고 있었다. 왜 가족이 헤어져 살아야 하는지, 이해할 수 없는 모양이었다. 슬픈 일이 있을 때, 어른은 그 슬픔에 이유를 붙여 어떻게든 뛰어넘을 수 있다. 하지만 그때의 마도카에게는 오로지 슬프다는 감정뿐이었다. 그래서 우는 것밖에는 아무것도 할 수 없었다.

헤어지는 날.

여섯 살 난 작은 마도카는 마사코의 손에 이끌려 집을 나갔다.

저만큼 가다가 가즈오를 뒤돌아보았다. 울면서 몇 번이나 뒤돌아보고 힘껏 손을 흔들었다. 가즈오도 필사적으로 눈물을 참으며 크게 손을 내저었다. 건강하게 잘 지내라. 언젠가 꼭 데리러 갈게. 우리 가족, 다시 함께 사는 거야.

그날 이후로 마도카가 우는 모습을 가즈오는 본 적이 없다.

$

만나기로 한 역의 개표구에서 기다리고 있으려니 빨간 배낭을 멘 마도카가 계단을 뛰어내려왔다.

약속한 시각보다 5분이 늦었다. 그래서 급히 서두르는 모양이었다. 연한 핑크색 원피스 자락이 팔랑팔랑 춤추었다. 계단을 뛰어내려오는 마도카의 발걸음은 어딘가에 아직 어린애다운 티가 남아 있었다. 늦어도 괜찮아, 천천히 내려와,

라고 가즈오는 크게 소리쳐주고 싶었다.

마도카와는 한 달 반 만에 만나는 것이었다. 그 운명적인 복권을 받은 날로부터 벌써 한 달 반이 지났다는 얘기다.

3억 엔의 지폐 더미를 앞에 두고 억병으로 취한 김에 가즈오는 쓰쿠모의 집에서 아내 마사코에게 전화를 했었다. 그 뒤로 그녀에게서는 연락이 없었다. 아마도 술에 취한 가즈오의 망상일 뿐이라고 생각할 터였다.

쓰쿠모가 3억 엔을 들고 사라지고 그의 행방을 알아내기 위해 사방으로 뛰어다닌 30일. 돈을 둘러싼 모험. 그야말로 악몽 같은 30일이었다. 도와코, 모모세, 센주를 만나면서 '억만장자들의 그 뒤의 인생'을 직접 목격하기도 했다. 쓰쿠모와 함께 큰 부를 거머쥐었던 그들은 각각 자기 나름대로 '돈과 행복의 정답'을 찾으려 하고 있었지만 그것이 가즈오에게도 정답이라고는 생각되지 않았다. 역시 쓰쿠모를 찾지 않고서는 3억 엔도, 그리고 '돈과 행복의 정답'도 찾을 수 없다. 하지만 어렵사리 센주까지 만나봤는데도 결국 쓰쿠모에게로 가는 길은 뚝 끊겨버렸다.

"쓰쿠모는 항상 당신 곁에 있어요."

센주는 그렇게 말했다. 하지만 그 이상은 아무것도 알려주지 않았다. 가즈오는 어떻게 해볼 도리가 없어 그만 멍해져 있었다. 그 절망감이 가닿은 것인지, 센주를 만난 그다음 날에 아내 마사코에게서 연락이 왔다.

"마도카 좀 만나봐요. 아빠가 보고 싶다고 하니까." 마사코는 그렇게 말했다.

항상 그랬다. 마도카는 갑작스럽게 아빠가 보고 싶은 모양이다. 그러면 마사코가 연락을 해준다. 하지만 막상 마도카를 만나면 그런 내색은 전혀 하지 않았다. 어쩌면 '보고 싶어 한다'는 그 말은 마사코가 나름대로 가즈오를 배려해준 것인지도 모른다.

가즈오와 마도카는 역 앞의 작은 노래방에 갔다.

두 시간에 음료수 리필 무제한으로 5백 엔. 마도카는 초등학생 요금이라 그 반액인 250엔. 둘이 합해 750엔을 내고 비좁은 엘리베이터를 탔다.

유명 체인점이 아니라 개인이 경영하는 그 아담한 노래방은 낮 시간인데도 만실이었다. 커플이 꼭 붙어 서서 노래하고 백발의 단체 손님이 박수를 쳐가며 노래하고 여고생들이 소파에서 방방 뛰면서 노래한다. 좁은 통로를 지나면서 작은 창 너머로 노래방 안의 사람들을 보고 있으려니 교도소 간수나 동물원 사육사가 된 듯한 기분이 들었다.

앞장선 마도카는 발걸음도 가볍게 좁은 통로 깊숙이 들어갔다. 등에 멘 빨간 배낭이 신이 난 듯 출렁였다.

역에서 만났을 때 "어디로 갈까?"라고 가즈오가 묻자 마도카는 망설임 없이 "노래방!"이라고 대답했다. "다음에 친구들이랑 노래방에 가기로 했어. 비밀 특별훈련이야." 그렇게 말하며 환하게 웃었다. 오랜만에 보는 어린애다운 웃음이었다.

함께 살던 때는 온 가족이 함께 노래방에 자주 갔었다. 먼저 바람을 넣는 건 항상 마도카였고, 그러면 마사코도 두 손 들어 반겼다. 가즈오는 별수 없이 떨떠름하게 따라나서곤 했다(가즈오는 노래를 그리 잘하는 편이라고 할 수 없다). 평소에는 말수가 적은 마도카도 마이크만 잡으면 수다쟁이가 되었다.

가족끼리 마지막으로 노래방에 갔던 게 3년 전 크리스마스 날이었다.

캐주얼한 이탈리안 레스토랑에서 식사를 한 뒤 마사코가 노래방에 가자고 했다. 웬일로 와인까지 마신 마사코는 얼근하게 취했는지 기분이 좋았다. 가즈오와 마도카의 팔을 잡고 씩씩하게 노래방에 들어가 몇 곡씩이나 노래를 입력하고 혼자 노래를 불렀다. 가즈오와 마도카는 그 모습에 압도된 채 손뼉을 치며 깔깔거리고 때로는 마이크를 잡고 함께 부르기도 했다. 단지 노래방 기기에 맞춰 노래하는 것뿐인데도 계속 웃었다. 좁은 소파에서 셋이 어깨를 마주하고 계속 노래했다. 그때 분명 우리는 행복했었다, 라고 가즈오는 생각했다. 하지만 대부분의 '행복'은 그것을 잃고 난 후에야 깨닫는 법이다.

"아, 여보세요? 여기 칼피스 하나 주세요." 노래방 안에 들어가자마자 마도카는 내부 전화기를 통해 주문에 들어갔다. "그리고…… 아빠는 음료수 뭐할 거야?"

"……우롱차?"

"우롱차도 하나 갖다 주세요."

주문을 마치고 마도카는 전자 목록을 손에 들고 터치 펜으로 노래할 곡을 입력했다.

"꽤 자주 오는 모양이네?"

"응, 엄마한테는 비밀이지만 이따금 친구들이랑 다른 엄마들하고 왔었어."

마이크 너머로 대답하는 마도카. 목소리가 왕왕 울려서 세 배 정도의 크기로 돌아왔다. 그 목소리는 평소보다 환하게 들렸다.

스피커에서 값싼 디지털 음의 오케스트라가 흘러나왔다. 길고 요란한 전주. 요즘 라디오에서 자주 나오는 발라드였다. 너무 보고 싶어서 가슴이 아파, 너를 만나고 싶어, 라는 러브 송이었다.

"마도카, 이런 노래도 불러?"

저도 모르게 가즈오는 물었다.

"왜?"

"아니, 이건 실연했다는 노래잖아."

"아빠, 뭔 생뚱맞은 소리야? 나도 좋아하는 남자애 있단 말이야."

"어떤 녀석인데?"

"축구도 잘하고 달리기도 엄청 잘하는 애."

"진짜로 괜찮은 녀석인지 아닌지 네가 어떻게 알아?" 한창 흥이 오르는 오케스트라의 전주 소리에 묻혀버릴 것 같아 가즈오는 목소리를 높였다. "남자는 우선 착하고 성실해야 한단 말이야!"

"아무리 착해도 달리기를 못하면 안 돼." 마도카가 싱글벙글 웃으며 말했다. "아빠는 운동 못하잖아. 만날 책만 읽고. 우리끼리는 아무리 착해도 아무리 머리가 좋아도 소용없어. 달리기를 잘해야지."

"아빠도 옛날에는 달리기 잘했어. 릴레이 선수였다고."

"흥, 또 괜히 잘난 척한다. 됐어, 그런 거."

요란한 전주가 끝나고 마도카가 노래를 부르기 시작했다. 새끼 고양이처럼 보드라운 목소리. 마사코를 꼭 닮았다. 가즈오는 놀라서 마도카를 멀거니 바라보았다.

모니터에 비친 노랫말을 눈으로 따라가며 노래하는 마도카. 3년 전에는 음정도 맞추지 못했는데 이제는 러브 송을 제법 그럴싸하게 불러내고 있었다.

마도카는 아이돌 송, K-POP, 애니메이션 주제가 등을 차례차례 불렀다. 때로는 눈을 지그시 감고, 때로는 소파 위에 올라가 춤을 추면서. "아빠도 좀 입력해봐!"라고 핀잔을 주는 바람에 가즈오는 대학 때 들었던 발라드며 밀리언셀러가 된 록 밴드의 노래를 입력해 불러보았다. 가즈오가 노래를 하면 마도카는 전자 목록을 들여다보며 다음에 부를 노래를 찾았다. 공통점이라고는 없는 노래들이 줄줄이 입력되었다. 그렇게 여러 번 하다 보니 두 시간이 지나고 실내 전화가 울렸다.

아, 여보세요, 10분 뒤에 종료됩니다, 연장하시겠습니까, 아빠, 연장할까? 안 해! 아, 연장 안 할래요. 그런 대화 끝에 가즈오는 "끝나기 전에 한 곡쯤은 같이 불러보자"라고 제안했다. 5분쯤 전자 목록을 뒤져보니 자연스럽게 노래할 곡이 정해졌다.

경쾌한 전주가 흐르고 곡이 시작되었다.

Raindrops on roses and whiskers on kittens
장미 꽃잎에 떨어진 빗방울과 아기 고양이의 작은 수염
Bright copper kettles and warm woolen mittens
구릿빛 주전자와 따뜻한 벙어리 털장갑
Brown paper packages tied up with strings
노끈으로 묶어둔 갈색 종이 다발
These are a few of my favorite things
그런 게 내가 좋아하는 자그마한 것들이라네

가즈오와 마도카는 소리를 맞춰 노래했다.

〈My favorite things〉. 내가 좋아하는 것들.

마사코가 좋아하는 노래였다. 철도 회사 광고에 사용되면서 유명해진 이 노래는 영화 《사운드 오브 뮤직》에 나온 것이다.

천둥소리에 겁을 먹은 아이들이 가정교사를 하던 수녀 마리아에게로 몰려온다. 그러자 마리아가 노래를 불러준다. 내가 좋아하는 자그마한 것들. 그것들을 떠올리는 것만으로도 슬픈 일도 괴로운 일도 모두 사라진다.

3년 전 크리스마스 날 밤.

마사코는 이 노래를 불렀다. 정말 즐거운 얼굴로, 정말 행복한 얼굴로.

문득 도서관에서 책을 찾던 마사코의 모습이 뇌리에 되살아났다. '내가 좋아하는 것들'을 찾아 도서관을 이리저리 돌아다니던 그 무렵의 마사코.

지금 '내가 좋아하는 것'은 무엇일까.

지금 '마사코가 좋아하는 것'은 무엇일까.

하얀 원피스에 파란 장식 띠를 두른 소녀

내 코와 속눈썹에 내려앉은 눈송이들

봄이면 녹아드는 은빛 하얀 겨울

그것이 내가 좋아하는 자그마한 것들

개에 물리거나 벌에 쏘이거나

마음이 울적할 때

나는 그저 내가 좋아하는 것들을 떠올린다네

그러면 기분이 그리 나쁘지 않아

마도카가 노래하는 모습이 그때의 마사코와 겹쳐 보였다.

'마도카가 좋아하는 것'은 무엇인지, 다음에 만나면 꼭 물어보자고 가즈오는 생각했다.

노래방을 나서자 거리는 주홍빛으로 물들어 있었다. 주홍빛은 작별의 색깔이었다. 가즈오는 마도카를 역까지 배웅해 주었다. 까만 그림자가 길게 늘어난 채 두 사람 앞을 우쭐우쭐 걸어갔다.

"아빠, 뭔가 피곤해 보여." 마도카가 말했다.

"그래? 요즘 잠을 별로 못 잤어." 가즈오는 대답했다.

"무슨 일 있었어?"

"아빠 친구가……." 가즈오는 마도카의 눈을 마주 보지 못한 채 말했다. "자기 친구한테 돈을 도둑맞았대. 상당히 큰 돈이래. 그래서 그 돈 찾는 거, 도와주고 있어."

"그렇구나. 아빠 친구, 힘들겠다."

"근데 그 친구도 좀 문제야. 친구라고는 해도 15년 만에야 만났다는데 그런 친구에게 자기 돈을 덥석 맡긴 모양이야."

"와아, 신기하다. 15년 동안이나 못 만났는데도 친구인 거야?"

"하긴 그렇다. 더 이상 친구가 아닌지도 모르겠네. 아마 사기를 당한 건가봐. 그런데도 그 친구는 아직 포기할 수 없다는 거야. 진짜 이해가 안 되지?"

가즈오는 쓴웃음을 지으며 말했다. 그러자 마도카가 발을 멈추고 가즈오를 보았다.

"이해가 안 될 것도 없어." 조용히 가즈오의 눈을 바라보며 마도카는 말했다. "아빠 친구도, 돈을 훔쳐 간 그 친구도, 나쁜 사람은 아닌 것 같아."

"……왜 그렇게 생각하는데?"

"그 사람이 지금도 '친구'라고 한다면서? 돈을 훔쳐 간 뒤에도 친구라고 믿는 거잖아. 그러니까 둘 다 나쁜 사람은 아닐 거 같아, 그냥 왠지."

역에 도착했을 때, 하늘은 완전히 컴컴해져 있었다.

역 플랫폼에서 가즈오는 마도카와 함께 전차를 기다렸다. 매번 하는 의식이다. 마도카를 배웅하는 이 시간.

어디선가 사고가 났는지 전차가 늦어져서 플랫폼은 사람들로 붐볐다. 해가 지면서 기온이 뚝뚝 떨어졌다. 내쉬는 입김이 형광등 불빛에 하얗게 빨려들었다.

겨울의 역 건물은 왜 이렇게 춥게 느껴질까. 창백한 형광등 불빛 때문인가. 아니면 회색 콘크리트 때문인가. 그것도 아니면 사람이 헤어지는 장소이기 때문인가.

"마도카, 미안하다. 오늘은 돈 안 드는 데만 갔다 오고."

"아니, 노래방 진짜 재밌어. 나쁘지 않은 데이트였어."

"……자전거, 엄마가 사줬어?"

"아니, 아빠가 사준다고 했잖아."

"미안해, 아빠는……."

"아직은 괜찮아. 아빠가 사줄 수 있을 때 사주면 돼. 게다가 돈이 있든 없든 난 별로 상관 안 해."

마도카는 가즈오에게서 시선을 돌려 앞쪽만 보면서 말했다.

"……미안하다."

비참함에 찌부러질 것만 같아 그다음 말이 나오지 않았다.

안내 방송이 전차가 이전 역을 5분 늦게 출발했다고 알렸다.

"그래도……." 마도카는 변함없이 앞만 바라보며 말했다. "빚 다 갚으면 아빠 돌아올 거지? 그래서 아빠랑 엄마랑 나, 다시 함께 살 수 있지? 그러려고 아빠는 지금 열심히 일하는 거잖아. 그러니까 난 노래방이면 충분하고 자전거 같은 건 필요 없어."

약간 높은 목소리로 단숨에 말하더니 마도카는 고개를 숙인 채 살짝 가즈오의 손을 잡았다. 차갑게 얼어버린 자그마한 손. 가즈오는 그 손을 가만히 마주 잡았다.

"그래, 다시 함께 살자. 자전거도 사고. 아빠, 열심히 할게."

"아 참, 깜빡했다!" 겸연쩍은 것을 감추려는 듯 마도카가 돌연 큰 소리로 말했다. "엄마가 전해주라는 말이 있었어. 다음 주 일요일, 발레 발표회에 함께 갈 수 있는지 물어보랬어."

"엇, 내가 가도 돼?"

"응, 가도 되나봐. 아빠, 오랜만이지, 내 발표회?"

"응."

"좋아?"

"응, 좋아."

사람들로 붐비는 전차가 플랫폼에 미끄러져 들어왔다. 조그만 마도카가 사람들 사이를 비집고 전차 안으로 기어들었다. 문이 닫히고 승객을 가득 채운 전차가 묵직하게 출발했다. 창에 찰싹 붙어 있던 마도카가 작은 공간을 최대한 이용해 손을 까불면서 멀어져갔다. 가즈오는 저도 모르게 웃음이 터져서 마주 손을 흔들었다.

3년 만에 찾아간 발레 발표회장은 예전보다 넓게 느껴졌다.

삼켜지듯이 안으로 들어가는 부모와 아이들. 영광스러운 무대를 앞둔 웃는 얼굴, 얼굴들. 로비에 장중한 클래식 음악이 흐르고 테이블에는 꽃다발이 수북이 쌓였다.

오랜만에 체험하는 분위기에 압도된 채 가즈오는 안으로 들어갔다. 낡았지만 따스함이 느껴지는 홀이다. 빨간 객석에 목조 무대, 커다란 하늘색 장막.

8백 석 정도의 자리는 앞에서부터 차례대로 채워졌다. 정장을 차려입은 부부를 중심으로 남학생 여학생 선배들, 조부모로 보이는 노부부도 눈에 띄었다. 그들이 내는 자디잔 웃음소리가 회장에 부드럽게 울렸다.

가즈오는 마사코의 모습을 찾아 회장을 둘러보았다. '무대를 마주하고 왼편 가장 뒤쪽'이라는 문자가 왔었다. 그쪽을 살펴보니 맨 뒷줄 구석 자리에 마사코가 있었다.

가즈오는 빠른 걸음으로 계단을 올라가 마사코 옆에 앉았다.

길게 자란 검은 머리를 깔끔하게 틀어 올려서 하얀 대리석 같은 목이 내보였다. 화려하지는 않지만 질 좋은 소재의 옷으로 몸을 감싼 모습. 슬림한 검정색 정장에 회색 라운드 니트. 기품 있는 진주 목걸이와 한 세트로 맞춘 귀걸이. 그녀를 만나고 10년 넘는 세월이 흘렀다. 그런데도 그녀는 변함없이 모노톤의 그러데이션 속에 있었다.

이쪽 좌석 주위에는 사람이 거의 없어서 맨 뒷줄인데도 느긋하게 무대 전체를 바라볼 수 있었다. 항상 그렇지만 역시 그녀다운 선택이라고 생각했다. 모두가 한사코 앞으로 가려고 할 때, 마사코는 가장 뒷자리를 선택한다. 모두가 서두를 때는 천천히, 화가 날 때는 냉정하게. 굳이 삐딱하게 굴려는 것이 아니라 지극히 자연스러운 선택으로서 그게 '정답'이라는 것을 그녀는 알고 있었다.

"마도카 긴장했었어?" 자리에 앉으면서 가즈오는 약간 가쁜 숨을 내쉬었다.

"응, 엄청. 몇 년째인데도 항상 똑같은가봐." 마사코는 조용히 미소를 지었다.

딸의 화려한 발표 무대에 한껏 기대를 품고 찾아온 평범한 부부 같았다. 아침에 함께 일어나 함께 식사하고 함께 전차를 타고 여기까지 나온 듯한 부부의 대화. 그래, 아직 우리는 괜찮아. 가즈오는 자신에게 그렇게 되뇌었다.

"3년 만이네."

"그렇지?"

"불러줘서 고마워. 반가웠어."

"오늘의 마도카를 당신도 봐줬으면 했어."

회장의 불이 꺼졌다. 잔물결 같은 박수 소리가 일었다. 막이 열리고 차이코프스키의 〈호두까기 인형〉이 높은 볼륨으로 흘러나왔다. 무대 윙에서 여덟 명의 소녀들이 종종걸음으로 달려 나와 춤추기 시작했다. 세 살 혹은 네 살인가. '호두까기 인형'이라기보다 '태엽 인형' 같은 소녀들이다. 더듬거리느라 뛰는 것도 도는 것도 마음먹은 대로 되지 않는다.

"귀엽네. 마도카도 옛날에는 저랬는데."

"벌써 6년이야, 발레 시작한 지."

"그래? 벌써 그렇게 됐나?"

"꽤 오래 하고 있지? 마도카가 처음으로 꼭 하고 싶다고 원했던 거야."

"그랬지."

"당신은 반대했었어."

"비용도 많이 들고, 무엇보다 이렇게 계속할 줄은 예상을 못했어."

"예상이 빗나간 거네?"

음악이 고조되고 무대에서 작은 발레리나들이 빙글빙글 돌기 시작했다. 그때 맨 뒷줄에서 춤추던 가장 키 작은 여자

애가 갑자기 넘어졌다. 발목을 삐었는지 아니면 충격으로 움직이지 못하는지, 여자애는 결국 업혀서 나갔다. 그 모습에 마도카가 겹쳐졌다.

그 여자애와 비슷한 나이일 때였다. 마도카가 무대에서 넘어졌다. 그대로 몸을 웅크린 채 꼼짝도 하지 않았다. 한참 동안 마도카를 방치하듯이 음악은 이어지고 막이 내려갔다. 공연이 끝난 뒤 가즈오와 마사코가 서둘러 대기실로 가보니 마도카는 울고 있었다. 춤을 제대로 추지 못했어. 아빠 엄마, 미안해. 그렇게 말하며 엉엉 울었다. 가즈오는 마도카의 눈물을 닦아주고 마사코는 그 몸을 끌어안았다.

"어쩐지 그때가 그립다." 가즈오는 말했다.

"그러게." 마사코가 응했다.

"지난번에는 미안해."

"아, 그 전화?"

"술에 취했었어." 가즈오는 쓴웃음을 지으며 사과했다. "하지만 그때 했던 말은 사실이야. 이제 곧 큰돈이 들어와. 빚도 갚을 거고. 우리는 원래의 가족으로 돌아갈 수 있어."

"……그래?"

"응, 돈이 모든 것을 해결해줄 거야." 가즈오는 자기 자신에게 들려주듯이 말했다. "여태까지 나는 돈에 겁을 냈었어. 그래서 계속 회피하기만 했지. 빚을 지고 살게 된 뒤에도 돈으로는 살 수 없는 게 있다, 돈보다 중요한 게 있다, 내내 그런 소리만 했어. 근데 드디어 알았어. 돈이 있고, 그것을 제대로 컨트롤할 능력이 있으면 어떤 문제든 다 해결돼."

반드시 쓰쿠모를 찾아 3억 엔을 돌려받을 것이다. 그때는 분명 '돈과 행복의 정답' 또한 찾을 수 있을 것이다. 마사코에게 그렇게 선언하는 것에 의해 그것이 현실로 앞당겨질 것 같은 마음이 들었다.

무대에서는 남은 일곱 명의 소녀들이 춤추고 있었다.

그 소녀들을 멍하니 바라보며 마사코가 중얼거렸다.

"……그걸로 우리가 정말 행복해질 수 있을까."

"틀림없이 행복해질 수 있어. 당신, 혹시 큰돈이 생기면 인생이 잘못된 방향으로 흐를까봐 걱정하는 거야? 근데 괜찮아. 나는 계속 찾아다녔어. 돈과 행복의 정답을. 큰돈을 손에 넣은 사람들의 이야기를 알아보고 다녔어."

"그래서 당신은 돈이 들어오면 뭘 할 거야?"

"빚을 갚고 집도 사야지. 지금까지 고생시킨 만큼 원하는 건 뭐든 사줄게. 차도 살 수 있어. 여행도 다니고 맛있는 것도 실컷 먹으면서 살자. 우리의 행복이 돈 때문에 망가지지 않게 주의해가면서."

그때 마사코가 가즈오를 돌아보았다. 찌르는 듯한 눈빛이었다.

"역시 당신은 변했어." 마사코는 단숨에 가즈오를 멀리 밀쳐내듯이 말했다. "당신에게 그 빚이 너무 컸던 것 같아. 당신을 바꿔버릴 만큼. 당신은 소중한 것을 돈에 빼앗겨버렸어."

"소중한 것이라니?"

"당신, 정말로 집이나 자동차를 갖고 싶어? 당신이 지금 진심으로 갖고 싶은 건 뭐야?"

내가 진심으로 갖고 싶은 것. 큰돈을 쥐게 되었을 때, 나는 무엇을 원할까.

가즈오는 센주의 세션에 참가했던 때를 떠올렸다.

참석자들이 써내려갔던 수없이 많은 '갖고 싶은 것의 목록.'

세계 일주 여행. 고층 맨션. 고급 외제 차. 피서지의 별장. 크루저. 퍼스트 클래스. 블랙 카드. 미인 비서. 가정부. 고성(古城)에서의 저녁 식사. 티 나지 않는 성형수술. 아름다운 다이아몬드. 실크 스카프. 빨간 바닥의 하이힐. 온갖 욕망이 가즈오의 머릿속을 줄줄이 뛰어다녔다.

"지금 내가 원하는 건 아무것도 없어. 단지 빚 갚고 가족이 돌아오고 당신과 마도카가 원하는 것을 모두 사줄 수 있으면 그걸로 충분해."

"당신은 이미 답을 말했어."

"무슨 말이야?"

"당신이 돈에 빼앗긴 소중한 것. 그건 '욕심'이야."

"무슨 말인지 모르겠어. 욕심은 인간을 망치는 것이지. 욕심 때문에 인생을 망친 부자들을 수없이 봤어."

"분명 욕심은 인간을 망치지. 하지만 그와 동시에 우리를 살아가게 해주는 거야."

"역시 무슨 말인지 모르겠는데?"

"이를테면." 마사코는 조용히 말을 이었다. "이를테면 당신이 오늘 이 자리에 큰돈을 들고 왔다고 할까. 발레가 끝나고 회장을 나가 우리는 빚을 갚고 원하는 것을 전부 사 들고 집에 돌아갈 거야. 그러면 더 이상 필요한 건 없겠지. 근데결코 일이 그렇게 되지는 않아."

가즈오는 침묵했다. 전황이 보이지 않아 그저 멍하니 서있는 병사처럼.

그런 가즈오가 눈에 들어오지 않는다는 듯 마사코는 담담히 말했다.

"왜냐하면 인간이란 내일을 살아가기 위해 '뭔가에 욕심을 내는' 동물이기 때문이야. 맛있는 것을 먹고 싶다, 어딘가에 가고 싶다, 뭔가를 갖고 싶다. 그런 바람 때문에 우리는 살아갈 수 있어. 예전에 나는 도서관에서 당신이 골라준책을 한 권 한 권 읽는 것으로 내일로, 모레로 나아갔어. 다음에 어떤 책을 읽을지 상상하는 것으로 삶이 계속 이어졌어. 그때 우리는 책을 빌리고 빌려주는 것만으로도 행복을느꼈어. 나는 책을 한 권 한 권 대출하면서 마음속 책장을채워나갔고. 그리고 그 책장이 가득해졌을 때 나는 정말로원하는 것을 찾을 수 있었어. 그게 바로 당신이야."

〈호두까기 인형〉이 끝났다. 소녀들이 깊이 머리 숙여 인사했다. 회장이 박수에 감싸였다. 선량하게 내리는 비처럼부드러운 박수 소리.

"……다시 원래대로 돌아가기만 하면 돼. 틀림없이 우리는 다시 해낼 수 있어. 그걸 뒷받침해줄 돈도 있단 말이야."

"……어쩌면 당신은 지나치게 성실했던 것인지도 모르겠어. 빚을 떠안고 살면서 밤낮없이 돈에 대해서만 생각하다 보니까 그 돈이 당신 속에 들어앉아서 '살기 위한 욕심'을 앗아 간 거야. 아무리 빚이 많더라도, 당신이 쉬지 않고 일만 하게 되더라도, 나는 어떻게든 견딜 수 있다고 생각했어. 1년에 한 번, 당신과 함께 마도카의 발레 발표회를 보는 것만으로도 우리는 계속해서 한 가족일 수 있다고 생각했어. 하지만 당신은 마도카의 발레를 그만두게 하자고 말했어. 당신은 그게 사소한 일이라고 생각했는지도 모르지만 나한테는 결정적이었어. 그걸로 당신이 완전히 변해버렸다고 확신했어. 당신은 그때 나와 마도카에게 '살기 위한 욕심'을 내버리라고 한 거야."

다시 막이 오르고 조명이 무대 위를 비췄다.

연한 하늘색 레오타드를 입은 마도카가 무대에 등장했다.

그 뒤를 이어 세 명의 소녀가 나타났다. 넷이서 무대 중앙에 나란히 모여 깊숙이 인사를 했다. 박수 소리가 울려 퍼졌다.

"그 일은 사과할게. 하지만 지금의 나는 달라. 지금이라면 분명 당신과 마도카를 행복하게 해줄 수 있어."

가즈오는 말했다. 떨리는 몸으로 목소리를 쥐어짜듯이.

"아니, 당신과 함께 사는 건 안 돼." 마사코는 숨을 내뱉듯이 말했다. 몹시 슬픈 눈빛. 그 눈빛은 연민도 경멸도 아니고, 오로지 이게 현실이라는 것을 가즈오 앞에 들이밀었다.

"아무리 큰돈을 손에 쥐었어도 당신은 원래대로 돌아오지 못해. 그리고 아마 나도. 한번 잃어버린 욕심을 되찾는다는 건 너무 어려운 일이야. 우리가 더 이상 책을 빌리고 빌려주는 것만으로는 행복하다고 생각할 수 없게 된 것과 똑같아."

잠시 동안의 정적 끝에 조용히 오보에가 울리기 시작했다. 〈죽은 왕녀를 위한 파반느〉. 라벨이 스페인의 궁전에서 춤추는 어느 어린 왕녀를 상상하며 쓴 곡이다. 비가 내리면 마사코는 항상 이 곡을 들었다. "이 음악을 들으면서 생각해. 정말로 행복한 것과 정말로 슬픈 것은 서로 닮았다고." 그렇게 중얼거리면서. 까맣게 잊고 있었던 그런 기억이 다시 잠에서 깨어났다.

"마도카는? 마도카는 그래도 괜찮을 거 같아?" 가즈오는 떨리는 목소리로 물었다. "내 생각에는 그렇지 않을 것 같은데?"

"……어제 얘기해줬어." 마사코는 춤추는 마도카를 지그시 바라보며 말했다. 그 눈에서는 눈물이 흐르고 있었다. "마도카, 울더라. 이제 되돌아갈 수 없느냐고 몇 번이나 물어보면서. 하지만 마지막에는 알겠다고, 이해한다고 말했어. 자기 일은 신경 쓰지 말라고 했어. 내 결정이 잘못된 것일 수도 있어. 마도카를 위해 당신과 계속 함께 사는 게 옳은 일인지도 모르지. 하지만 그렇게 사는 건 절망적이라고 생각해. 이대로라면 우리는 아무것도 욕심내는 일 없이, 내

일을 살아갈 기력마저 잃어버리고 이윽고 사랑도 사그라질 거야. 마도카는 그런 우리와 함께 있어서는 안 돼. 나는 마도카가 상실되어가는 곳에 있는 건 원하지 않아. 그래서 새로운 책장에 다시 책을 한 권씩 채워가기로 마음을 정했어. 마도카와 함께 내일을 살아가기 위해서."

오케스트라의 연주가 안타깝고도 아름답게 흐르고 있었다. 〈죽은 왕녀를 위한 파반느〉. 이 세상 모든 것이 슬픔과 희망으로 축복을 받고 있는 듯한 멜로디. 마도카가 작은 나뭇가지 같은 팔다리를 한껏 펼치며 춤추고 있었다. 숨이 헉헉거리고 심장이 두근거린다. 그래도 계속 춤을 춘다.

그 모습을 응시하며 가즈오는 생각이 났다.

첫 탄생의 울음소리를 올리는 마도카. 아장아장 걸음마를 떼는 마도카. "밥 더 주세요!"라고 외치는 마도카. 무릎 위에서 잠들어버린 마도카. 빨간 배낭을 메고 뛰어가는 마도카. 불꽃놀이 막대를 휘휘 돌리는 마도카. 운동회에서 달리는 마도카. 노래방에서 노래하는 마도카.

이별하던 날, 울면서 몇 번이나 뒤를 돌아보며 손을 흔들던 마도카.

역의 플랫폼에서 "다시 함께 살 수 있지?"라고 말했던 마도카.

딸아이는 우리가 한 가족으로 살 수 있기를 진심으로 바라고 있었다. 그것이 딸아이가 '좋아하는 것'이었다. 하지만 지금, 마도카는 아빠와 엄마가 헤어지리라는 것을 알고 있다. 모든 것을 다 알면서 홀로 춤추고 있다.

눈물로 시야가 어룽졌다.

번져버린 풍경 저 너머에 '예전의 마사코'가 나타났다. 다정하고 아름다운 웃음. 불룩해진 배를 쓰다듬으면서. 당연히 그렇다. 마도카가 태어나기 한 달 전이기 때문이다.

책을 읽고 있는 나. 뜨개질을 하며 그런 나를 바라보는 마사코. 배 속에는 마도카.

가족의 시작. 마도카가 태어나고 마사코는 행복한 웃음을 보인다. 나는 너무 기뻐서 울어버린다. 고마워. 태어나줘서 고마워.

도심과는 한참 먼 곳이지만 녹음이 풍성한 임대주택으로 이사했다. 어린이 놀이기구가 있는 공원에 나가 뛰어놀았다. 강변 부지를 산책했다. 책방에 나가서 나는 문고본을 사고 마사코는 잡지를, 마도카는 그림책을 샀다. 각자 한 권씩이다. 돌아오는 길에는 식당에 들렀다. 거기서 다음 휴일에 놀러갈 곳을 가족회의를 거쳐 정하곤 했다. 백화점에서 슈크림을 사 들고 돌아왔다. 다음 날 아침에 먹을 빵도. 비디오 대여점에도 잠깐 들러 오래된 영화를 빌렸다. 그리고 목욕을 하고 영화를 보고 셋이서 내 천 자를 그리며 함께 잤다.

더 이상 그런 날들은 돌아오지 않는다. 3억으로도 10억으로도 100억으로도 그날들을 다시 사들일 수는 없다.

우리를 행복하게 해주는 것은 무엇인가.

우리의 목숨을 이어주고, 내일로 또 내일로 살아가게 해주는 것은 무엇인가.

그것은 부드러운 대형 목욕 타월, 바람에 흔들리는 레이스 커튼, 베란다에서 펄럭이는 빨래, 나란히 꽂혀 있는 칫솔. 막 구워낸 빵, 달콤한 사과, 방금 내린 커피. 한 송이 튤립 꽃, 웃는 얼굴의 가족사진, 기분 좋은 음악.

그 모든 것을 어쩌면 돈으로 사들일 수 있을지도 모른다. 하지만 거기에 담겨 있는 행복은 누군가와 함께하지 않고서는 가질 수 없다. 혼자서는 어렵다. 누군가와 공유하지 않고서는. 그런 행복한 한때는.

무대 위에서 마도카는 춤을 춘다. 계속 춤추고 있다.

가족으로서는 마지막이 될 발표회. 그것을 마도카는 알고 있다. 그래서 필사적으로 춤을 춘다. 있는 힘껏 춤추고 있다. 마도카의 다리가 파르르 떨리고 숨이 헉헉거리는 것이 멀리서도 훤히 보였다. 가즈오는 양손을 부르쥐고 어린 딸의 용감한 모습을 지켜보았다.

그때 마도카의 발이 엇갈리면서 휘청 넘어졌다. 회장에서 짧은 비명이 터졌다.

마도카는 움직이지 않았다. 몸을 웅크린 채 일어서지 않았다.

잔인하게도 음악은 계속해서 흘러나왔다. 마치 그날 같

았다. 세 살 때의 마도카 모습이 겹쳐졌다. 힘을 내, 마도카! 힘을 내! 그렇게 외치고 싶었다. 하지만 소리가 나오지 않았다. 마도카는 일어서지 않았다. 회장 안이 술렁거렸다. 그 순간, 마사코가 외쳤다.

"마도카, 일어나!"

온 회장 안의 관중이 고개를 돌려 그녀를 쳐다보았다.

"마도카, 힘을 내야 해!"

관중 따위 눈에 들어오지도 않는 듯 마사코는 자리에서 일어나 울면서 외쳤다.

그 목소리가 가닿았는지, 웅크리고 있던 마도카가 일어섰다. 파르르 떨면서 몸을 일으켜 세우고 쓰윽 앞을 바라보며 가슴을 펴고 양팔을 펼쳤다. 그리고 뭔가를 결심한 듯한 표정으로 다시 춤추기 시작했다.

가슴이 먹먹해졌다.

힘을 내, 마도카! 힘을 내! 가즈오는 마음속에서 계속 부르짖었다. 눈물이 흘렀다. 안 돼, 이래서는. 나도 빨리 뭔가 말을 해줘야 해. 힘을 내, 마도카! 힘을 내! 그리고 마도카에게 달려가 껴안아주어야 한다. 그렇건만 어떻게 해도 목소리를 낼 수 없었다. 몸을 움직일 수조차 없었다.

그날의 마도카 모습이 생각났다.

대기실에서 울고 있는 마도카. 미안해, 아빠. 미안해, 엄마. 미안해.

그때 그 대기실에서 마도카를 부둥켜안으면서 마사코는 울었다. 마도카의 눈물을 닦아주며 가즈오도 울었다. 그날 우리는 분명하게 한 가족이었다.

하지만 이제 곧 우리는 한 가족이 아니게 된다.

그런데도 우리는 그날과 똑같이 울고 있다.

억남億男의 미래

"옛날 옛날에 생선 장사를 하고 다니는 사람 중에 어지간히 느리터분한 술고래가 있었습니다. 그러니 노상 마누라가 어서 일 좀 하라고 잔소리를 해댔지요. 장사하러 나가야 할 거 아니에요, 이제 가난한 건 지겨워요, 어서 어시장에 나가 봐요. 에이, 싫어. 어서 가라니까요. 아, 그럼 내가 마시고 싶은 만큼 술을 실컷 마시게 해주면 다녀오리다."

검은 천으로 몸을 감싼 쓰쿠모가 만담을 시작했다.

옆에는 하얀 천으로 몸을 감싼 가즈오. 고좌는 모래언덕 위였다.

모로코의 거대한 사막이 내려다보이는 모래언덕의 정상. 이른 아침. 아름다운 연보랏빛 하늘을 바라보며 두 사람은 나란히 앉아 있었다.

쓰쿠모는 항상 그렇듯이 낭랑하게, 노래하듯이 연기를 펼쳤다. 이른 아침의 사막에는 소리라는 게 존재하지 않는다.

마치 이어폰을 통해 듣는 것처럼 오직 쓰쿠모의 목소리만 귀에 들어왔다.

"여보, 아침이에요. 어서 일어나요. 어시장에 가기로 약속했잖아요. 에잇, 귀찮아 죽겠네. 지금 당장 가라는 거야? ……칼은? 갈아뒀어요. 짚신은? 꺼내놨어요. 에잇, 제기랄, 그럼 다녀오리다. 어, 추워, 추워."

솜씨는 괜찮은데 술을 너무 좋아하던 생선 장수는 늘 술만 마시고 일을 하지 않았다. 그 바람에 일생이 가난뱅이였다. 속을 끓이던 아내가 새벽녘에 두들겨 깨워 등을 떠밀자 떨떠름하게 '시바하마 어시장'으로 생선을 떼러 나갔다. 하지만 시간이 너무 일렀던지 어시장은 아직 열리지 않았다. 별수 없이 바닷가에서 시간을 때우고 있던 중에 발치의 바닷물 속에서 지갑을 발견한다. 주워 보니 안에는 눈을 까뒤집을 만큼 큰돈이 들어 있었다. 생선 장수는 뛸 듯이 기뻐하면서 집으로 돌아와 친구들을 불러 술 마시고 노래하고 한바탕 난장을 쳤다. 그러고는 술에 취해 잠이 들어버렸다.

"여보, 일어나요. 에이, 단잠을 자는데 왜 깨우는 거야? 지금 왜 깨우냐고 소리칠 때가 아니지요, 대체 언제까지 자빠져 잘 거예요, 간밤에 먹고 마신 음식값 계산은 대체 어쩔 거냐고요. 그까짓 거야 내가 주워 온 돈으로 냉큼 치르면 될 거 아니야. 주워 온 돈이라니, 무슨 잠꼬대를 하는지 모르겠네, 당신 여태 자빠져 자고 있었는데 돈은 무슨 돈을 주워 와요? 엇, 그럴 리가 있나, 내가 어제 분명히……. 아하, 그렇게 된 거였네요. 아니, 이 여편네가 대체 뭔 소리야? 그런 헛꿈을 꾸고서 일어나자마자 느닷없이 친구들을 불러다 그 난장을 쳤군요. 뭣이라, 꿈을 꿨다고? 그렇지요. 완전히 헛꿈이지요. 참말로 당신이라는 사람은 한심하네요. 아무리 가난뱅이라지만 돈 줍는 꿈을 꾸다니."

하늘은 연보랏빛에서 군청색으로 변해갔다.

마치 남국의 바다처럼 선명한 블루.

"돈 줍는 꿈을 꿨다니, 거참, 내가 생각해도 참 한심하네. 이건 죄다 술 탓이야. 앞으로는 술 딱 끊고 열심히 일해야겠어." 마음을 고쳐먹은 생선 장수는 술을 딱 끊기로 결심한다. "돈은 줍는 게 아니지. 내 손으로 벌어들이는 것이야. 이제야 눈이 뜨였네." 그 뒤로 생선 장수는 전력을 다해 일하는데……

하늘은 점점 환해져왔다. 모래로 뒤덮인 지평선 바로 아래쪽에서 태양이 느껴졌다. 쓰쿠모는 노래하듯이 만담 연기를 마치고 끝맺음 대사와 함께 모래의 고좌에 손을 짚고 천천히 머리를 숙였다. 가즈오는 웃으면서 큰 박수를 보냈다.

고열로 쓰러진 가즈오가 도자기 가게 주인이 사는 사막의 저택에서 눈을 떴고, 거기에 쓰쿠모가 뛰어들어온 뒤로 몇 시간이 지난 참이었다.

모래투성이였던 쓰쿠모는 샤워를 하고 도자기 가게 주인에게서 검은 옷과 터번을 얻어 입었다. 가즈오가 자던 방에

새 침대가 옮겨져 오고 가즈오와 쓰쿠모는 그날 밤, 나란히 누워 잠을 잤다.

하지만 둘 다 잠들지 못했다. 흥분한 탓이었을까, 아니면 창문으로 비쳐 드는 보름달 달빛이 너무 환해서였을까. 아마 그 둘 다였을 것이다. 가즈오와 쓰쿠모는 소리 내는 일도 없이 가만히 모자이크 무늬의 천장을 올려다보았다.

서서히 하늘이 부옇게 밝아왔다. 쓰쿠모는 수없이 뒤척이다가 갑작스레 벌떡 일어나 샌들을 신고 방을 나갔다. 가즈오도 서둘러 따라나섰다.

보름달 빛을 받은 모래언덕이 은색으로 빛났다. 수백 미터는 될 것 같은 급경사의 사막 언덕을 모래에 발이 푹푹 빠져가면서 쓰쿠모가 올라가고 있었다. 가즈오도 그 뒤를 따라 비탈진 언덕을 올라갔다. 부드러운 모래가 발목을 사로잡는 손처럼 엉겨들어 마음먹은 대로 앞으로 나아갈 수 없었다. 기나긴 밤은 사막의 지열을 빼앗아 모래는 썰렁하니 차가웠다.

두 사람은 비탈진 언덕을 허위허위 올라갔다. 심장이 놀랄 만큼 빠르게 뛰고 목이 칼칼해졌다. 한 가지 색깔로 뭉쳐진 모래의 세계는 원근감을 잃어서 아무리 올라가도 정상이 나오지 않을 것만 같았다. 15분쯤 비탈길을 기어오르느라 급기야 눈앞이 침침해질 무렵, 가즈오와 쓰쿠모는 모래 언덕의 정상에 도착했다. 두 사람은 숨을 헐떡이며 모래 위에 나란히 앉았다. 거친 숨을 가다듬는 데 다시 15분이 필요했다. 그리고 호흡이 정상으로 돌아온 그 순간, 쓰쿠모가 돌연 만담을 시작했던 것이다.

"역시 쓰쿠모의 만담은 최고야." 가즈오가 말했다. "강의실 무대에서 듣는 것도 좋았지만 사막에서 들으니 또 다른 각별한 맛이 있어."

"고, 고마워. 나, 나도 연기하면서 기분 좋았어."

쓰쿠모는 여느 때의 더듬거리는 말투로 돌아와 중얼중얼 말했다.

"세계 최초의 '사막 만담'이구나."

가즈오는 웃었다. 쓰쿠모도 덩달아 웃었다. 두 사람의 웃음소리가 지평선까지 가닿을 것처럼 웅웅 울렸다.

"네가 방에 뛰어들었을 때, 진짜로 반가웠어." 지평선을 바라보며 가즈오는 말했다.

"그, 그때는 아무리 찾아봐도 병원이 보이지 않아서 별수 없이 도자기 가게로 다시 돌아갔었어. 그, 그랬는데 네가 사라지고 없더라. 지, 진짜 당황했어. 피, 필사적으로 찾아다녔어. 아무튼 너를 찾아서 저, 정말 다행이야." 쓰쿠모가 말했다. 항상 그렇듯이 고개를 푹 숙인 채.

"그나저나 어떻게 여기까지 찾아왔어? 어디로 갔는지, 단서가 전혀 없었을 텐데." 가즈오가 물었다.

쓰쿠모는 잠시 침묵했다. 사막은 여전히 완벽한 정적에 휩싸여서 두 사람이 침묵할 때마다 무음(無音)의 세계가 되었다.

"배, 백만 엔을 풀었어." 쓰쿠모가 조용히 대답했다. "백 달러 지폐로 배, 백 장. 만나는 사람마다 다 나눠 줬어. 그, 그랬더니 단서를 알 만한 사람을 소, 소개해주기도 하고 도자기 가게 주인의 집을 아, 알려주는 사람도 나타났어. 중간까지 차로 데, 데려다준 사람도 있었어."

"어떻게 그런 큰돈을……."

"혀, 현재 내 저금통장에 1억 엔 정도가 있어."

"1억 엔?" 가즈오는 깜짝 놀라 되물었다. "그게 말이 돼?"

쓰쿠모의 부모님은 교사여서 지극히 일반적인 가정이다. 무슨 큰 유산을 받았으리라고는 도저히 생각할 수 없었다.

"주, 주식으로 벌었어. 대학 2학년 때부터 트, 트레이드를 했거든. 처음에는 내가 연구하던 확률론을 검증해보려고 시, 시험 삼아 해본 거야. 근데 나한테 그, 그런 쪽으로 재능이 있는 모양이야. 대, 대학 2학년 때 천만 엔, 3학년 때 5천만 엔, 그리고 드, 드디어 1억 엔을 넘어버렸어."

놀라웠다. 스물네 시간 항상 함께 지냈던 친구다. 그의 또 다른 얼굴을 지금까지 전혀 눈치채지 못했다는 게 어처구니가 없었다. 할 말을 잃은 가즈오를 남겨두고 멀리 가버리듯이 쓰쿠모의 말투가 매끈해졌다. 만담 이외에 쓰쿠모가 막힘없이 말하는 모습을 본 것은 그때가 처음이었다.

"그래서 너와 여행하면서 길을 안내해준 아이에게 돈을 쥐여주네 마네, 밥값이 1달러냐 2달러냐, 택시 요금은 얼마를 줘야 하나, 솔직히 그런 건 어떻게 되건 상관없는 일이었어."

"쓰쿠모, 너 진짜……."

"하지만 여행이란 원래 그런 걸 즐기기 위해서 떠나는 거잖아. 소소한 뭔가를 갖고 싶어 하고, 그걸 어떻게든 한 푼이라도 싸게 사보려고 협상도 하고. 근데 나는 그런 걸 이제는 더 이상 온전히 즐기지 못하는 나 자신을 알아버렸어. 돈이 많으니까 뭐든 다 가질 수 있는데도 나는 돈에 대해 그만 시들해진 거야. 그런 나 자신이 두려웠어. 그래서 더더욱 집착하는 척했어. 작은 돈도 악착같이 챙기려고 하고."

쓰쿠모가 왜 모로코 아이에게 그토록 돈을 주지 않으려고 버텼는지, 라디오의 튜닝이 맞춰지듯이 가즈오의 마음속에서 수수께끼가 풀렸다.

쓰쿠모는 말을 이어갔다. 고여 있던 것을 한꺼번에 토해내듯이.

"하지만 아무리 집착해보려고 해도 진심으로 즐거운 마음은 들지 않았어. 어떻게 되건 상관없는 거야. 돈이 있으면 뭐든 해결된다는 것을 이미 알아버린 나는 살아가는 일 자체가 시들해졌어."

"쓰쿠모, 넌 아무것도 달라지지 않았어. 항상 보던 그 쓰쿠모야. 구부정한 등에 어물어물하고, 하지만 최고의 만담을 연기하는 내 친구야."

"아니, 그렇지 않아. 나는 변해버렸어. 그 영화하고 똑같

아. '관광객은 도착했을 때 벌써 집에 돌아가는 것을 생각하지만, 여행자는 어쩌면 영원히 돌아가지 않을 수도 있다.' 돈의 세계에서 나는 이미 관광객이 아니라 여행자야. 그리고 내 여행은 이미 시작되었어. 분명 기나긴 여행이 되겠지. 돌아오기까지 상당한 시간이 걸릴 것 같아."

지평선에 태양이 떠올랐다. 군청색 하늘이 힘찬 유백색 빛 덩어리에 녹아들었다. 한없이 펼쳐진 수천 개의 거대한 모래언덕이 순식간에 빨강에서 주황으로, 그리고 겨자색으로 그 색깔을 바꿔나갔다.

너무도 아름다운 아침 해였다. 가즈오는 눈을 가늘게 뜨고 그 아침 해를 응시했다.

오늘부터다. 저기에 떠오른 아침 해를 경계로 쓰쿠모는 나와는 별개의 세계에서 살아갈 것이다. 그런 예감이 들었다.

"쓰쿠모, 내가 해줄 일은 없을까?"

"기다려줬으면 좋겠어. 돌아오지 못할 거라고는 생각하지 않아. 다만 여행을 떠난 이상, 갈 수 있는 데까지 가보지 않으면 돌아올 길을 찾지 못할 거야. 수크에서 너를 잃어버리고 다시 찾아내야 했을 때, 나는 돈을 풀어 너를 찾기로 마음먹었어. 그때 앞으로 내가 나아가야 할 길이 결정된 것 같아. 나는 앞으로 돈과 정면으로 대치해볼 생각이야. 철저히 대치해서 돈의 천국과 지옥을 경험해볼 거야. 그걸로 돈의 정체를 알아낼 수 있을지 어떨지, 아무튼 하는 데까지는 해볼 생각이야."

"쓰쿠모……."

아무리 생각해봐도 쓰쿠모에게 건네주어야 할 말이 떠오르지 않았다.

가즈오에게 쓰쿠모는 첫 친우이자 분명코 마지막 친우였다. 쓰쿠모는 혼자 고민하고 괴로워하는데 그 괴로움을 함께해주지 못했다. 그는 나를 도와주러 달려왔는데 나는 그를 도와줄 수가 없다. 지금 먼 길을 떠나려고 하는 쓰쿠모를 붙잡을 수가 없다. 그 여행길을 축복해줄 수조차 없다. 참으로 한심했다. 눈물이 나오려고 했다.

"가즈오, 기다려줄 거지?"

이제 곧 헤어질 두 사람을 비춰주기에는 지나치게 아름다운 아침 해를 바라보며 쓰쿠모는 말했다.

"나는 돈과 행복의 정답을 찾아낼 거야. 그리고 반드시 돌아올게. 그때야말로 우리는 둘이 합해서 백, 완전체가 되겠지."

$

털썩하고 뭔가를 내려놓는 소리에 가즈오는 잠이 깼다.

발레 발표회를 보고 돌아오는 길. 문득 깨닫고 보니 전차 좌석에서 잠이 들어 있었다. 아무튼 지칠 대로 지쳤다. 감정이 너무도 크게 요동쳐서 이제 뇌는 오로지 잠들 것만을 요구하고 있었다.

가즈오가 다시 잠에 떨어지려는 그때, 다시금 털썩하는 소리와 함께 누군가 옆자리에 앉았다.

"수수께끼 문제를 풀어봐." 옆의 남자가 돌연 질문을 던졌다. "인간이 자신의 의사로 컨트롤할 수 없는 것이 세 가지가 있어. 그게 뭘까?"

가즈오는 맞은편 유리창에 비친 '옆자리의 남자'를 보았다.

위아래 모두 검은 옷. 부스스한 곱슬머리. 검은 고양이 같은 눈.

쓰쿠모였다.

너무도 갑작스러운 일에 가즈오는 순간 어떻게 해야 할지 알 수 없었다. 멱살이라도 잡고 싶은데 손끝 하나 움직일 수 없었다. 뭔가에 꽁꽁 묶인 것처럼 몸은 자유를 상실했다. 떨리는 목소리로 가즈오는 대답했다.

"……죽음, 사랑, 그리고 돈. 지난번 광란의 파티 때, 네가 알려줬어."

"정답. 하지만 돈은 나머지 두 가지와 다른 점이 있어. 그게 뭔지 알아?"

쓰쿠모는 만담을 연기할 때처럼 명료하게 말을 이어나갔다. 마치 대본을 읽는 것 같았다.

"모르겠다, 쓰쿠모."

"죽음도 사랑도 인간이 태어날 때부터 이미 있었던 것이야. 하지만 돈은 사람이 스스로 만들어낸 것이지. 사람 사이의 '신용'을 형상화한 것이 바로 돈이야. 인간이 그것을 발명하고 그것을 신용하면서 사용하고 있어. 그렇다면 돈은 곧 인간 그 자체라고 생각해야겠지. 그러니까 우리는 사람을 믿는 수밖에 없어. 이 절망적인 세계에서 우리는 사람을 믿을 수밖에 없는 거라고."

"……무슨 엉뚱한 얘기냐, 쓰쿠모. 왜 내 3억을 갖고 사라졌던 거야? 말 좀 해봐."

너무도 알 수 없는 것들투성이였다. 혼란스러웠다. 모든 것을 잘 알 수 있게 명확히 설명해주었으면 했다.

"……가즈오, 우리는 어디서 처음 만났지?"

"만담 연구회에서."

"내가 가장 잘했던 연기 종목은?"

"……시바하마!"

가즈오는 퍼뜩 생각이 났다. 모로코의 사막. 한없이 펼쳐진 모래언덕. 연보랏빛 하늘.

낭랑한 소리로 만담을 연기하는 쓰쿠모. 연기 종목은 그가 가장 잘하는 〈시바하마〉였다.

큰돈을 주웠던 게 꿈이라는 것을 알게 된 생선 장수는 마음을 고쳐먹고 열심히 일했다.

애초에 솜씨가 좋았던 생선 장수였다. 열심히 일을 하자 장사가 번성해서 3년 뒤에는 번듯한 가게를 마련할 수 있었다.

그해 섣달 그믐날 밤. 생선 장수의 아내는 집 안 깊숙이 감춰두었던 문제의 '지갑'을 꺼내 왔다. 그리고 남편에게 고백한다. "이 지갑을 여태까지 감춰놓았었다"라고. 그날, 남편이 주워 온 큰돈을 보고 아내는 당황했다. 이대로 가다가는 생선 장수 일은 걷어치우고 평생 놀고먹으며 살 터였다. 아내는 남편이 술에 취한 것을 노려 "지갑 같은 건 애초에 주워 온 적이 없다. 그건 꿈이었다"라고 밀어붙이기로 한 것이다.

사실을 알게 된 생선 장수는 아내를 나무라지 않았다. 오히려 최고의 거짓말로 자신을 참된 인간으로 다시 태어나게 해준 아내에게 감사했다. 아내는 눈물을 글썽이며 그동안 열심히 일해준 남편의 노고를 위로하고 "오랜만에 술 한잔, 어때요?"라고 권한다. 생선 장수 남편은 그 말에 처음에는 거절했지만 이윽고 머뭇머뭇 잔을 든다. "좋아, 그러면 한잔 마셔볼까?" 하고 잔을 입에 가져가려던 순간, 그는 다시 그 잔을 내려놓는다. 그리고 말하는 것이다.

"관두세. 다시 꿈이 되면 안 되지."

전차 옆자리에 앉은 쓰쿠모는 말했다. 저 모로코의 사막에서 본 겸연쩍은 웃음을 지으며.

"네가 '돈과 행복의 정답'을 알고 싶다고 했지? 나에게 돈 쓰는 방법을 가르쳐달라고 했어. 그래서 도와코와 모모세,

그리고 센주를 만나게 해주기로 했어. 만나서 그들의 이야기를 듣게 하기로. 미안한 얘기지만, 그들에게는 네가 찾아올 거라고 미리 연락했었어. 다만 너를 만나서 그들이 무슨 얘기를 할지, 그건 그들의 의사에 맡겼어. 각자 나름대로 '돈과 행복의 정답'을 너에게 전해주기를 바랐기 때문이야. 돈이 사람을 어떻게 바꿔버리는지, 네가 알아주었으면 해서."

이제 가즈오의 30일 동안의 돈을 둘러싼 모험은 끝이 났다. 〈시바하마〉가 끝이 난 것이다.

입을 헤벌린 채 멍해져버린 가즈오를 향해 쓰쿠모는 말을 이었다.

"결론을 말하자면, 채플린이 말했던 그대로야. 인생에 필요한 것, 그것은 용기와 상상력과 약간의 돈이야. 상상력을 갖고 세계의 룰을 안다. 그리고 용기를 갖고 그곳을 향해 발을 내딛는다. 그것만 있으면 약간의 돈으로도 충분하다고 할 수 있어. 그 말의 의미는 바로 그런 거라고 생각해. 채플린이 막대한 부를 얻은 뒤에 써낸 것치고는 그야말로 정직한 말이지."

"……역시 너는 99고 나는 겨우 1이야. 너한테는 이길 도리가 없어. 모든 게 네 손바닥 위에서 일어난 일이었어."

가즈오는 맥이 빠져서 말했다.

쓰쿠모는 그런 가즈오를 지그시 바라보며 물었다.

"그래서 가즈오, '돈과 행복의 정답'은 찾았어?"

"아직 모르겠어. 하지만 그 답은 인간 속에 있는 거겠지?"

"그건 정답이기도 하고 정답이 아니기도 해. 즉 돈과 행복에 대한 정답은 한 가지가 아니라는 얘기야. 인간 한 사람 한 사람 모두에게 다 답이 있는 것이지. 그렇기 때문에 나는 만일 인간을 믿느냐 마느냐의 갈림길에 선다면 믿는 쪽으로 가자고 다시 한 번 결심하게 됐어."

쓰쿠모는 가즈오를 바라보았다. 그리고 다시 말을 이었다.

"내가 그렇게 결심하게 된 건 다 네 덕분이야. 나도 99까지는 답을 찾아냈었어. 하지만 마지막 한 조각이 어떻게도 채워지지 않았어. 그 한 조각을 채워준 건 가즈오 너야. 나는 동료들이 너와 어떤 대화를 나눴는지, 그 얘기를 모두 듣고 왔어. 돈과 격투하면서도 나에 대한 믿음을 끝까지 버리지 않으려고 했던 네 마음이 내 마음까지 움직인 거야. 덕분에 다시 누군가를 믿어보고 싶어졌어. 나는 이제 드디어 돈의 여행을 끝내고 집에 돌아갈 수 있을 것 같다. 역시 우리는 둘이 합쳐야 비로소 백, 완전체가 되는 모양이야."

쓰쿠모는 노래하듯이 단숨에 말했다. 그리고 이야기가 끝나기를 기다린 것처럼 전차가 역에 멈춰 섰다. 전등 불빛이 적어서 어슴푸레한 역이었다. 문이 열리고 찬바람이 차내로 들이쳤다. 쓰쿠모는 호주머니에 두 손을 넣더니 검은 고양이처럼 부드러운 움직임으로 소리도 없이 그 역에 내려

섰다.

가즈오는 미처 움직이지도 못한 채 그 뒷모습을 눈으로 배웅했다.

"다시 만나자."

쓰쿠모가 중얼거린 순간, 전차 문이 닫혔다.

플랫폼에 서 있는 쓰쿠모. 좌석에 앉은 채 가즈오는 그런 쓰쿠모를 빤히 바라보았다.

서로가 서로를 응시하는 두 사람.

이윽고 전차가 움직였다. 그러자 쓰쿠모가 하늘을 우러러 보듯이 위쪽을 쳐다보았다. 낚이듯이 가즈오도 덩달아 위를 올려다보았다. 전차의 그물망 선반이 눈에 들어왔다.

그곳에는 낯익은 여행 가방이 올라앉아 있었다.

무거운 여행 가방을 들고 가즈오는 전차에서 내렸다.

빵 공장 기숙사를 향해 어두운 강변길을 15분 동안 걸었다. 쓰쿠모, 도와코, 모모세, 센주. 지난 30일 동안의 일들이 차례차례 머릿속에 떠올랐다. 모두들 돈을 원하고 돈에 휘둘리고, 그리고 행복해지려고 몸부림쳤다. 그들의 말한 마디 한 마디가 선명하게 되살아났다.

가즈오는 방으로 가는 계단을 천천히 올라가 얇은 문짝을 열었다.

눈앞에 두 평 반짜리 방이 펼쳐져 있었다.

새끼 고양이 마크 저커버그가 야옹야옹 하고 작은 울음소리를 내며 다가와 가즈오의 큼직한 가방을 발톱으로 득득 긁었다. 먹이가 들어 있다고 생각하는 것이리라. 하지만 가즈오가 가방을 열자 "뭐야, 또 종이쪽이야?"라는 기색으로 터벅터벅 저만치 걸어가 창가에서 털을 다듬기 시작했다.

가방 안에는 이전과 완전히 똑같은 모습으로 만 엔짜리 지폐 다발이 촘촘히 채워져 있었다.

가즈오는 예전에 했던 것처럼 찬찬히 그 지폐 다발을 바닥에 펼쳐나갔다. 후쿠자와 유키치가 방바닥에 가득 펼쳐졌다. 백만 엔 다발 3백 개. 그날 밤의 파티에 가즈오가 썼던 돈까지 포함해 깔끔하게 원래대로 되돌아왔다.

가즈오는 다시 '억남'이 되었다.

그리고 이 세상 어딘가에 존재할 '억남들'에 대해 상상했다.

그들 한 사람 한 사람에게 정말로 행복하냐고 물어보고 싶었다.

과연 '돈과 행복의 답'을 찾아낸 사람이 이 세상에 몇 명이나 있을까.

가즈오는 답을 바라며 줄줄이 늘어선 후쿠자와 유키치를 골똘히 바라보았다.

그 얼굴은 웃는 것처럼 보이기도 하고 우는 것처럼 보이기도 했다.

$

이제는 한물간 코미디언이 병든 발레리나를 격려한다.

"인생에 필요한 것은 용기와 상상력, 그리고 약간의 돈이야."

채플린은 뒤를 이어 말한다.

"싸우자, 인생 그 자체를 위해. 살고 괴로워하고 즐기는 거야. 살아간다는 것은 아름답고 멋진 일이야. 죽음과 마찬가지로 삶 또한 피할 수 없는 것이니까."

가즈오는 지금 마도카와 함께 상점가를 걸으면서 쓰쿠모가 알려준 그 말들을 떠올리고 있었다. 앞장서서 걸어가는 마도카는 방금 산 에메랄드그린색 자전거를 끌고 가고 있다. 그 자전거는 마도카의 작은 몸에는 약간 큰 것처럼 보였다. 하지만 이 자전거도 이윽고 '아담한 것'으로 보이는 날이 올 것이다.

상점가 입구에서는 추첨권을 뽑고 있었다. 3등에게는 자전거. 그 복권을 곁눈으로 바라보며 가즈오와 마도카는 자전거 가게에 들어가 에메랄드그린색 자전거를 샀다. 돌아온 3억 엔의 첫 쇼핑이었다.

두 사람은 강변 부지에 도착했다.

해는 이미 기울고 회색빛이 된 나무와 풀들이 차가운 바람에 흔들렸다. 강가에서는 중년 남자들이 어깨를 나란히 하고 낚싯줄을 드리웠고, 그 앞의 운동장에서는 사내애들이 축구로 한창 열을 올리고 있었다. 운동장에서 급경사의 언덕으로 올라서면 완만한 곡선을 그리는 좁고 긴 길이 있어서 개를 데리고 나와 산책하는 사람이며 조깅을 하는 사람들이 오고 갔다.

그 속을 에메랄드그린색 자전거가 휘청휘청 달려갔다.

마도카는 떨리는 다리로 페달을 밟는다. 커다란 자전거. 아직 몸에 익지 않았는지 힘이 제대로 주어지지 않아 아슬아슬해 보였다. 핸들이 좌우로 흔들렸다. 가즈오는 달려가 뒤에서 밀어주었다. 천천히 자전거가 달리기 시작했다. 마도카가 열심히 페달을 밟는다. 점점 속도가 올라간다. 주행이 안정되면서 자전거는 가즈오의 손에서 멀어져갔다. 종종걸음으로 뒤를 따라가봤지만 떼어놓고 획획 가버렸다. 이윽고 가즈오는 따라가기를 멈추고 그 자리에 섰다. 마도카의 작은 등이 자전거와 함께 멀어져갔다. 숨을 헐떡이면서 그 등을 지켜보았다.

채플린은 말했다.

"죽음과 마찬가지로 삶 또한 피할 수 없는 것이다."

그렇다면 우리는 인생 그 자체를 위해 싸우고 괴로워하고, 그리고 살아가는 수밖에 없다.

용기와 상상력과 함께.

마도카의 등이 한참 저 멀리에 있었다. 이제 더 이상 따라잡을 수 없을지도 모른다.

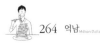

꽤 먼 곳까지 가버린 것이다.

문득 깨닫고 보니 가즈오는 달리고 있었다. 처음에는 천천히, 그리고 서서히 힘차게. 나중에는 매우 빠르게.

다시 내 딸아이, 내 아내와 함께 살고 싶다.

한 가족이고 싶다.

도저히 포기할 수가 없다.

멀어져가는 마도카의 등을 본 순간, 가즈오는 **그것을 되찾고 싶다고 생각했다.**

돈은 있다. 하지만 여전히 갖고 싶은 것은 발견되지 않았다.

하지만 지금, 잃어버린 것을 되찾고 싶다는 '욕심'이 가즈오를 살려내고, 내일을 향해 힘껏 떠밀어주었다.

한 걸음, 또 한 걸음, 발을 앞으로 내딛게 해주었다.

가즈오는 악착같이 달렸다.

강변 부지를 산책하는 노부부, 동아리 활동을 마치고 돌아가는 고교생들이 웃으면서 그런 가즈오를 쳐다보았다.

평화로운 휴일의 강변 부지에는 어울리지도 않는 악착같은 얼굴로 가즈오는 내달렸다. 이를 악물고 숨을 헐떡이면서. 마도카의 등을 향해 필사적으로 다리를 앞으로, 또 앞으로 내디뎠다.

"앗, 아빠, 왜 그래?"

놀란 목소리로 마도카가 말했다.

어느새 가즈오는 자전거 바로 옆을 나란히 달리고 있었다.

"내가 말했었지? 아빠 달리기 잘한다고!"

숨을 헐떡이면서, 하지만 웃는 얼굴로 가즈오는 외쳤다.

"아빠, 됐어. 그런 거, 우리 아빠하고는 캐릭터가 완전 다르잖아!"

마도카는 장난스러운 웃음소리를 올리더니 힘차게 페달을 밟았다.

에메랄드그린색 자전거가 속도를 올린다.

가즈오는 달렸다. 필사적으로 쫓아갔다.

발바닥이 얼얼했다. 폐에 고통이 밀려왔다. 심장이 온몸을 울리며 쿵쿵 뛰었다.

웃으면서, 왜 그런지 눈물이 났다.

"진짜라니까! 아빠, 릴레이 선수였단 말이야!"

가즈오는 팔을 휘두르며 발을 내디뎠다.

땅을 박차고 자전거를 제치고 마구 내달렸다.

당연한 일을 당연하게 밀고 나가기

돈이 많으면 좋겠다. 부자라면 뭐든 다 할 수 있을 텐데.

그런 생각이 들 때가 있습니다. 어쩐지 예전보다 요즘에 더 자주, 더 간절히 그런 바람이 드는 것 같습니다. 상대적 빈곤이 증폭된 시대이기 때문일까요. 몇 십억 몇 백억의 수입을 올린다는 각 분야의 스타, 사업가, 그리고 '금수저'들의 소식이 연일 TV와 인터넷에 넘쳐납니다. 하지만 그런 건 딴 세상 얘기이고 오히려 취업도 하기 전에 빚에 허덕이는 젊은 세대, 노인 빈곤율 등의 뉴스가 더 실감나는 게 현실입니다. 여전히 '돈이 많으면'이라는 전제가 떨어지지 않는 걸 보면 아직은 많이 부족한 상태인 것이겠지요. 실은 돈이 많으면 좋겠다고 하면서도 돈이 많으면 어떻게 할지, 구체적으로 진지하게 생각해볼 여유조차 없는 게 아닌가 싶습니다. 하루하루 부족함을 채우기에도 바빠서. 하지만 서글픈 이야기는 이쯤에서 접어두기로 하지요.

자아, 우리는 어떻든 부자가 되어야 할 필요가 있습니다.

마음속으로는 간절히 돈을 원하면서도 그것에 연연하는 건 어쩐지 천박하다는 의식이 어딘가에 남아 있는지도 모릅니다. 부자가 되기 위해서는 그런 건 말끔히 떨쳐버리고 가장 먼저 '나는 돈을 원한다'는 것을 인정해야겠지요. 또한 '돈이 많으면'이라는 전제는 어쩌면 '나에게 돈이 많다는 것은 있을 수 없는 일'이라는 부정적인 인식에서 나왔는지도 모릅니다. 그런 부정적인 출발선에서 부자가 되기를 원한다는 것도 생각해보면 뭔가 이상한 일입니다.

좀더 적극적으로 '부자가 된 나'를 내 머릿속에 구체적인 형태로 그려두어야 합니다. 그리고 돈으로 얻게 될 '행복'의 좌표를 정확히 설정해야 합니다. 돈이 가져다줄 것이라고 막연히 상상하는 그 행복도 실은 검증되지 않은 경우가 많으니까요. 실제로 재벌로 손꼽히는 사람들은 돈이 많으니 당연히 행복해야 할 텐데 뉴스를 통해 들려오는 그들의 삶은 꼭 그렇지만은 않은 것 같습니다. 돈과 행복의 정답은 무엇일까. 좀더 욕심스럽게 그것을 찾아봐야 하는지도 모릅니다. 이 책은 그 답을 찾기 위해 내달린 30일 동안의 치열한 돈의 모험에 관한 이야기입니다.

저자인 가와무라 겐키 씨는 이제 작가로서도 유명해졌지만, 그 이전에 영화 기획자로서 흥미로운 기록을 남긴 분입니다. 대학 졸업 후 2001년에 도호 영화사에 입사, 사내의 기획모집에 응모해 프로듀서로 발탁되었다고 합니다. 〈전차남〉이라는 특이한 제목의 영화를 기억하시는 분들이 많을 텐데, 바로 입사 4년차에 당시 스물여섯 살이던 가와무라 겐키 씨가 기획해 만든 영화입니다. 흥행수입 37억 엔의 대성공을 거두었습니다. 인터넷 가상공간에 익명의 일반인이 댓글을 올리는 행위가 아직은 '신선한' 일로 느껴지던 시절, 사랑에 서툰 한 오타쿠 독신남을 위해 게시판 이용자들이 한마음으로 응원하는 '실제상황'으로 20세기의 시작과 함께 다양한 사회적인 파장을 일으킨 작품입니다.

이후 2008년 〈디트로이트 메탈 시티〉(흥행수입 23억 엔), 2010년 〈고백〉(흥행수입 38억 엔, 일본 아카데미상 최우수작품상), 〈악인〉(흥행수입 20억 엔, 키네마 준보 일본 영화 베스트텐 제1위) 등의 영화를 줄줄이 기획했습니다. 프로듀서로서 미국 〈The Hollywood Reporter〉지의 'Next Generation Asia 2010'에 선정되고, 그 이듬해인 2011년에는 뛰어난 영화 제작자에게 수여하는 '후지모토상'을 사상 최연소로 수상했습니다. 지금까지 〈모테키〉 〈늑대 아이〉 〈기생수〉 등 귀에 익은 총 20여 편의 영화에 기획자로 이름을 올렸습니다.

2012년에는 《세상에서 고양이가 사라진다면》으로 작가 데뷔, 이 첫 소설이 2013년 서점대상 후보에 올라 현재까지 70만 부 넘게 팔렸고 영화로도 제작되어 개봉이 되었습니다(주연:사토 다케루). 거기에 동화책 《티니, 풍선 강아지 이야기》 《무무》 두 편이 NHK 애니메이션 영화로 선정 방영되었습니다. 2014년에 일본 문화계의 거장들(영화감독 야마다 요지, 논픽션 작가 사와키 고타로, 사진작가 스기모토 히로시, 극작가 구라모토 소, 작사가이자 방송작가 아키모토 야스시, 애니메이션 영화감독 미야자키 하야오, 카피라이터 이토이 시게사토, 사진작가 시노야마 기신, 시인이자 각본가 다니카와 슌타로, 편집인이자 스튜디오 지브리의 대표이사 스즈키 도시오, 그래픽 디자이너 요코오 다다노리, 작곡가 가수이자 음악 프로듀서 사카모토 류이치)과 함께한 대담집 《내 인생의 업(業)》은 인물 리스트만으로도 화제를 낳고 있습니다.

이 모든 것이 2001년에서 2015년까지의 15년 동안에 성취한 일들이라는 게 놀랍습니다. 그가 기획한 영화와 소설을 보면 공통적으로 순수한 기본 같은 것이 엿보입니다. 그 밑바탕에는 당연한 일을 당연하게 밀고 나가는 성실함이 있습니다. 영화 소재를 찾기 위해 일 년에 책 5백 권을 읽는다는 어느 인터뷰 기사도 인상적이었습니다. 무엇보다 진지하게 새로운 길을 모색하려는 구체적인 노력이 돋보입니다. 소설에는 기존의 짜임새나 완결성에 연연하기보다 그것을 큰 얼개로 삼아 지금 이 시대를 표상하는 지표를 찾아나가려는 '뚝심' 같은 것이 담겨 있습니다.

일본의 어느 서점원은 이 책에 대해 '철학서 같다'는 독후감을 밝혔지만, 자본의 벽에 막히고 인터넷 세상에서 헤매면서 뭔가 새로운 돌파구가 절실한 우리와 함께 돈과 행복에 대해 철학하는 방식을 함께 탐색하고자 했던 저자의 의도를 잘 짚어낸 코멘트라고 생각합니다. 당연한 일을 당연하게 밀고 나가는 가와무라 겐키 씨의 에너지가 우리 독자들에게 전해지기를, 그래서 새로운 활력을 얻고 문제를 하나하나 헤쳐 나가기를, 진심으로 바랍니다.

2016년 7월
양윤옥

억남

2016년 7월 30일   1판 1쇄 발행
2022년 4월 30일 개정판 1쇄 발행

저   자 가와무라 겐키
옮 긴 이 양윤옥
발 행 인 유재옥

본 부 장 조병권
편집 1 팀 김준균 김혜연 박소연
편집 2 팀 정영길 조찬희 박치우
편집 3 팀 오준영 곽혜민 이해빈
내부디자인 김보라 박민솔
디 자 인 이즈플러스
라이츠담당 한주원 이승희
디 지 털 박상섭 최서윤 김지연
발 행 처 ㈜소미미디어
등   록 제2015-000008호
주   소 서울시 마포구 토정로222, 403호(신수동, 한국출판콘텐츠센터)
제 작 처 코리아피앤피
영   업 박종욱
마 케 팅 한민지 최원석 최정연 한소리
물   류 허석용 백철기
전   화 편집부 (070)4164-3960 기획실 (02)567-3388
          판매 및 마케팅 (070)4165-6888, Fax (02)322-7665

ISBN 979-11-5710-360-7 03830